CULTURBOOKS

ANAR ALI

NACHT DER BESTIMMUNG

ROMAN

AUS DEM ENGLISCHEN
VON JAN KARSTEN

Translated from the English language: NIGHT OF POWER
First Published by Viking Canada in 2019

We acknowledge the support of the Canada Council for the Arts.

Canada Council for the Arts
Conseil des arts du Canada

Foto Anar Ali: © Mike Suta
Übersetzung: Jan Karsten
Redaktion: Zoë Beck

Herstellung: Klaus Schöffner
Umschlaggestaltung: Cordula Schmidt Design, Hamburg
Druck und Bindung: CPI – Clausen & Bosse, Leck
Printed in Germany
1. Auflage 2021
ISBN 978-3-95988-149-4

für meine familie

y mi familia

PROLOG

Mansoor Visram erwacht vom Klang einer Flöte, einer fernen Melodie, wie der Ruf eines Muezzins. Langsam öffnet er die Augen. Schwarze Felder erstrecken sich bis an den Horizont und verschwimmen mit dem Nachthimmel; ein vollkommener Kreislauf. Die Präriehügel sind gewaltige gefrorene Wellen. Er spürt, wie etwas an seinen Knöcheln pickt, und hebt den Kopf. Eine kleine, gewölbte Gestalt wippt zu seinen Füßen auf und ab und hämmert heftig gegen seinen eisigen Körper. Der Vogel fliegt auf und schwebt über seiner Brust. Sein Körper ist strahlend blau, seine Krone golden; statt Federn baumeln Strassquasten von seiner vorgewölbten Brust. Mansoor ist erstaunt, dass er überhaupt fliegen kann. Er streckt die Hände in die Luft und versucht, ihn zu fangen, aber er flattert davon, außer Reichweite. Mansoor stützt sich im Schnee ab und rappelt sich langsam auf, seine Adern bilden ein Netz aus gefrorenen Flüssen. Der Vogel fliegt ein Stück voran und wartet, wie eine Sirene, die ihn vorwärts lockt. Nach ein paar Schritten fällt Mansoor auf die Knie. Seine Kleidung ist ein Panzer aus Eis. In der Ferne schimmern die Lichter der Stadt als blasser Fleck am Horizont. Er versucht, wieder auf die Beine zu kommen, aber sein Körper ächzt und knackt wie ein Schiff, das im Eis gefangen ist. »Steh auf, Visram«, befiehlt er sich. »Beweg dich!« Stattdessen sinkt er in den weichen Schnee, rollt sich zusammen und dämmert erneut weg. Der Vogel landet auf seiner Schulter. Er nähert sich seinem Ohr und beginnt zu singen.

TEIL EINS

KAPITEL 1

Mansoor versucht, den Frost an der Glastür seines Geschäfts mit einem Taschentuch zu entfernen, aber er produziert bloß ein Muster aus Halbkreisen über dem Firmenschild auf der Vorderseite: *M. G. Visram & Sohn Textilpflege GmbH, im Dienste Kanadas seit 1987.* Draußen fällt ein dünner, scharfer Schnee, dessen Fäden nur im Licht der Straßenlaternen sichtbar sind. Es ist kurz nach sieben Uhr morgens und noch immer stockdunkel. Die winterliche Sonne wird frühestens in einer Stunde aufgehen. Die meisten Geschäfte der Shopping Plaza in einem der besseren Viertel im Südwesten Calgarys sind geschlossen: das Reisebüro, der Friseur, die Zahnarztpraxis, die Videothek. Nur die Reinigung und der 24-Stunden-Minimarkt sind geöffnet.

Mansoor dreht sich um und inspiziert sein Geschäft wie jeden Morgen. Es ist ein kleiner Raum, nur einundfünfzig Quadratmeter groß, aber alles hat seinen Platz, und das erfüllt ihn mit großer Befriedigung. Goldfarbene Bilderrahmen prangen an der Wand über der Kasse wie eine Collage aus Familienfotos. In einem ein Dollarschein, der erste, den er in Kanada verdient hat, im August 1973. In einem anderen sein Gewerbeschein und in einem weiteren sein Versprechen an die Kunden: »Vielleicht kenne ich die Antwort noch nicht, aber ich werde sie finden. Vielleicht habe ich keine Zeit, aber ich werde sie mir nehmen.« An einer anderen Wand steht ein niedriges Regal, darin Bücher mit Titeln wie »Auf der Suche nach Exzellenz«, »Kraft- & Leistungstraining für Männer« und Biografien von Männern wie Henry Ford,

Bill Gates und Neil Armstrong. Der hintere Teil des Geschäfts ist durch eine Glaswand vom Kundenbereich abgetrennt, damit man sehen kann, wie gut sein Betrieb organisiert ist. Reihen von Anzügen und Hemden, eingeschlagen in Plastikfolie, hängen wie kopflose Menschen an einem Transportband.

Im hinteren Raum schlägt er einen Kalender auf, und das Bild eines einsamen arktischen Wolfes ist zu sehen. Eine Notiz neben dem Datum von heute, dem 21. Januar, ist rot eingekreist und mit einem Sternchen versehen. *Bank, 15.30 Uhr.* Mansoor ist bereit. Bis ins Detail vorbereitet. Schon seit Monaten. Er benötigt die Gelder für eine Trockenreinigungsanlage, die im Mittelpunkt seines neuen Geschäftsmodells stehen soll. Noch länger als auf diesen Termin wartet er darauf, seinen Sohn Ashif in seinen Plan einzuweihen. Er ist der Einzige, der die Größe und Bedeutung seines geschäftlichen Vorhabens wirklich zu erfassen vermag. Schließlich ist er ein hervorragender Geschäftsmann. Genau wie sein Vater. Morgen wird Mansoor endlich die Gelegenheit haben. Ashif kommt zum Mittagessen nach Hause. Er fliegt aus Toronto ein, um einige wichtige Meetings wahrzunehmen.

Über Mansoors Schreibtisch hängt ein riesiges Porträt seines Vaters, eine Kopie des Originalfotos, das in allen ihren Geschäften in Uganda hing, neben einem Bild von Adi Amin, wie es das Gesetz wollte, und einem des Imam, wie es die Gemeinde erwartete. Eine Dreifaltigkeit von Männern. Auf dem Foto steht sein Vater stolz vor seiner Hauptfiliale in Kampala. Er ist groß und kräftig, seine Körperfülle ist Nachweis seines Reichtums. Er trägt einen elfenbeinfarbenen Dreiteiler; an seiner Westentasche hängt eine goldene, in London gekaufte Taschenuhr. Die Hände ruhen majestätisch auf einem Gehstock mit silbernem Löwenkopf. Auf einem Schild hoch über seinem Kopf ist zu lesen: *Visram P. Govindji & Sohn, gegründet 1929.*

***

Als Ashif ein Kind war, fand Mansoor im Schreibtisch seines Jungen einen Zeitungsausschnitt, der das Gesicht von Colonel Sanders zeigte, diesem Kerl mit der dicken Brille und dem albernen Bart. Darunter hatte Ashif in seiner kindlichen Handschrift *Dadabapa* gekritzelt. Mansoor war außer sich vor Wut. Sein Vater war ein angesehener Mann, und sein Sohn hier hielt ihn für einen Amerikaner, der Hühnchen frittierte? Auf der Stelle richtete Mansoor samstagmorgendliche Schulstunden ein, für die er Ashif in sein Büro marschieren ließ, um ihm Nachhilfe in Familiengeschichte zu erteilen. Ashif erklomm den Bürostuhl seines Vaters, und seine Füße baumelten hoch über dem Boden in der Luft, während Mansoor referierte. »Als dein Dadabapa in Afrika ankam, hatte er gerade einmal zwei Rupien in der Tasche. Weißt du, wie viel das ist?«

»Gerade genug, um Kaugummi zu kaufen. Aber keine ganze Packung. Nur einen einzelnen.«

»Ganz genau!« Er tätschelte seinem Sohn die Schulter. »Kannst du dir das vorstellen? Dein Großvater war ein armer Mann aus Indien. Er kämpfte ums nackte Überleben ...«, Mansoor drehte den Globus auf seinem Schreibtisch und deutete auf einen Staat, »... hier in Gujarat. Er arbeitete in einem Steinbruch, schuftete den ganzen Tag in der heißen Sonne, zerschlug Steine und ruinierte sich dabei den Rücken. Und wofür? Damit sich die Taschen anderer Menschen füllten.« Er schlug mit der Faust auf den Schreibtisch. »Nein, Sir!«

Ashif schlug ebenfalls mit der Faust auf den Tisch. »Nein, Sir!«

»Dadabapa war dreizehn Jahre alt – nur sieben Jahre älter als du, mein Sohn –, als er davon hörte, dass viele Leute in

Afrika ein Vermögen verdienten, Männer, denen nun ganze Ladenketten gehörten und die Versicherer von arabischen, indischen und swahilischen Unternehmern waren, an die sich verzweifelte Geschäftsleute wenden konnten, um einen Kredit aufzunehmen. Afrika war ihr Amerika. Dadabapa beschloss, das Risiko einzugehen. Er sparte genug Geld zusammen für eine Schiffspassage raus aus Indien und rein in die neue Welt. Er überlebte die beengte dreimonatige Reise auf einem *dwho* – die Ruhr, die Ratten und wer weiß, was sonst noch alles – und erreichte im Jahr 1912 die Küste Sansibars. Wie lange ist das her?« Lektionen in Mathematik und Naturwissenschaften waren fester Bestandteil einer jeden Sitzung.

Ashif griff nach dem Taschenrechner auf dem Schreibtisch seines Vaters; Mansoor nahm ihn weg. »Es wird nicht geschummelt!«

»In Ordnung.« Ashif kicherte. Er kritzelte *fünfundsechzig Jahre* in sein Notizheft.

»Ja, sehr gut! Aber in Sansibar gab es bereits zu viele junge Männer mit ähnlichen Träumen und Ideen. Was hat dein Dadabapa also gemacht? Er war sehr, sehr klug, musst du wissen. Er machte sich auf ins Landesinnere, um dort sein Glück zu suchen. Bis er an eine weitere Grenze stieß: Uganda. In Uganda ging er bei einem indischen Ladenbesitzer in die Lehre und tauschte seine Arbeitskraft gegen einen Schlafplatz auf dem Dach des Ladens und eine Mahlzeit aus Barazi und Mumri, Bohnen in Kokosmilch und frittiertem Brot, die er jeden Mittag zu essen bekam. Er lernte auf Hindi und Gujarati zu lesen und zu schreiben, die Bücher zu führen, mit Verkäufern zu verhandeln und den Kunden Sachen zu verkaufen, von denen sie gar nicht gewusst hatten, dass sie sie überhaupt brauchten. Und er lernte viele neue Sprachen: Suaheli, Englisch, Kikuyu und Buganda. Sogar Japanisch, nach dem Zweien Weltkrieg. Stell dir das vor! Die Japaner arbeiteten hart dafür, ihr Land wiederaufzubauen – gut für sie. Sie boten unschlagbare Qualität und unschlagbare Preise, sodass man nicht drum herumkam, mit ihnen Geschäfte zu machen. Dein Großvater hat seinen Meißel gegen einen Stift und seinen *dhoti* gegen einen Anzug eingetauscht und ist ein neuer Mensch geworden. Innerhalb weniger Jahre hat er den Verlauf einer tausendjährigen Familiengeschichte verändert, gerade so, als würde er einen stählernen Tanker mit bloßen Händen auf einen neuen Kurs setzen.«

Ashif rutschte aufgeregt auf seinem Stuhl herum. »Genau wie Superman!«

»Ja, wie ein Superheld aus dem echten Leben. Fünfzehn Jahre nachdem er Afrika das erste Mal betreten hatte, eröffnete Dadabapa im Alter von erst achtundzwanzig Jahren seinen eigenen kleinen Kurzwarenladen in einem winzigen Dorf namens Tororo an der ugandisch-kenianischen Grenze.«

»Toronto?«, fragte Ashif.

»Nein.« Mansoor lachte. »To-ro-ro. Ein ganz ähnlicher Name, stimmt. Aber Welten entfernt. Dieses Dorf war nicht mal so groß wie deine Schule. Stell dir das vor! Als das Geschäft in Tororo erfolgreich lief, folgte er der neuen europäischen Eisenbahnlinie quer durchs Land und baute eine ganze Kette von Kurzwarenläden auf, indem er an jeder Haltestelle einen neuen Laden eröffnete – in Busembatia, Iganga, Jinja und schließlich Kampala. Ein kleines Imperium. Du siehst also, mein Sohn, man kann alles erreichen. Man kann sein, wer immer man will. Aber man darf niemals aufgeben. Niemals! Verstanden?«

Ashif nickte.

»Merk dir meine Worte, mein Sohn. Wir waren Könige in Uganda, und wir werden auch in Kanada wieder Könige sein.«

»Ich auch, Papa?«

»Natürlich!« Mansoor hob seinen Sohn in seine Arme. »Eines Tages wird alles einmal dir gehören!«

***

Mansoor greift nach dem Stapel mit Businessplänen auf seinem Schreibtisch. Zwei legt er für den Termin mit dem Banker zur Seite, dann nimmt er einen weiteren für seinen Sohn. Er schreibt die Initialen *AMV* darauf. Ashif M. Visram. Es gibt so viele Dinge, die er mit seinem Sohn teilen möchte, nicht nur den Businessplan. Wenn der Junge ihn nur ließe. Er weiß nicht genau, wann die Probleme begannen, aber schon seit geraumer Zeit hat Ashif eine Mauer zwischen ihnen errichtet. Was hat den Jungen nur so verändert? Früher hatten sie sich immer alles sagen können. Wenn Ashif ihm jetzt etwas mitteilen möchte, erzählt er es erst seiner Mutter, und die gibt es dann weiter an ihn. Wer ist sie – seine Übersetzerin? Aber er fragt sich, ob wohl einzelne Informationen bei der Weitergabe verloren gehen wie bei einer Partie Stille Post. Er ist sich auch gar nicht sicher, ob sie ihm alles sagt. Vielleicht lässt sie bewusst Teile der Nachricht aus. Was ihn aber vor allem stört, ist das Gefühl, dass sie ständig zwischen ihnen steht. Wenn sie nicht wäre, davon ist er überzeugt, hätten sie noch immer dieselbe Beziehung wie damals, als Ashif ein Kind war. Als sein Sohn ihn noch für einen Helden hielt, als er ihm noch zuhörte, wenn er sprach, als er noch über seine Witze lachte und seine Gesellschaft suchte. Ashif als kleiner Junge, der ihm in seinem Schneeanzug und seinen Mukluks mit offenen Armen entgegenläuft. Dieses Bild taucht jedes Mal auf, wenn er an seinen Sohn denkt, sogar jetzt. Wie ein Vater, der die letzte Erinnerung an das Kind, das er verloren hat, für immer bewahren will.

Die Idee für sein neues Geschäftsvorhaben war ihm fast beiläufig gekommen. Er hatte nach einem Weg gesucht, sein Unternehmen zu vergrößern, sich einen Namen zu machen. Als sein Auto in der Werkstatt war, kam er dann darauf. Zum ersten Mal hatte er die öffentlichen Verkehrsmittel benutzen müssen, und dabei waren ihm die ganzen leer stehenden Flächen in den Bahnhöfen der LRT aufgefallen. Es gab einen Fahrkartenschalter, manchmal noch einen kleinen Lebensmittelladen, aber das war's dann auch schon. Nichts weiter. Kein privater Betreiber würde solche Verschwendung zulassen. Aber das hier war die Regierung. Ineffiziente Dummköpfe. Sie hatten keinen Sinn für Profit. Warum sollten sie auch? Es war ja nicht ihr Geld, das sie hier liegen ließen. Nicht ihr Name, der auf dem Spiel stand.

Wie wär's mit einer Schnellreinigung? Pendler könnten ihre schmutzige Wäsche auf dem Weg zur Arbeit abgeben und auf dem Heimweg sauber wieder einsammeln. Niemand hat Zeit zu verschwenden, viel beschäftigte Berufstätige erst recht nicht. Und sie sind es auch, die am häufigsten einen Reinigungsservice in Anspruch nehmen. Sie müssen jederzeit wie aus dem Ei gepellt aussehen. Das sollte er nun gerade wissen. Genau deshalb hat er ja seine Reinigung hier in Canyon Creek eröffnet, einem Viertel mit vielen jungen Geschäftsleuten. Sein Geschäft hat sich etabliert, weil er es vollkommen auf sie ausgerichtet hat. Sie wissen Qualität zu schätzen und sind bereit, dafür zu zahlen. Mansoors Vorhaben bietet den Kunden Vorteile, der Stadt eine Möglichkeit für zusätzliche Einnahmen und ihm einen Weg, sein kleines Geschäft auf einen Schlag zu einem stattlichen Unternehmen mit einer Kette aus fünfzehn Filialen auszubauen. Nur Vorteile für alle Seiten!

Um diesen Plan auszuarbeiten, hat er über mehrere Monate hinweg intensive Marktforschungen durchgeführt. Er hat den Fußgängerverkehr eines jeden Bahnhofs untersucht, ebenso wie die Demografie der einzelnen Viertel, und diese Daten um eigene Erkundungsmissionen ergänzt. Er sprach mit den Pendlern an den Bahnhöfen über ihren Bedarf an Textilreinigung und ihre Einkaufsvorlieben. Dann trug er die gesammelten Daten in Kalkulationstabellen ein (mit Excel und PowerPoint, neue Programme, die er sich im Selbststudium beigebracht hatte) und stellte ein Cluster-Diagramm der Bahnhöfe mit dem besten Potenzial zusammen. Diese Haltestellen bildeten die Grundlage seines dreistufigen Entwicklungsplans. Erst die Innenstadt von Calgary, dann die wohlhabenden Vororte und schließlich alle anderen.

Der Schlüssel war die Zentralisierung der Abläufe. Eine Trockenreinigungsanlage, die alle Standorte bediente. Wirtschaftsexperten nannten es vertikale Integration, aber er brauchte keinen ausgefallenen Begriff, um den darin liegenden Sinn zu begreifen. Statt einen Lieferanten zu bezahlen, würde Mansoor sein eigener Lieferant werden, was ihm erlaubte, die Kosten zu senken und den Profit zu maximieren. Außerdem würde er sich die neuesten Technologien zunutze machen. Ein zentrales Computersystem würde alle Annahmestellen über das Internet mit der Reinigungsanlage verbinden. Auf lange Sicht, so schwebt ihm vor, würden die Kunden sogar in der Lage sein, ihre Artikel online einzuchecken und zu bezahlen. Das nennt sich E-Commerce. Die Geschäftswelt steht am Anfang eines neuen Zeitalters - ohne Angst vor blitzschnellen Fortschritten. Wenn Männer wie Edison und Bell die Industrielle Revolution beflügelt hatten, so sind es nun Männer wie Steve Jobs, Bill Gates und Sabeer Bhatia, die die digitale Revolution anführten. Und er würde ein Teil davon sein - schon bei dem Gedanken daran zittert er vor Aufregung. Genau so muss sich sein Vater gefühlt haben, als er die Küste von Sansibar erreichte. An der Schwelle zu einem Aufbruch ins Unbekannte.

Sein Plan ist bombensicher, das weiß er. Die Zahlen sprechen für sich. Jetzt muss er nur noch an die richtigen Leute im Rathaus herankommen. Ein mühseliger Prozess. Aber das ist es immer, wenn Behörden im Spiel sind. Hier oder in Uganda. Dieselben Hürden der Bürokratie, wie eine Reihe von Toren, die aufgestoßen werden müssen, bevor der Stier die Arena betreten darf.

Sobald er einen Fuß in der Tür hat, muss er die Stadt dazu bringen, ihn als ernsthaften Akteur zu sehen. Nicht als Einmannbetrieb, als einen Niemand, sondern als Lenker eines großen Unternehmens, der in der Lage ist, seinen ehrgeizigen Geschäftsplan auch umzusetzen. Als Federal Express ins Geschäft einstieg, ließen sie im Hintergrund Aufnahmen von klingelnden Telefonen, läutenden Türglocken und dem Stimmenteppich eines Großraumbüros laufen. Wenn Kunden anriefen, bekamen sie den Eindruck, sie hätten es mit einem Großunternehmen zu tun. Nicht mit einer zweifelhaften Eintagsfliege, sondern mit einer Firma, der sie vertrauen konnten. Ein Schnellreinigungsbetrieb wird bei der Stadt dasselbe Vertrauen hervorrufen. Er wird es Mansoor erlauben, seine Muskeln spielen zu lassen. Macht mit Macht zu beantworten.

Im Anhang des Businessplans findet sich sogar ein Betriebshandbuch für einen seiner Bahnhofsläden, etwas, das er sich von Franchise-Unternehmen abgeschaut hat, und in dem er sein Geschäft als ein Vorbild für höchste Standards und Effektivität darstellt. Baugleiche Kopien seines Ladens werden sich wie DNA-Stränge von Bahnhof zu Bahnhof verbreiten, bis ganz Calgary abgedeckt ist. Dann wird er über die Stadt hinaus expandieren, nach Edmonton, Vancouver, Toronto und Montreal. Er sieht seinen Namen überall im ganzen Land aufleuchten. *M. G. Visram & Sohn, im Dienste Kanadas seit 1987.* Täglich gesehen von Hunderten von Pendlern. Von Tausenden. Von Millionen. »Dann wird jeder meinen Namen kennen!« Siegessicher ballt er eine Hand zur Faust.

Das Lachen eines Mannes dröhnt durchs Geschäft.

Mansoor dreht sich um und sieht seinen Vater aus dem Rahmen der Fotografie in den Raum steigen, als wäre es ein Fenster. Sein Kopf stößt fast gegen die Decke.

Mansoor tritt einen Schritt zurück.

»Die Zeit läuft ab, Junge«, sagt sein Vater und lässt seine goldene Taschenuhr hin- und herpendeln. *Tick-tack, tick-tack.*

Er fühlt den stechenden Blick seines Vaters. Und schlägt die Augen nieder.

»Wie oft muss ich es dir noch sagen, Junge? Ein Mann darf niemals mit weniger abtreten, als ihm mitgegeben wurde.«

»Ja, Sir.«

»Die Zukunft der Familie hängt von dir ab, Junge. Das Schicksal deines Sohnes hängt von dir ab. Begreifst du das nicht?«

»Doch, Sir.«

»Fünfundzwanzig Jahre in diesem Land und *das hier* ist alles, was du vorzuweisen hast?« Govindji durchquert das Geschäft mit einem einzigen riesigen Schritt. »Ein Laden nicht größer als eine Abstellkammer? Erbärmlich.«

»Ich kann das erklären, Papa ...«

Govindji hebt seine Hand. »Keine Ausreden mehr, Junge. Ich habe deine Ausflüchte bis oben hin satt.«

»Ich werde dich nicht enttäuschen, Papa. Diesmal nicht. Ich verspreche es dir.«

Tick-tack, tick-tack.

»Bist du dir sicher?«

»Ja, Sir, Papa-Sir.«

»Wie sicher?« Sein Vater tritt näher. Mansoors Herz rast. »Einhundertfünfzig Prozent sicher. Du kannst mir vertrauen.«

Govindji schlägt seinen Stock gegen Mansoors Waden. Er stöhnt und sinkt auf die Knie.

»Zeig mir, was du draufhast, Junge!«, ruft sein Vater.

Mansoor wirft sich auf den Boden und fängt an, Liegestütze zu machen wie auf dem Kasernenhof. Rauf, runter, rauf, klatschen, rauf, runter, rauf, klatschen.

Sein Vater klopft mit dem Stock einen Takt auf den Boden. »Schneller, Junge. Du hast keine Zeit zu verlieren.«

Mansoor hat Schwierigkeiten mitzuhalten. Schweiß tropft auf den Boden.

Sein Vater drückt ihm einen Fuß auf den Rücken. »Oder schaffst du es nicht?«

Mansoors Beine zittern, seine Arme ebenfalls. Er bekommt kaum noch Luft.

»Ich ... schaffe ... es, Pa... pa. Ich ver... spreche es. Ich schaffe es.«

Die Glocke an der Eingangstür läutet.

»Hallo?«, ruft eine Frauenstimme.

Mansoor bricht auf dem Boden zusammen. Er hebt den Kopf und sieht eine Kundin am Tresen stehen. Er kämpft sich hoch. Seine Beine sind schwach. Sein Hemd ist klatschnass. Als er den Tresen erreicht, ist sie schon wieder zur Tür hinaus.

»Ich bin hier«, ruft er und folgt ihr nach draußen, aber sie bleibt nicht stehen.

Augenblicklich versteift sich sein Hemd, wie Wasser in einem Schockfroster. Schnell geht er wieder hinein. Kunden! Er schüttelt frustriert den Kopf. Eines Tages werden sie ihn noch umbringen.

KAPITEL 2

Als Layla aufwacht, liegt auf dem Küchentisch eine goldene Taschenuhr, die aufgeschraubt und zerlegt worden ist und deren Einzelteile eine Art Muster bilden wie ein halb fertiges Puzzle. Das Ziffernblatt, die Zeiger, Federn und Spiralen. Dazwischen ein winziger Schraubenzieher und Hammer. Vielleicht läuft die Uhr nicht mehr, und Mansoor versucht, sie zu reparieren? Sie weiß es nicht. Aber sie wird sich umhören oder im Telefonbuch der ismailitischen Gemeinde nachsehen, um jemanden zu finden, der sie zum Laufen bringen kann, damit er das nicht tun muss.

Layla bevorzugt Ismailiten für alle Besorgungen des täglichen Lebens – sei es der Gang zur Näherin (Habiba in der Änderungsschneiderei Auf Kante genäht), zum Lebensmittelhändler (Sultan im Spice Village für die indischen und afrikanischen Einkäufe und Poojani im P.D. Wholesale Superstore für alle anderen) oder zur Ärztin (Dr. Jenny Kara in der örtlichen Ambulanz). Es geht nicht nur darum, als Gemeinschaft zusammenzuhalten, was natürlich sehr wichtig ist, es ist auch eine Frage des Komforts – sie muss nicht herumdrucksen und lange erklären, was sie will. Alle wissen schon Bescheid. Außerdem ist es auch eine Kostenfrage. Sie bekommt dort einen Sonderrabatt, genau wie alle anderen Gemeindemitglieder – je nach ihrem individuellen Verhandlungsgeschick. Das sollte man mal in einem normalen Geschäft versuchen! Mansoor lehnt diese Einstellung ab und schimpf mit ihr, weil sie keine »Brücken zu anderen« baut. »Wieso sind wir dann überhaupt in dieses Land gekommen?«, fragt er. Aber wer sagt denn, dass sie überhaupt herkommen wollte?

Layla schnürt ihre Schürze fest um ihre schmale Taille, sodass sie weit über ihre ausladenden Hüften fällt. Sie steckt sich ihr kurzes, langsam ergrauendes Haar nach hinten und macht sich an die Arbeit. Sie läuft mit einem Arm voll Tupperdosen kreuz und quer durchs Haus und stellt einen Behälter auf jeden freien Fleck, den sie finden kann. Sie beginnt in der Küche mit den Arbeitsflächen, der Mikrowelle und dem kleinen Beistellwagen, in dem sie Zwiebeln und Kartoffeln aufbewahrt. Danach ist das Esszimmer dran, wo sie sich vom Esstisch über die Stühle zu dem Schränkchen mit den Gläsern und dem Festtagsgeschirr vorarbeitet. Dann folgt das Wohnzimmer mit der sargartigen Tiefkühltruhe an einer Wand, dem Couchtisch und den Beistelltischen. Sie fährt fort, bis auch die letzte freie Stelle des Hauses bedeckt ist – bis auf das Bad und die Schlafzimmer natürlich. Ein ganzes Haus voller Behälter. Eine kleine Fabrik, in der sie ihr selbst gekochtes Essen produziert: ostafrikanisch-indische Küche.

Durch das Küchenfenster erspäht sie ihre Freundinnen Shamma und Almas, zwei unverheiratete Schwestern, die in dem Reihenhaus gegenüber wohnen. Ein feiner Schnee liegt auf den Gehsteigen der Reihenhaussiedlung. In der Dunkelheit sehen die großen, schmalen Häuser aus wie Schatten, die man vom Boden aufgehoben und aufrecht hingestellt hat. Jetzt sieht Shamma sie auch. Sie hält drei Finger hoch und winkt. Layla ballt die Hand und bewegt ihren Arm auf und ab, um zu bestätigen, dass sie um drei Uhr zum Teetrinken zu ihnen kommen wird. Sie kennt alle hier in der Siedlung, und alle kennen sie; nicht nur weil sie täglich zum Abendgebet und, wenn irgend möglich, auch zum Morgengebet ins *Jamat*khana geht, sondern auch weil sie bei allen

Ismailiten in ganz Calgary, eigentlich im ganzen Land, für ihre sagenhaften Hähnchen-Samosas berühmt ist. Nicht dass irgendjemand sie schon einmal nachzukochen versucht hätte. Das Rezept ist streng geheim. Es ist ausschließlich dem Imam vorbehalten. Dem hochverehrten Aga Khan.

Auch die Schwestern in ihren rosa Kittelschürzen und den passenden Hauben sehen aus, als würden sie gerade erst ihren Tag beginnen. Sie betreiben einen Friseursalon im Keller ihres Hauses. Wenn Mansoor wüsste, dass sie sich immer noch im Pinken Kamm die Haare machen lässt, wäre er außer sich. »Die betreiben ihr Geschäft illegal, Layla. Geh bitte zu einem ordentlichen Friseur, ja?« Aber die beiden sind mehr als nur Freundinnen. Sie sind fast schon Familie. Sie erinnern Layla an ihre Schwestern. Und an ihre Mutter. Die vermisst sie am meisten. Ihr fehlt die Gesellschaft von Frauen, die sie liebt, Frauen, mit denen sie lachen kann, Frauen, die alles über sie wissen. Ohne sie fühlt es sich an, als wäre ein Teil von ihr verlorengegangen.

Als sie Shamma und Almas erzählt hat, dass Ashif nach Hause kommt, haben sie sie darum gebeten, ihn zum Teetrinken mitzubringen. Sie hatte es nicht über sich gebracht, Nein zu sagen, und nur geantwortet, sie würde ihr Bestes versuchen.

Sie kennen Ashif schon seit seiner Kindheit; er nennt sie sogar *masi*, die offizielle Bezeichnung für Schwester der Mutter. Aber dafür würde keine Zeit bleiben. Er wird nur kurz zum Mittagessen vorbeikommen, obwohl er zwei volle Tage in Calgary bleibt, bevor er für zwei weitere nach Vancouver fliegt. Sie war todunglücklich, als er damit rausrückte. Sie hat ihn nun schon seit über einem Jahr nicht mehr gesehen.

»Dann begleite mich wenigstens am Mittwoch ins Jamatkhana. Das ist so ein wichtiger Abend«, hatte sie gesagt und mühsam ihre Tränen zurückgehalten. »Es ist Lailat al-Qadr, die Nacht der Bestimmung, und alle werden dort sein.« Schließlich war ein Gebet während der Nacht der Bestimmung so viel wert wie die Gebete in tausend anderen Nächten. Es ist die wichtigste Nacht des Ramadan, des Monats, in dem Allah dem Propheten die ersten Kapitel des Korans offenbarte.

»Aber ich bin zum Arbeiten hier, Mama«, antwortete Ashif. »Ich bin von morgens bis abends beschäftigt.«

»Warum kommst du dann nicht am Freitag wieder, nachdem du in Vancouver alles erledigt hast? Bleib übers Wochenende bei uns. Das wäre doch schön.«

»Mein Rückflug nach Toronto ist schon gebucht. Die Firma würde die Umbuchungsgebühr ganz bestimmt nicht übernehmen. Und die hat sich gewaschen.«

»Na gut«, sagte sie, auch wenn sie sich nicht ganz sicher war, was »hat sich gewaschen« bedeutete. Ihr Sohn spricht mit seinem Vater Englisch und mit ihr eine Mischung aus Englisch und Kutchi. Ihr Englisch ist gut, aber manchmal fällt es ihr schwer, ihm zu folgen – nicht nur wegen der Wörter, die er benutzt, sondern auch wegen seines kanadischen Akzents. Als käme er aus einem anderen Land; aber das ist natürlich Quatsch! Manchmal muss sie sich seine Worte zusammenreimen. Sie stimmt ihm zu, unabhängig davon, ob sie ihn versteht oder nicht. Aber wenn er sie dabei erwischt, schimpft er mit ihr und sagt, sie müsse lernen, den Mund aufzumachen. »Dies ist ein freies Land, Mama! Du kannst sagen, was du willst.« Sie akzeptiert seine Ermahnungen. Auch wenn sie ihn manchmal daran erinnern möchte, dass sie schließlich immer noch seine Mutter ist.

»Ich will ja kommen, Mama«, hatte Ashif beteuert. »Aber ich habe wahnsinnig viel zu tun. Das weißt du doch.«

»Ja, das weiß ich, *bheta*«, hatte sie geantwortet, auch wenn ihr nicht klar ist, warum ihr Sohn immer so beschäftigt ist. Sie versteht nicht so richtig, was genau er arbeitet. Aber sie weiß, er hat einen wichtigen Job bei einer großen Firma.

Layla sehnt sich danach, das Gesicht ihres Sohnes zu sehen, ihn in den Arm zu nehmen und an sich zu drücken wie damals, als er noch ein kleiner Junge war. So müssen sich alle Mütter fühlen, die von ihren Kindern getrennt sind, davon ist sie überzeugt. Ein ständiges Gefühl von Verlust und Sehnsucht. Wenn er doch nur in der Nähe geblieben wäre, anstatt so weit wegzuziehen. »Calgary ist viel besser«, hatte sie ihn gedrängt, als er ihr von seinen Plänen erzählte, nach dem Abschluss des Wirtschaftsstudiums in Toronto zu bleiben. »Aber alle wirklich guten Jobs sind in Toronto. Ich muss dortbleiben.«

Sein Vater hatte ihm zugestimmt. »Lass ihn einfach in Ruhe, ja, Layla? Der Junge versucht, etwas aus sich zu machen«, hatte er gesagt und seinem Sohn den hochgestreckten Daumen gezeigt.

Wenn damals in der Heimat jemand in eine andere Stadt zog, war diese immer nur eine kurze Autofahrt entfernt. Oder einmal mit der Fähre über den Victoriasee. Aber hier ist es eine ganz andere Geschichte. Der Flug von Calgary nach Toronto dauert mindestens fünf Stunden. Fünf Stunden! Toronto könnte genauso gut in einem anderen Land liegen. Schon viele Male hat sie auf der Karte an der Wand in Ashifs ehemaligem Schlafzimmer, das jetzt ihres ist, die Entfernung gemessen. Wie oft ist sie schon mit ihrer ausgestreckten Handfläche quer durch Kanada gereist. Vier Handflächen hintereinander! Uganda ist gerade mal einen Zeigefinger breit, ihre Heimatstadt Kisumu in Kenia nicht größer als die Spitze ihres Fingernagels. Nimmt man noch die verschiedenen Zeitzonen hinzu, dann muss man fast schon einen Termin vereinbaren, nur um ein einfaches Telefonat mit jemandem aus einer anderen Stadt zu führen. Nicht dass sie viele Leute zum Anrufen hätte. Alle, mit denen sie in Kontakt steht, leben hier in Calgary. Nur ihr Sohn nicht. Ihre Brüder sind noch in Kenia. Ihre Mutter auch. Ihre Schwester Shenaz lebt in Australien. Ihre Schwester Gulnar in Pakistan. Ihre Familie ist über den Globus verteilt wie die Sterne am Himmel. Die meisten hat sie über fünfundzwanzig Jahre nicht mehr gesehen. Noch nicht einmal, als sie Uganda verlassen musste. Dafür war keine Zeit gewesen.

***

Nur wenige Tage vor dem 8. November 1972, Ablauf der Frist, die General Idi Amin allen Asiaten zur Ausreise aus Uganda gesetzt hatte, traf Layla mit ihrem Baby im Flüchtlingslager der Royal Air Force hundert Kilometer außerhalb von London ein. Schon Monate zuvor war die jüdische Gemeinde aus dem Land geworfen worden. Danach waren dann die Asiaten dran. Sogar die Muslime unter ihnen mussten innerhalb von neunzig Tagen das Land verlassen. Sie hatte Mansoor vorgeschlagen, zu ihrer Familie nach Kenia zu ziehen, aber Mansoor hatte sich geweigert, dem Erlass Glauben zu schenken, und als er nicht länger die Augen vor der Wahrheit verschließen konnte, hatten alle Nachbarländer Ugandas ihre Grenzen bereits geschlossen. »Als wenn er uns rausschmeißen würde. Wir sind schließlich in diesem Land geboren, Herrgott noch mal«, hatte er zu sagen gepflegt. Im Jamatkhana vertraten viele Priester eine ähnliche Meinung. Aber jeden Tag machten neue Geschichten über Amins Terror die Runde: Zwei Männer wurden beim Tanken an der Tankstelle erschossen; ein Mann wurde in einen Kofferraum gesperrt und nie wieder gesehen; Zwillingsschwestern wurden vom Campus der Makerere-

Universität aus ihrem Wohnheimzimmer entführt und tagelang von einer Gruppe Armeeoffiziere vergewaltigt, bis einer Schwester schließlich die Flucht gelang – ihre Brustwarzen bluteten noch, als sie am Straßenrand gefunden wurde. Panik breitete sich aus. Die Mitglieder der asiatischen Gemeinde begannen, ihre Sachen zu packen. Die Vereinten Nationen organisierten Lufttransporte, die die Menschen außer Landes brachten. Jeder Flüchtende durfte ein Gepäckstück und 50 Pfund mitnehmen. Layla schmuggelte ihren Brautschmuck hinaus, indem sie Halsketten in Ashifs Windel einnähte, Ohrringe in seiner Milchflasche versteckte und Armbänder auf seine winzigen Oberschenkel schob. »Wenigstens könnt ihr hier raus«, hatte Ashifs *ayah* Rose, ihr ugandisches Kindermädchen, gesagt, bevor sie sich die Augen an den Ärmeln ihres *kanga* trocken rieb. »Aber was soll aus uns werden, Mamma?«

Layla hatte Mansoor angefleht, mit ihnen zu kommen: »Bitte, sie werden dich töten.« Mansoor hatte sich geweigert. Er wollte so lange bleiben, wie es eben ging, und versuchen, ihr Vermögen irgendwie zu retten. Außerdem, erinnerte er sie, hatte das Britische Konsulat strengstens davon abgeraten, ohne gültige Papiere einzureisen. Illegale Einreisende, so die Warnung, würden auf unbestimmte Zeit festgesetzt, selbst wenn Frau oder Kinder britische Staatsbürger seien. Eine schreckliche Sache, diese Ausweisung von achtzigtausend Asiaten, hieß es, aber wir haben keine Wahl: Wir müssen an unserer Quotenregelung für die Einreise festhalten. Stadträte wie der von Leicester schalteten Anzeigen in ugandischen Zeitungen, in denen sie die Asiaten nachdrücklich aufforderten, ihrer Stadt fernzubleiben. Layla konterte Mansoors Weigerung, indem sie ihn auf andere Männer hinwies, die ebenfalls keinen britischen Pass besaßen und trotzdem ihre Familien begleiteten. »Ich bin nicht wie andere Männer«, antwortete Mansoor sachlich. »Sei stark, Layla, unserem Sohn zuliebe. Wir werden wieder vereint sein, eh du dich's versiehst. Das verspreche ich dir.«

In London beobachtete sie neidvoll, wie Familien in der Lager-Cafeteria zusammensaßen und gemeinsam aßen und lachten. Viele der illegal Eingereisten wurden in den Lagern festgehalten, aber wenigstens waren sie als Familie zusammen, und das war doch das Wichtigste. Nach und nach gelang es etlichen von ihnen, erfolgreich in Länder wie Schweden oder Argentinien weiterzureisen, nachdem sie sich auf Anzeigen am Schwarzen Brett des Lagers mit Überschriften wie »Haben Sie schon mal eine Ausreise in Betracht gezogen?« gemeldet hatten. Mansoors drei Schwestern und ihre Familien hatten im selben Flugzeug nach London gesessen, aber sie hatte sie in der Menschenmenge in Heathrow aus den Augen verloren. Als sie sie in einem anderen Lager aufspürte, sagten die Schwestern, sie wünschten wirklich, sie könnten ihr helfen, vielleicht sogar in eine gemeinsame Wohnung ziehen, aber sie dürften das Lager nicht verlassen – ihre Ehemänner wären Gefangene. Jahre später erfuhr sie, dass ihre Männer ihr Vermögen erfolgreich über einen befreundeten Reiseveranstalter aus Uganda herausgeschmuggelt hatten. Sie hatten Dutzende Flüge gebucht, die mehrfach um den Globus führten, als würden sie die Welt in kilometerlange Goldfäden wickeln. Nachdem sie aus den Lagern entlassen worden waren, hatten sie sich in Birmingham niedergelassen, wo sie unauffällig alles stornierten und die Rückzahlungen einstrichen.

Im Lager fühlte sich Layla zutiefst einsam, so wie damals, als sie von Kenia nach Uganda gezogen war, um Mansoor zu heiraten. Sie hatte niemanden in Kampala gekannt; sie hatte auch Mansoor kaum gekannt. Sie hatte ihn nur ein paarmal getroffen, bevor ihr Vater in Mansoors Bitte um die

Hand seiner Tochter einwilligte und der Hochzeit zustimmte. Layla erzählte niemandem davon, nicht mal ihrer eigenen Familie, wie sehr sie unter der Trennung litt, wie sehr sie sie alle vermisste. Sie behielt ihre Gefühle für sich. Sie wusste, dass eine Frau nicht erwarten durfte, Teil der Familie zu bleiben, in die sie hineingeboren war. Ihr neues Zuhause musste, wie ihr Name, unweigerlich in dem ihres Mannes aufgehen.

Monate vergingen ohne die geringste Nachricht von ihrem Mann, und die Sorgen schnürten ihr die Kehle zu. Würde sie ihn jemals wiedersehen? War er noch am Leben? In London begann die Behörde, die für die Umsiedlung der Geflohenen aus Uganda zuständig war, die Menschen zu drängen, sich Arbeit zu suchen; die Zeitungen schrieben davon, dass es sich viele Flüchtlinge zu bequem gemacht hätten. Kurz darauf besuchten Abgesandte verschiedener Arbeitgeber die Lager, und Layla wurde Arbeit in einer Schneiderei in Manchester angeboten. Zu der Stelle gehörten eine Sozialwohnung und Kinderbetreuung auf dem Werksgelände. Aber sie wollte nicht, dass sich jemand anderes um ihr Kind kümmerte, und sie machte sich Sorgen, dass Mansoor sie nicht finden würde, wenn sie London verließen. Also blieb sie im Lager und betete jeden Tag für seine sichere Ankunft. Und jede Nacht, wenn sie das Baby in den Schlaf wiegte, flüsterte sie ihm ein und denselben Satz ins Ohr, wie ein Mantra: »Papa wird schon bald wieder bei uns sein.«

KAPITEL 3

Ashif steht an der Stirnseite des Konferenzraums auf der Vorstandsetage im neunundfünfzigsten Stock des kanadischen Hauptsitzes seines Unternehmens, mitten in der Innenstadt von Toronto. Der Raum besteht fast nur aus Fenstern. Als würde ein Glaskasten Hunderte von Metern in der Luft schweben. Er hat eine Hand in die Tasche seines britisch geschnittenen marineblauen Einreihers gesteckt, der seinen großen, schlanken Körper perfekt betont, die andere ruht auf dem Pult neben ihm. Er ist frisch rasiert, und sein lockiges dunkles Haar ist glatt zurückgekämmt, bis auf eine widerspenstige kleine Locke, die sich hartnäckig verweigert – trotz der verschiedenen Pomaden, die er allmorgendlich einsetzt, um sie in Form zu bringen.

Auf einem Tisch an der Wand im hinteren Teil des Konferenzraums stehen weiße Kannen, eine Glasschüssel mit mehreren Flaschen Saft auf langsam schmelzenden Eiswürfeln und zwei silberne Tabletts; auf einem davon liegt ein einzelner Muffin. Die Mitglieder der Führungsriege sitzen auf einfachen schwarzen Lederstühlen um den ovalen Konferenztisch herum. Vor ihnen stehen Kaffeetassen mit einem fliegenden Falken darauf, dem Logo der Firma. Sie hören konzentriert zu, einige machen sich ausführliche Notizen, während Ashif die Zahlen seiner Abteilung referiert.

Er legt die nächste Folie der von seiner Assistentin vorbereiteten Präsentation auf den Overheadprojektor, der auf einem Rollwagen thront. Eine bunte Tabelle voller Zahlen erscheint auf der weißen Leinwand hinter ihm. Die Grafik hat die Überschrift »Verkaufserwartung & Budget« und beinhaltet Kategorien wie Verkaufsvolumen, Gewinnspanne und Wachstum. Die Kennzahlen in den Kategorien fächern sich auf in Jahre, Quartale, Monate. Es ist von entscheidender Bedeutung, dass das Wachstum über alle Zeiträume hinweg stetig ansteigt wie eine endlose Rolltreppe. Darauf verlässt sich die Firma, das erwarten die Aktionäre, und darum geht es in Ashifs Job, wie in jedem Vertriebsjob – Quartal für Quartal höhere und bessere Zahlen zu liefern.

Nach seiner Präsentation gratuliert ihm das gesamte Management für seine gute Arbeit und bewilligt sein Budget. Aus dem Hintergrund strahlt ihn Rick an, nicht nur weil Ashif die von ihnen erwarteten Ziele erreicht hat, sondern auch weil er, wie Ashif weiß, Bonuspunkte dafür gutgeschrieben bekommt, ihn erfolgreich betreut und gecoacht zu haben – eins von acht Erfolgskriterien, aus denen sich die Leistungsbeurteilung aller leitenden Angestellten und Führungskräfte zusammensetzt. Ken, der Vizepräsident der Finanzabteilung, klopft Ashif auf den Rücken. »Tolle Präsentation, mein Junge. Du bist auf dem richtigen Weg.« Glenda, die Vizepräsidentin der Marketingabteilung, drückt ihm fest die Hand. »Gute Arbeit, Ash. Es war richtig, dass wir uns für dich entschieden haben.« Sie ist die einzige Frau im Management und trägt meistens Hosenanzüge. »Ich wette, darunter hängt ein Paar verdammt großer Eier«, hatte Rick in gedämpftem Ton zu einer Gruppe von Männern gesagt, als sie beim jährlichen Baseball-Turnier der Firma einen weiteren Homerun geschlagen hatte. Alle hatten gelacht, auch Ashif, obwohl er es nicht besonders witzig gefunden hatte.

Rick begleitet Ashif hinaus. Die Lobby der Chefetage ist ein feudal gehaltener Raum mit Holzverkleidung, tiefen Ledersofas und Wänden, an denen wie in einem Museum die

Porträts der ehemaligen Vorstandsvorsitzenden in Szene gesetzt sind. Ältere weiße Männer in dunklen Anzügen. Ausnahmslos.

»Hast du dich auf die Meetings in dieser Woche vorbereitet?«

»Aber klar«, sagt Ashif.

»Natürlich bist du vorbereitet. Wie immer.« Rick klopft Ashif auf den Rücken. »Wenn du so weitermachst, mein Junge, wirst du den Laden hier bald schmeißen.«

Das Unternehmen entlässt weltweit fast zwanzigtausend Mitarbeiter. Durch die Automatisierung von Vertriebsabläufen werden Arbeitsplätze abgebaut. Das ist dem Internet und dem E-Commerce zu verdanken. Ashif wurde ausgewählt, um die Umstrukturierungsmaßnahmen der Firma in seiner Abteilung umzusetzen. Zunächst in Calgary und Vancouver. Seine Aufgabe wird es sein, möglichst viele der betroffenen Mitarbeiter dazu zu bringen, einer Entlassungsvereinbarung zuzustimmen. Das ist kosteneffizienter als eine erzwungene Entlassung, die dazu führen kann, dass Anwälte ins Spiel kommen, was für das Unternehmen unterm Strich teurer wäre. »Es ist eine Sache, etwas nach draußen verkaufen zu können, aber eine ganz andere, es auch intern zu schaffen. Darin zeigt sich das wahre Verkaufstalent«, hatte Rick gesagt, als er ihn mit seiner neuen Aufgabe betraute. Es ist ein weiterer Test, wie die vielen Tests zuvor, die er bereits bestanden hat. Wie gut er sich schlägt, wird darüber entscheiden, ob er weiter im mittleren Management festhängt oder ob es ihn auf der Karriereleiter direkt bis ins oberste Management katapultiert; auf der Überholspur, wie es seine Arbeitskollegen nennen – das Ziel eines jeden je vom Unternehmen eingestellten Bewerbers, einschließlich Ashif. In jedem der fünf Bewerbungsgespräche, die er mit zunehmend höher in der Hierarchie stehenden Vorgesetzten geführt hatte, bevor er schließlich eingestellt wurde, hatte er selbstbewusst erklärt, dass er genau dies wolle. In dem Jahr, als er sein Wirtschaftsstudium abschloss, hatte die Firma exakt einen neuen Mitarbeiter eingestellt. Ihn.

Der Weg für die zukünftigen Topmanager ist klar abgesteckt. Er hat seinen eigenen Verlauf und führt direkt an die Spitze des Organigramms der Firma. Dieses Organigramm ist in Handelsregionen und deren Unterregionen aufgeteilt, jedes Gebiet auf der Welt ist klar umrissen und verwaltet. Ebene IV bedeutet den Zugang zu dem, was von allen in der Firma der »goldene Raum« genannt wird. Manager der Ebene IV erhalten Aktienoptionen, höhere Spesenkonten (vor allem zur Unterhaltung der Kunden), Reisen per Businessclass (und je nach Verfügbarkeit Zugang zum Firmenjet), eine Mitgliedschaft im Granite Club und eine umfassende Krankenversicherung. »Mit großer Macht kommen goldene Handschellen, Spider-Man, nicht die große Freiheit«, scherzen die Kollegen. »Wenn du den goldenen Raum erst einmal betreten hast, gehörst du ganz und gar ihnen.«

In der Lobby hält Rick eine Plastikkarte vor ein Lesegerät, und eine Glastür schwingt auf. »Viel Glück diese Woche.«

Als Ashif durch die Tür tritt, erkennt er im Glas ein schwaches Spiegelbild seiner selbst, als wäre ein anderer Mann darin gefangen. Er nimmt den Fahrstuhl runter in den sechsundzwanzigsten Stock und schlängelt sich durch ein Labyrinth von Arbeitskabinen voller Sachbearbeiter und Juniorverkäufer zu seinem Büro in der nordwestlichen Ecke. Patty, seine Assistentin, erhebt sich von ihrem Schreibtischstuhl und hält ihm einen Stapel mit Nachrichten hin.

»Was Dringendes dabei?«, fragt er auf dem Weg in sein Büro.

»Nur eine Sache.« Sie folgt ihm mit kurzen Schritten, ihr roter Bleistiftrock und die hohen Absätze bremsen sie ein. »Serge möchte mit Ihnen über Ihre Termine nächste Woche in Atlanta sprechen.«

»Gut, holen Sie ihn mir ans Telefon.« Ashif knallt den wuchtigen Aktenordner mit den Umstrukturierungsplänen der Firma auf seinen Schreibtisch. Er setzt sich in den ledernen Bürostuhl und rollt an den Tisch heran. Im Gebäude gegenüber bewegen sich kleine, dunkle Gestalten hinter den quadratischen Fenstern wie Vögel in einem Käfig.

Sie überreicht ihm einen Umschlag mit der Aufschrift *Fairmont Hotels & Spa.* »Für Ihre Mutter.«

»Danke.« Er ist davon überzeugt, dass Patty ihn für ein Muttersöhnchen hält. Nichts könnte weiter von der Wahrheit entfernt sein.

»Es wird ihr gefallen.«

»Hoffentlich«, sagt er. Er ist sich nie ganz sicher, was seine Mutter mag oder möchte. Sie sagt nie etwas ganz direkt. Sie kommuniziert in Codes. Wenn sein Vater fragte, ob sie ein Eis essen gehen wolle, und sie antwortete: »Nur wenn Ashif möchte«, dann bedeutete das »ja«, das hatte er schon als Kind verstanden. Aber seine Interpretationen waren nicht immer richtig. Er machte sich ständig Sorgen um sie, selbst jetzt noch, wo sie Tausende Kilometer voneinander trennten. Als wäre sie immer bei ihm, als würden sie aneinanderkleben wie ein Fuß auf weichem Teer.

Patty teilt ihm mit, dass sie seine Hotelreservierungen bestätigt habe. Zwei Nächte in Calgary und dann zwei weitere Nächte in Vancouver. Auch seine Limousine von und zum Flughafen stehe bereit.

»Können Sie dem Fahrdienst sagen, dass es in Calgary zwei Zwischenhalte geben wird?«, bittet er Patty. »Ich werde meine Eltern zum Mittagessen besuchen, bevor ich ins

Hotel fahre.« Er schreibt eine Adresse auf und reicht sie ihr. »Das Zuhause meiner Eltern«, sagt er, auch wenn seine Eltern ihn beide zurechtweisen würden, wenn sie gehört hätten, dass er es *ihr* Zuhause nennt. Für sie war ihr Zuhause sein Zuhause, genauso wie sie sein Zuhause als ihr Zuhause betrachteten. Sie machten keinen Unterschied zwischen mein und dein. Als würde alles gleichermaßen der Familie gehören. Wenn man anderer Meinung war, wurde es als egoistisch angesehen.

»Das ist so lieb«, sagt Patty, während sie in ihr Notizbuch schreibt. »Sie sind ein guter Sohn, Ash.«

Als sie hinausgeht, entriegelt er die oberste Schublade seines Schreibtischs, hebt das Ablagefach an und nimmt ein Fläschchen heraus. In der Ferne sieht er eine Armee aus Scheinwerfern die Bay Street entlangwandern. Am Abend wird er denselben Strom in die umgekehrte Richtung fließen sehen, wenn die Menschen nach Hause zurückkehren und die Bürotürme wie leere Hüllen hinter sich lassen mit nichts darin als Hausmeistern und einigen wenigen Leuten wie ihm an den Schreibtischen. Er klopft eine kleine weiße Pille aus dem Fläschchen. Sie ist winzig, aber er kommt ohne sie nicht zurecht. Sein Arzt ist derselben Meinung. Ashif nimmt schon seit Jahren Antidepressiva. Er steckt sich die Pille in den Mund, dann schluckt er sie hinunter.

KAPITEL 4

Mansoor fährt auf den Parkplatz eines Einkaufszentrums, nicht weit von seinem Geschäft entfernt. Gleich ist der Termin bei der Bank. Er hat die Reinigung für eine Stunde geschlossen und ein Schild an die Tür gehängt, auf dem er seine Kunden darüber informiert, dass er um 16.30 Uhr zurück sein wird. Zeit genug für den Bankangestellten, seinen Hypothekenantrag zu überprüfen. Er nimmt seine Sachen und steigt aus. Eine Aktentasche und einen Ziehharmonikaordner mit all seinen Papieren. Die Geschäftsberichte der Reinigung, seine Steuerbescheide (privat und geschäftlich), die Besitzurkunde für sein Haus. Die Unterlagen von zehn Jahren. Aber so ist das nun mal mit diesen Banken. Wie vor Gericht, nur dass einen die Bank für schuldig hält, bis die Unschuld bewiesen ist. Aber er macht sich keine Sorgen. Sein Geschäft weist eine stabile Erfolgsbilanz auf, das kann er mit Zahlen belegen. Er hat auch drei Immobilienangebote von seinem Makler dabei, selbst wenn ihn nur eins davon ernsthaft interessiert. Eine leere Lagerhalle am Stadtrand von Calgary.

Der Himmel über ihm ist ein endloser Flickenteppich aus Weiß und Blau. Der Parkplatz vor ihm ein Durcheinander aus Schnee und Matsch. Als Mansoor ihn überquert, tritt ein Mann in zerrissener Kleidung und langen, verfilzten Haaren hinter einem Müllcontainer hervor. Er stinkt nach Urin. Erschrocken weicht Mansoor zurück.

»Haben Sie vielleicht etwas Kleingeld übrig?«, fragt der Mann.

Mansoor zögert, dann muss er an Uganda denken.

***

Einige Tage nach dem Ablauf von Idi Amins Ultimatum nahm Mansoor einen der letzten UN-Charterflüge, die Uganda verließen. An Bord suchte er in Nebelschwaden aus Zigarettenqualm nach seinem Sitz. Das Flugzeug war bis auf den letzten Platz mit staatenlosen asiatischen Männern besetzt, Männern, die nun nirgendwo mehr hingehörten.

Kurz nachdem Layla und Ashif nach England aufgebrochen waren, stürmten fünf Armeeoffiziere mit erhobenen Macheten einen seiner Läden und forderten Geld und die Schlüssel. Mansoor wollte Widerstand leisten, aber er war wie gelähmt vor Angst. Als hätte er eben noch entspannt seine Runden im Becken des Aga Khan Sports Club gedreht und auf einmal bemerkt, dass er gar nicht im Pool, sondern im Victoriasee schwamm. Wulstige Krokodilaugen umzingelten ihn von allen Seiten. Er fügte sich den Offizieren und ging still und leise zur Tür von *Visram P. Govindji & Sohn* hinaus.

Er eilte durch die Seitenstraßen der Stadt nach Hause und packte innerhalb von Minuten. Dann fuhr er zur Gurdwara, mit seinem Hausdiener Joseph auf dem Beifahrersitz. Der Sikh-Tempel war nun der einzige sichere Ort für alle, die es nicht geschafft hatten, vor Ablauf von Amins Ultimatum das Land zu verlassen. Am Tempel nahm Mansoor seine Aktentasche aus dem Kofferraum und übergab Joseph die Schlüssel zu seinem Mercedes und zum Haus der Familie.

Das Flugzeug rollte auf die Startbahn, und kurz darauf waren sie in der Luft. Aus vielen der Männer platzte es heraus; sie beschimpften Amin und riefen: »Gut, dass wir dich los sind! Auf Nimmerwiedersehen, General Dodo!« Einige jedoch waren sicher, dass er seine Entscheidung revidieren und sie bitten würde zurückzukommen. Aber zurück woher? Keiner von ihnen wusste, wo sie bleiben sollten. Andere flüsterten leise miteinander, doch die meisten saßen wie Mansoor still auf ihrem Platz und schauten zum Fenster hinaus. In der Ferne sah Mansoor das unermessliche Blau des Victoriasees und unter sich die Stadt Entebbe. Obwohl Kampala zu weit entfernt war, konnte er vor seinem geistigen Auge all die Häuser sehen, in denen er als Kind gelebt hatte, jedes größer als das zuvor, sie wuchsen mit dem Imperium seines Vaters um die Wette. Er sah das Jamatkhana in der Jinja Road vor sich, wo er als Kind im Garten gespielt hatte; die Grundschule, zu der er jeden Morgen in aller Frühe mit seinen Freunden aufgebrochen war, in der Hand sein Lunchpaket aus Chapti und Dhal-Curry; die Jahre auf der Oberschule mit denselben Freunden; die Picknickausflüge aufs Land, die die Familie jeden Sonntag unternahm und bei denen sie über einem offenen Feuer würzige Mishkaki-Spieße grillten; das allererste Geschäft seines Vaters, das er 1929 in der Martin Road eröffnet hatte und das er mit sechzehn Jahren ganz allein hatte leiten dürfen. Er sah das Agha Khan Krankenhaus, in dem Ashif geboren worden war; die City Bar, in der er die Geburt mit einem Raum voller fremder Männer gefeiert hatte; den ismailitischen Friedhof, auf dem sein Vater liegt. Dann verschwand Uganda unter einer Decke aus weißen Wolken.

Vierzehn Stunden später landeten sie in Wien, wo sie an einem Sonderschalter der Einwanderungsbehörde kontrolliert und dann durch einen Korridor von klatschenden Österreichern in die Ankunftshalle des Flughafens geführt wurden. Einige hielten Schilder in die Höhe, auf denen sie sie willkommen hießen. Andere beugten sich vor und schüttelten ihnen die Hände, als wären sie Filmstars. Eine Frau schenkte Mansoor ein Sandwich und eine Tüte mit Schokoladenmünzen. »Es tut uns sehr leid, was Sie durchmachen mussten«, sagte sie. Er wollte das Geschenk ausschlagen, aber er konnte sie verstehen. Sie versuchte nur, ihn in ihrem Land willkommen zu heißen. Also nahm er das Essen an und dankte ihr, auch wenn er sich durch diese Geste klein und hilflos fühlte. Wie ein Bettler. Als wäre er durch das Passieren der Drehtür zwischen Zoll und Ankunftshalle in der Zeit zurückgereist und genau dort gelandet, wo sein Vater gewesen war, als er sechzig Jahre zuvor die Küste Sansibars erreicht hatte. Ein mittelloser Obdachloser, der nicht das Geringste vorzuweisen hatte.

Im Flüchtlingslager in Österreich stellte sich schnell heraus, dass es nur wenige Länder gab, die bereit waren, sie aufzunehmen. Viele Länder, Amerika etwa, hatten den Flüchtlingen den Rücken zugewandt, nicht jedoch Kanada. Pierre Elliott Trudeau öffnete großzügigerweise die Grenzen für alle asiatischen Flüchtlinge aus Uganda, auch für die Ismailiten. Wäre der Premierminister nicht gewesen, Mansoor hätte nicht sagen können, was mit ihnen geschehen wäre.

Als Uganda seine Unabhängigkeit erhielt, hatten die Briten versprochen, jeden zu beschützen, der sich vor dem Ausbruch eines exzessiven afrikanischen Nationalismus fürchtete; sie ermutigten die Menschen, ihren britischen Pass zu behalten. Aber ohne eine ugandische Staatsbürgerschaft erlaubte die neue afrikanische Regierung den Asiaten nicht, ihre Geschäfte zu betreiben. Was also tun? Sie wählten die sichere Mitte. Oder besser gesagt, sie setzten sich zwischen alle Stühle. Die Frau behielt den britischen Pass, der Mann nahm die ugandische Staatsbürgerschaft an.

Was für eine verdammte Ironie: Amin warf sie aus dem Land, weil die Asiaten ihre Loyalität geteilt hatten. Warum hatten sie sich in der wichtigsten Zeit in der Geschichte des Landes nicht dazu entschließen können, Bürger Ugandas zu werden? *Ihr habt die Kuh gemolken, aber ihr habt sie nicht gefüttert.* Das Gerücht ging um, Amin habe sie rausgeworfen, weil ein asiatisches Paar ihm die Hand ihrer Tochter verweigert habe. Und dann verweigerte die Königin jedem ohne britischen Pass die Einreise, selbst wenn ihre Familien bereits nach London ausgeflogen worden waren.

Während einer ihrer Geschichtsstunden erzählte Mansoor Ashif, dass der Premierminister ihn eigenhändig gerettet habe, indem er wie ein Superheld in rotem Umhang und mit einer Baskenmütze auf dem Kopf, auf der ein Ahornblatt prangte, in das Wiener Flüchtlingslager hineingewirbelt war und ihn mit sich davongetragen hatte. *Merci beaucoup, Monsieur Trudeau. Merci beaucoup.* Seit sie kanadische Staatsbürger waren, hatte Mansoor darauf bestanden, dass er und Layla die Liberalen wählten; das tat sie (hoffte er), auch wenn sie immer sagte, dass es sinnlos sei, überhaupt zur Wahl zu gehen, insbesondere zu den Provinzwahlen. Was ändere es schon? Alberta war seit Jahrzehnten fest in konservativer Hand. Sie mochte recht haben, aber das war nicht der Punkt. Warum konnte sie eine solch einfache Sache nicht verstehen?

***

Mansoor fischt einen Zehndollarschein aus seinem Portemonnaie und gibt ihn dem Obdachlosen.

Der Mann küsst den Schein und hält ihn in die Luft. »Vielen Dank, Sir!«

»Alles Gute«, antwortet Mansoor. Erfüllt von einem tiefen Gefühl von Stolz und Würde betritt er die Bank. Jetzt ist er der Gebende, in seinem wundervollen neuen Land.

Der Bankangestellte, Jon Brady, ist jünger, als Mansoor erwartet hat. Ungefähr im selben Alter wie Ashif, und das gefällt ihm. Er ist froh, es nicht mit einem alten, drögen Banker zu tun zu haben, der vielleicht Schwierigkeiten hätte, die neuen Technologien und seine bahnbrechende Geschäftsidee zu verstehen. Mansoor legt eine Kopie seines Businessplans wie eine Speisekarte vor Jon auf den Tisch. Der Banker lehnt sich zurück und kritzelt in den Dokumenten herum, während Mansoor mit großer Begeisterung über Rentabilitätsgrenzen, Absatzmengen, das Internet und E-Commerce spricht. Als er seinen Vortrag beendet, lobt Jon ihn.

»Das ist eine großartige Idee. Sehr innovativ.«

Mansoor lacht. Na also! Er wusste, es würde ein Kinderspiel werden. Sein Plan ist grundsolide.

»Das Problem ist bloß, dass Ihre Schuldendienstquote ziemlich hoch ist.«

Das ergab für Mansoor überhaupt keinen Sinn. »Aber ich habe doch gar keine Schulden. Überhaupt keine! Ich habe den Kredit von der Tankstelle schon vor Jahren zurückgezahlt. Sogar mein Haus ist abbezahlt. Ich habe eine vollkommen weiße Weste.«

»Ja, das kann ich den Unterlagen entnehmen.« Er klopfte mit dem Stift gegen sein linkes Knie.

»Ich habe keine einzige Zahlung versäumt. Keine einzige! Ich habe immer alles pünktlich überwiesen.« Mansoor hat das Gefühl, dass der Banker versucht, ihn für etwas zu verurteilen, das er gar nicht getan hat.

»Ja, das glaube ich Ihnen, Mansoor. Aber wie Sie wissen, ist die Schuldendienstquote an das Einkommen gebunden. Mit Ihren jetzigen Einnahmen können Sie die Zahlungen leicht leisten, aber aus unserer Sicht ist einfach nicht genug Spielraum vorhanden, sollte Ihr Einkommen sinken.«

»Mein Einkommen wird nicht sinken! Im Gegenteil, durch die Expansion wird es doch immer weiter steigen.« Er blättert im Businessplan und schlägt eine Seite mit einer Grafik auf. »Sehen Sie sich das hier an!« Er zeichnet mit seinem Finger die Linie nach, die die Einkommensentwicklung von 1987 bis 1997 beschreibt, eine Bewegung wie ein Lift, der einen Hang hinauffährt.

»Leider vergeben wir keine Kredite auf der Grundlage von Hochrechnungen. Wir brauchen was Solideres. Es wäre hilfreich, wenn Sie sich zuerst den Vertrag mit der Stadt sichern könnten.«

»Um den Vertrag abzuschließen, brauche ich aber das Betriebsgelände, Jon.«

»Stimmt. Es ist ein bisschen wie die Sache mit dem Huhn und dem Ei. Tut mir leid, aber das kommt manchmal vor.«

Mansoor gräbt die Finger in seine Oberschenkel. »Ich bin hier jetzt seit fünfundzwanzig Jahren als Geschäftsmann tätig. Ihre Bank kennt mich. Spielt das denn überhaupt keine Rolle?«

»Doch, das spielt eine große Rolle. Wir schätzen Sie als Kunden sehr. Aber leider sind mir die Hände gebunden. So sind nun mal die Vorgaben der Bank.«

Mansoors Blick fällt auf das eingerahmte Zertifikat an der Wand hinter Jons Schreibtisch. Mount Royal College, BWL. Ist das die ganze Ausbildung des Jungen? Kein Wunder. Seine Vorgesetzten werden furchtbar wütend sein, wenn sie herausfinden, wie er ihn behandelt hat und was für eine lukrative Gelegenheit ihnen entgangen ist. »Mein Sohn hat Wirtschaft an der Universität von Toronto studiert. Eine der besten Universitäten Kanadas, aber das wissen Sie bestimmt.«

»Es ist nicht leicht, dort angenommen zu werden«, sagt Jon. »Sie müssen sehr stolz sein.«

»Ja, sehr.« Mansoors Brust schwillt an. »Mein Sohn hatte hervorragende Noten, er hat sogar ein Stipendium bekommen, das alle Kosten deckte. Und natürlich hat er sofort eine erstklassige Anstellung gefunden.« Unterdessen muss Mansoor sich mit diesem zweitklassigen Banker herumschlagen, der behauptet, Betriebswirtschaft studiert zu haben. »Kann ich bitte Ihren Chef sprechen?«

»Ich bin der Chef«, antwortet Jon.

Mansoor ist sprachlos. Was ist das nur für ein Betrieb? Offenbar haben sie den Erstbesten eingestellt, den sie finden konnten.

»Schauen Sie, Mansoor«, fährt Jon fort. »Es gibt auch noch eine andere Möglichkeit. Sie könnten erwägen, einen B-Kredit auf dem freien Markt aufzunehmen. Es gibt genügend Firmen, die bereit sind, ein größeres Risiko einzugehen.«

Mansoor nickt nur. Aber er ist doch kein Risiko! Er würde niemals einen B-Kredit aufnehmen. Die Zinsen sind absurd. Da könnte er sich ja gleich einem Kredithai in den Rachen werfen.

»Oder Sie suchen sich einen Partner, Mansoor. Vielleicht sogar einen stillen. Jemanden, der für Sie bürgt. Das würde der Bank die notwendige Sicherheit verschaffen. Gäbe es da jemanden, der infrage kommt?«

Mansoor schüttelt den Kopf. »Nein, da gibt es niemanden.«

Tick-tack. Tick-tack. Tick-tack.

Jon reicht ihm den Businessplan und die Darlehnsunterlagen zurück. »Bitte melden Sie sich bei uns, wenn sich Ihre Umstände ändern. Wir würden uns freuen, mit Ihnen zusammenzuarbeiten.« Jon erhebt sich und streckt Mansoor seine Hand entgegen. »Vielen Dank für Ihre Zeit.«

Mansoors Beine zittern, als er den langen Weg von Jons Büro zum Eingang der Bank zurückgeht. Hinter sich hört er schwere Schritte. Er dreht sich um und sieht seinen Vater näher kommen. Sein Herz rast. Er geht schneller, sein Vater ebenfalls.

»Wusst ich's doch, dass du's nicht schaffst!«, ruft sein Vater. Seine Worte peitschen durch den Flur wie Wellen durch einen schmalen Kanal: »Du bist wertlos. Vollkommen wertlos.«

Das ist alles, was Mansoor hören kann. Die Worte seines Vaters schlagen über ihm zusammen. Er versinkt in einem Gefühl der Schande.

Was geschehen ist, merkt er erst, als er schon auf dem Boden liegt.

»Geht es Ihnen gut?«, fragt eine Stimme.

Mansoor hebt den Kopf und sieht einen Wachmann neben sich knien. Dann eine Glaswand. Dahinter der Parkplatz, mit den Autos und dem Schnee. Auf dem Boden um ihn herum liegt der verstreute Inhalt seiner Aktentasche. Er fasst sich an die Stirn, tastet nach Blut. Aber da ist keins. Nur ein pochender Schmerz.

Der Wachmann will ihm beim Aufstehen helfen.

»Nein, nein. Mir geht's gut ... sehr gut.« Er stützt sich an der Glaswand ab und richtet sich langsam auf.

Mansoor betrachtet das Durcheinander aus Papieren auf dem Boden. Ganz oben liegt sein Businessplan mit den Initialen AMV. In dem Moment überkommt es ihn: Ashif! Aber natürlich. *Er* kann den Kredit mit ihm zusammen unterschreiben. Er hat einen guten Job in einer erstklassigen Firma und verdient hervorragend. Und schließlich ist er sein Sohn, oder nicht? Er lacht vor Erleichterung laut auf. Normalerweise würde er seinen Sohn niemals mit einer finanziellen Angelegenheit belasten. Er ist das Oberhaupt der Familie, nicht Ashif. Aber er bittet seinen Sohn ja nicht um Geld. Natürlich nicht! Das würde er niemals tun. Er braucht nur seine Unterschrift, nichts weiter. Und wer könnte besser für ihn bürgen als sein eigener Sohn? Mansoors Schultern entkrampfen ein wenig, und auch sein Geist beginnt sich zu entspannen. Bald ist sein Sohn da, und dann wird alles wieder gut.

KAPITEL 5

Laylas Kochschürze ist übersät von den Spuren eines langen Arbeitstages am Herd. Die Küchentheke ist voller Mehl, die Abzugshaube läuft auf Hochtouren, und alle sechs Herdplatten sind in Benutzung. Auf einer von ihnen steht eine Aluminiumschüssel mit parfümiertem Zucker, um die Gerüche im Haus zu neutralisieren. »Wenn die Gewürze erst mal eingezogen sind, wird man sie nie wieder los«, sagt Mansoor immer. Deswegen bittet er sie auch, seine Kleidung nach dem Waschen in Plastikfolie aus der Reinigung einzuschlagen. Sonst würden ihm die Kunden davonlaufen. Das gefällt ihr nicht, aber sie kann es nachvollziehen. Weiße Leute mögen kein scharfes Essen. Nicht dass sie jemals bei einem von ihnen zu Hause gegessen hätte, aber sie war in einigen ihrer Restaurants, daher weiß sie es.

Als Ashif noch ein Kind war, bestand Mansoor darauf, seinen Geburtstag in einem Restaurant zu feiern. Im White Spot. Im Ponderosa. Im Chuck E. Cheese. Er wollte, dass sein Sohn seine Geburtstage so feierte wie alle anderen kanadischen Kinder auch. Sie hatte nachgegeben und sich heimlich mit einer Flasche Mircha-Chili bewaffnet. Aber als sie es über ihr Essen gab, hielt Ashif sie auf. »Mein Gott, Mami!«, zischte er. »Die Leute gucken schon.« Mansoor gab ihm recht. Er bat sie, die Flasche wegzustecken, und das tat sie auch. Danach ließ sie ihr Chili zu Hause und zwang sich dazu, das geschmacklose Essen ungewürzt hinunterzuwürgen.

Layla hebt einen schweren Topf vom Herd, trägt ihn vorsichtig durch die Küche und stellt ihn auf den Tresen. Das

Kuku Paka duftet nach Kokosnuss und Koriander. Sie schöpft das Kokoscurry zusammen mit Hähnchenstücken und Eiern in die aufgereihten Tupperdosen und pausiert zwischendurch nur kurz, um sich die Steifheit aus den Handgelenken zu schütteln. Sie lässt den Dampf entweichen, dann drückt sie die Deckel fest auf die Behälter und streicht mit den Fingern über die Ecken, um sicherzugehen, dass sie luftdicht verschlossen sind. Das wiederholt sie mit allen Gerichten ihrer heutigen Speisekarte und sortiert jede fertige Bestellung in eine Plastiktüte, auf der der Name des jeweiligen Kunden steht. Mahlzeiten, die die meisten erst essen werden, wenn sie nach Sonnenuntergang ihr Fasten brechen. Auch Layla fastet während des Ramadan. Die Menschen fasten aus unterschiedlichen Gründen; sie macht es als Zeichen ihrer Verehrung für den Imam.

Als sie die Bestellungen endlich abgearbeitet hat, setzt sie sich mit einer Tasse Tee an den Küchentisch und geht noch einmal das ausgeklügelte Menü für Ashifs Mittagsmahl durch. Es ist schon viel zu lange her, dass sie ihn das letzte Mal bekochen konnte, und es soll an nichts fehlen. Als Hauptgerichte gibt es Tilapia Masala mit grob geschnittenen Pommes, Hähnchen-Biryani kenianischer Art und Spinatcurry mit Roti. Als Vorspeisen Dhorka, einen Grießkuchen mit Tamarinden-Chutney, gebratene Mogo-Maniok-Sticks und Kartoffelfladen mit Chili-Chutney aus grünem Pfeffer. Zum Abschluss wird sie Faloodha – einen Milchpudding – und Pralinen servieren. Sie weiß, es ist alles viel zu viel – aber sie kocht lieber zu viel als zu wenig. So hat sie es als Gastgeberin bisher bei jeder Einladung gehalten. Sie liebt es, Gäste zu verwöhnen. Genau wie Mansoor. Aber das ist alles schon so lange her. Schon seit vielen Jahren haben sie keine Gäste mehr empfangen.

***

Layla stieß die Schwingtür zu ihrer Küche auf, in der Hand ein Tulpenglas mit Passionsfruchtsaft und Mineralwasser. Ihr Haar war hochgesteckt, und sie trug ein Kleid im Stil von Audrey Hepburn, ein Geschenk von Mansoor, der darauf bestand, dass sie sich zu jedem Fest, das sie begingen – von Eid al-Adha, dem islamischen Zuckerfest, bis zum Neujahrsfest – etwas Neues kaufte. Heute feierten sie ihren dritten Hochzeitstag, und sie hatte sich das Kleid extra aus Dubai kommen lassen. In der Küche schwirrten die kenianischen Angestellten umher, einige von ihnen waren extra für das Fest engagiert worden. Sie trugen schicke weiße Jacketts und richteten Tabletts mit dampfenden Fleischspießen und Cocktails mit zerstoßenem Eis her.

»Mary! Mary, wo bist du?«, rief sie auf Suaheli.

Im Radio verlas ein Nachrichtensprecher die Nachrichten. »General Idi Amin Dada hat heute die Universität von Kampala besucht, wo eine große Kundgebung zu Ehren unseres gepriesenen, neuen Führers stattfand.«

»Ja, Mamma?«, fragte Mary und kam zu Layla.

»Ist die Torte fertig?«

»Ja, es ist alles vorbereitet, Mamma.« Sie zeigte auf einen Servierwagen, auf dem eine dreistufige weiße Torte stand, die mit Jasmin- und Rosenblättern dekoriert war – eine Nachbildung ihrer Hochzeitstorte. Daneben lag ein mit einer weißen Schleife geschmücktes Messer.

»Sehr schön! Bring sie bitte in einer halben Stunde nach vorne.«

»Jawohl, Mamma.«

»Und bitte schalte das Radio aus. Es ist so schon laut genug hier drin.«

»Jawohl, Mamma.«

Layla schlängelte sich zwischen ihren Gästen hindurch. Alle trugen schicke Cocktailkleidung, alle waren Inder, darunter viele Ismailiten. An den mit Familienporträts und Mansoors Sporttrophäen bestückten Wänden vorbei drängte sie sich bis in den Garten, wo eine Marimba-Band spielte. Die Gäste tanzten, und sie wusste genau, wo sie ihren Mann finden würde.

Mansoor stand mitten in einer Gruppe ihrer Freunde. Er trug einen dunkelblauen, italienisch geschnittenen Anzug, den er anlässlich ihrer Hochzeit in London gekauft hatte und ausschließlich an ihren Hochzeitstagen anzog. In seiner Brusttasche steckte ein rotes Seidentuch, und seine Schuhe waren mit Metallspitzen verziert. Er sah noch immer sehr elegant darin aus. Während sie sich ihm näherte, dachte sie daran, wie sie sich kennengelernt hatten, ein hochoffizielles Treffen, arrangiert von ihrer Mutter aus Kisumu und Mansoors Tante aus Kampala, zwei Städte, die durch eine Fähre über den Victoriasee miteinander verbunden waren. Laylas Familie war arm, aber Layla hatte trotzdem jede Menge Verehrer. Sie war bekannt für ihre Schönheit und ihre Kochkünste, und ihre Familie hatte einen guten Ruf als aufrechte Gemeindemitglieder. Mansoor war bekannt für seinen Charme, seine Intelligenz und den Reichtum seiner Familie. Laylas Vater war überzeugt, dass Mansoor seiner Tochter ein Leben bieten würde, wie er es mit seinem Gehalt niemals könnte. Mansoor sah zwar nicht besonders gut aus, aber er war groß und stark, und Layla konnte sehen, wie sich seine muskulösen Arme unter seinem Baumwollhemd abzeichneten. Sie hatte das Gefühl, mit ihm an ihrer Seite könnte ihr nichts geschehen. Drei Monate später waren sie verheiratet. In ihrer Hochzeitsnacht küssten sie sich zum ersten Mal. Es war überhaupt das erste Mal, dass sie einem Mann so nahe kam.

Layla berührte ihren Mann am Ellenbogen, um ihn darauf aufmerksam zu machen, dass sie zurück war; er trat zur Seite, um Platz für sie zu machen. Rose, Ashifs *ayah,* kam dazu und legte ihr das Baby in den Arm, wie sie es zuvor besprochen hatten. Ashif war erst einige Woche alt, und viele ihrer Freunde hatten ihn noch nicht gesehen.

»Seht mal, wer uns zum Abendessen besucht«, sagte Layla und schlug die Babydecke zurück.

Die Frauen beugten sich vor und bewunderten das Baby mit lauten Aahs und Oohs. Bilkis, eine Nachbarin in einem goldenen Seidensari, kniff in die Wangen des Babys, als testete sie den Reifegrad einer Frucht. »Was für ein süßer, süßer Schatz.«

»*Mumbarki,* herzlichen Glückwunsch!« Tariq, Mansoors Freund und Golfpartner, schüttelte Mansoor die Hand. »Ist er schon so weit, das Geschäft zu übernehmen?«

»Ja, fast«, sagte Mansoor und hob sein Whiskyglas.

»Hey, ermutige ihn nicht noch, Tariq *bhai*«, sagte Layla. »Wenn es nach ihm ginge, würde mein Sohn gleich morgen in einem seiner Läden anfangen.«

Die Runde lachte.

»Und, Visram, wann bringt der Storch das nächste?«, fragte ein anderer Freund.

»Schon bald, hoffe ich«, sagte Mansoor und zwinkerte Layla zu.

»Du Arme«, flüsterte Bilkis Layla ins Ohr. »Du hast schon bei der letzten Schwangerschaft so viel durchgemacht.«

Layla nickte. Ihre Wehen hatten fast vierundzwanzig Stunden gedauert, das Baby hatte sich hartnäckig geweigert, auf die Welt zu kommen. »Er ist ein bisschen schüchtern, das ist alles«, beruhigte der Doktor sie damals, und die Krankenschwester fügte hinzu: »Na, dann wollen wir ihn mal in die Welt hinauslocken« und schob Layla für einen

Notkaiserschnitt in den Operationsraum. Doch als Layla das Baby dann endlich in den Armen hielt, durchströmte sie ein großes Glücksgefühl. In dem Moment beschloss sie, eine große Familie mit vielen Kindern haben zu wollen, und als sie Mansoor davon erzählte, stimmte er ihr aus vollem Herzen zu.

»Soll ich ihn füttern, Mamma?« Rose griff nach dem Baby.

»Nein, nein. Ich mach das schon.« Layla wickelte das Baby in die Decke und sagte zu ihren Gästen: »Bin gleich wieder zurück.«

»Lass dir Zeit«, antwortete Mansoor, und sie sah, wie seine Augen vor Stolz und Bewunderung leuchteten.

Während sie Ashif in ihrem Schlafzimmer versorgte, fühlte sie sich zutiefst geborgen und voller Freude. Hier in ihrem Haus, mit ihrem Ehemann, dem Gemurmel ihrer Freunde im Erdgeschoss, mit ihrem Kind auf dem Arm. Nie hätte sie gedacht, dass ihr Leben im Handumdrehen auf den Kopf gestellt werden könnte. Nur wenige Monate später trat Idi Amins Ausweiseanordnung in Kraft.

***

Es klingelt an der Tür, ihr Nachbar Ramzan ist da. Er liefert das Essen an ihre Kunden, sie bezahlen direkt bei ihm. Unter seiner Daunenjacke trägt er ein Unterhemd, darüber hängt eine goldene Halskette mit einem Tigerauge, die ihm seine Freundin, eine Türkin, geschenkt hat. »Um den bösen Blick abzuwehren«, erklärt er Layla. »Bei meinem guten Aussehen kann sie gar nicht vorsichtig genug sein, was?«, fügt er hinzu und lacht.

Nachdem er die Bestellungen in sein Auto geladen hat, gibt sie ihm eine Portion Hähnchen-Pilaw, für das er nicht bezahlen muss. Er berechnet ihr auch nichts, wenn sie ihn für private Fahrten in Anspruch nimmt. Ramzan ist auf mehreren Geschäftsfeldern aktiv. Neben der Essensauslieferung handelt er mit gefälschten Handtaschen und Parfüms und betreibt einen privaten Taxidienst für Frauen aus der Nachbarschaft, die nicht selbst fahren möchten oder kein Auto besitzen.

»Danke, *bai.* Es riecht köstlich wie immer«, sagt er. »Ich fahre morgen früh einige der Ladys zum Shoppen. Großer Schlussverkauf bei Sears. Möchten Sie mitkommen?«

Sie zögert kurz und entscheidet sich dann dafür. Die Zahl der täglichen Essensbestellungen hat kontinuierlich zugenommen, und sie kann sich ein neues Kleid leisten. Als sie mit dem Kochen anfing, bestellten die meisten ihrer Kunden nur zu besonderen Anlässen, etwa zu Eid al-Adha oder zu Familienfeiern, aber inzwischen beliefert sie immer mehr Familien täglich – meistens die jungen, die heutzutage für sämtliche Arbeiten Leute beauftragten: Kochen, Putzen, Rasenmähen, Garten umgraben, Kleinkram reparieren. Genau wie damals in der Heimat. Aber wer hätte gedacht, dass eines Tages sie die Dienerin sein würde?

»Ja, warum eigentlich nicht?« Sie hat sich schon ewig nichts Neues mehr geleistet und möchte für Ashif hübsch aussehen.

»Sehr gut. Dann bis morgen, *bai.*«

In der Speisekammer öffnet Layla eine Tiffon-Box, die sie zwischen ihren Gewürzen verwahrt. Eine improvisierte Registerkasse für ihr Geschäft. In einem Fach ist das Bargeld, in einem anderen ihre Quittungen und im letzten ihr Zehnter, den sie für die Gemeinde abzweigt. Den Inhalt der ersten beiden Fächer übergibt sie Mansoor, wenn er am Ende einer jeden Woche die Buchhaltung macht. Das dritte Fach ist ihr Geheimnis. »Nächstenliebe beginnt zu Hause, Layla«, würde er sagen, falls er jemals dahinterkäme. Aber *dasond,* die religiöse Abgabe, hat nichts mit Nächstenliebe zu tun. Es ist ihre Pflicht als *momin.* Sie nimmt fünfzig Dollar aus dem Bargeldfach und steckt sie in ihre Schürzentasche. Alles, was du gibst, kommt zehnfach zu dir zurück. Das ist *barakat.* Das Geheimnis des Lebens.

KAPITEL 6

Als Ashif von der Arbeit nach Hause kommt, wartet Caity in der Lobby seines Apartmenthauses auf ihn. Sie trägt Sportklamotten, und ihr langes blondes Haar ist zu einem Pferdeschwanz zurückgebunden. Er hat sie im Fitnessstudio kennengelernt, und sie gehen schon seit ein paar Monaten miteinander aus. Allerdings hat er von Anfang an klargemacht, dass er für eine feste Beziehung nicht bereit ist. Er hat es nicht so direkt gesagt, aber ihm graut davor, sich zu binden. Schon der Gedanke daran schnürt ihm die Luft ab. Caity war einverstanden, sie sei ebenfalls nicht auf der Suche nach etwas Festem. Aber seit letztem Wochenende ist er sich da nicht mehr so sicher. Sie hatte jemanden gesucht, der sie zu einer Hochzeit begleitet, und er hatte widerwillig zugestimmt.

***

Während des Abendessens stieß der ganze Tisch auf Caitys kürzliche Zulassung als Rechtsanwältin an, und sie erzählte von Ashifs möglicher Beförderung – und dass er einer sei, der es schaffen würde. Alle hoben ihr Glas auf ihn. Ein Gast sagte, dass sie ein wunderbares Paar abgäben. Eine Frau machte die Bemerkung, dass Caity bestimmt atemberaubend in einem Hochzeitssari aussähe. Ihr Mann stimmte zu und scherzte, dass sie auf jeden Fall zur Hochzeit eingeladen werden wollten. Sie seien noch nie auf einer indischen Hochzeit gewesen und hätten gehört, wie üppig sie wären.

Caity spielte mit und er ebenfalls, aber es störte ihn, wie sehr sie es zu genießen schien. Er ärgerte sich auch darüber, dass die Leute einfach davon ausgingen, er sei Inder. Nicht dass er sie darauf ansprach. Das macht er nie. Es ist einfach leichter so. Wie ein Schutzschild, der ihn davor bewahrt, lang und breit erklären zu müssen, was es mit seiner Herkunft auf sich hat.

Ein indisch-afrikanischer Muslim. So richtig passt er in keine Kategorie. Er sieht indisch aus, ist es aber nicht. Er ist in Afrika geboren, aber er ist kein Afrikaner. Er ist Muslim, aber nicht *so ein* Muslim. Darauf hinzuweisen, würde nur endlose Fragen nach sich ziehen, als wäre er der Islamexperte. Dabei weiß er kaum etwas über den Ismailismus, geschweige denn über den Islam. Er könnte seine Familiengeschichte auch gar nicht so ganz genau erklären. Er weiß nur, dass seine Mutter aus Kenia kommt und sein Vater aus Uganda. Er hat keine Ahnung, in welcher Stadt die beiden geboren wurden, aber er weiß, dass er in Kampala auf die Welt gekommen ist. So steht es in seinem Pass. Er war noch ein Baby, als sie Kampala verlassen haben, und es gibt keine Fotos von ihm in Afrika. Auch nicht von seinen Eltern. Als hätten sie überhaupt nicht existiert, bevor sie nach Kanada gekommen sind – was völlig okay für ihn ist. Er war noch nie in Afrika und hat auch kein Verlangen hinzufahren. Uganda hat nicht das Geringste mit ihm zu tun. Er ist Kanadier. Nicht dass die Leute es immer akzeptieren, wenn sie ihn fragen, woher er kommt. *Nein, ich meine, woher kommen Sie wirklich?* Als wären sie Grenzschutzbeamte, und er würde versuchen, illegal ins Land zu gelangen. Es gibt ihm das Gefühl, nicht dazuzugehören. Aber woanders gehört er auch nicht hin. Er hängt ständig in der Luft. Er lebt in einem Niemandsland.

***

»Was machst du denn hier?«, fragt Ashif und gibt Caity einen Begrüßungskuss.

»Wir sind verabredet.« Sie hebt eine Einkaufstüte hoch. »Ich habe was zu essen gekauft, wir wollten doch zusammen kochen. Hast du das vergessen?«

»Oh Mist, das habe ich tatsächlich, tut mir leid.«

»Wollen wir es vertagen?«

Er ist müde und erschöpft und muss noch packen. Es ist schon acht Uhr. Aber er hat ein schlechtes Gewissen, weil er ihre Verabredung vergessen hat und sie warten musste. »Nein. Lass uns hochgehen.«

Ashifs Apartment ist nicht besonders luxuriös, aber es liegt in der Nähe des Büros und hat alles, was er braucht. Nicht dass ihm irgendetwas davon gehören würde. Die Möbel, die Bilder an den Wänden, das Besteck. Nichts, außer seiner Kleidung und den persönlichen Sachen. Wie in einem Hotel. Er kann jederzeit auschecken.

Nach dem Essen und dem Sex geht Caity, und er ist erleichtert, die Wohnung für sich zu haben. Er kann wieder frei durchatmen. Ashif schaltet den Computer ein und beginnt seine abendliche Routine. Der Computer surrt beim Hochfahren. Er braucht ein paar Minuten, bis er einsatzfähig ist, und in der Zwischenzeit mixt sich Ashif einen Gin Tonic. Er weiß, solange er Antidepressiva nimmt, sollte er keinen Alkohol trinken, aber es ist nur ein Drink. Allerhöchstens zwei. Es ist wie eine Belohnung nach einem langen Tag, und er freut sich darauf. Er öffnet eine Datei mit dem Namen *Mama*. Die Tabelle zeigt sein Gehalt, seine Ausgaben und seine Investitionen. Er hat seinen Broker gebeten, all sein Geld in sichere Anlagen zu investieren. Garantierte Investitionsverträge, Rentenpapiere, T-Bills. Ein paar Aktien. Er möchte keinerlei Risiko eingehen. Nicht bevor er genug Geld hat, um seinen Job zu kündigen. Schon seit Jahren spart Ashif so viel wie möglich, aus einem ganz bestimmten Grund: wegen seiner Mutter. Sie ist bereits vierundfünfzig, und er möchte, dass sie endlich aufhört zu arbeiten und anfängt, ihr Leben zu genießen.

Er möchte so viel ansparen, dass seine Eltern in den Ruhestand gehen können. Seine Mutter würde nur dann aufhören zu arbeiten, wenn sein Vater es ebenfalls tat. Der Rentenplan, den er aufgestellt hat, umfasst alle ihre monatlichen Ausgaben sowie ein paar Extras: eine gute Gesundheitsversorgung, jährliche Auslandsurlaube, um die Familie zu besuchen – und den Tausch ihres Hauses gegen eine schicke Eigentumswohnung. Ein gutes Leben. Wenn es beruflich für ihn weiter so läuft wie bisher, dann hat er in zehn Jahren genug beisammen. Dann ist er fast vierzig. Und seine Mutter fünfundsechzig. Er folgt mit dem Finger dem Verlauf des Diagramms bis ganz nach oben. 2008. Dann hat er es hinter sich. Wie eine Gefängnisstrafe. Aber er weiß, er wird es schaffen. Er muss. Und danach ist er endlich frei und kann tun und lassen, was immer er will.

***

Al-Karim fragte Ashif, ob er Lust habe, ihn zur ismailitischen Karrieremesse zu begleiten. Ashif hatte keine Lust. Al-Karim meinte, er eigentlich auch nicht. Aber er wisse einen guten Grund, warum sie trotzdem hingehen sollten: scharfe Mädels.

Al-Karim war ein Austauschstudent aus Nairobi und studierte Hotel- und Restaurantmanagement an einem College in der Nähe. Er war ein gefeierter Sportler und die letzten drei Jahre in Folge zum MVP, dem besten Spieler der ismailitischen Triangular Games, gewählt worden. Alle Mädchen waren in ihn verliebt, und alle Jungs bewunderten ihn. Ashif war fünfzehn, aber er hatte noch nie in seinem Leben ein Mädchen geküsst, noch nicht mal die Hand eines Mädchens gehalten. Er war zu schmächtig und zu schüchtern. Kein Typ, der den Mädchen auffiel.

»Ja, nimm ihn ruhig mit«, sagte seine Mutter zu Al-Karim. Sie erlaubte jede ismailitische Veranstaltung und sowieso alles, was mit Al-Karim zusammenhing. Er hatte einen klapprigen alten Datsun und half ihr bei jeder Gelegenheit – Einkaufen, Reparaturen im Haus, Fahrten zum Jamatkhana. Ashif durfte erst in einem Jahr seinen Führerschein machen, und selbst wenn er ihn hätte, würde das nichts verändern. Das einzige Auto der Familie war bei seinem Vater in Rocky Mountain House. Vor über drei Jahren war er in die kleine Stadt nördlich von Calgary gezogen, um sich dort um das Familienunternehmen zu kümmern: eine Tankstelle mit einem kleinen Lebensmitteladen. Er kam jeden Sonntag zum Abendessen nach Hause, aber sie hatten nie genug Zeit füreinander, und Ashif vermisste ihn ständig.

Die Karrieremesse war überfüllt, die meisten Besucher waren Jugendliche. Die Stände waren in der Sporthalle im Kreis aufgestellt und informierten über Berufswege in Medizin, Ingenieurswesen, Jura, Wirtschaft oder Pädagogik. Am Eingang konnten sich Schülerinnen und Schüler als Tutoren registrieren lassen oder zu Workshops wie »Die Kunst, einen Lebenslauf zu schreiben« anmelden.

Al-Karim zeigte auf die Tutorenliste. *Arzeen Dawood, Chemie, Biologie, Mathe.* »Du weißt, wer das ist, oder?«

Ashif nickte. Natürlich wusste er, wer das war. Jeder kannte Arzeen. Sie hatte riesengroße Rehaugen und vollkommen glatte, karamellblond gefärbte Haare. Sie war wunderschön. Nicht dass Arzeen den Hauch einer Ahnung hatte, wer er war. Warum sollte sie auch.

Da rückte Al-Karim mit seinem Plan heraus. Ashif sollte ihrer kleinen Schwester Shafina Gesellschaft leisten, während er mit Arzeen eine Spritztour unternahm. »Ihr Alter wird mich einen Kopf kürzer machen, wenn er es rausfindet.«

Ashif erklärte sich einverstanden, auch wenn er furchtbar nervös war. Es fiel ihm schwer, mit Leuten ins Gespräch zu kommen, erst recht mit einem hübschen Mädchen. Aber er wollte die Chance, Arzeens Schwester kennenzulernen, nicht verpassen. Er erinnerte sich daran, was sein Vater immer sagte, wenn es darum ging, neue Leute kennenzulernen: Mach einen Witz und lächle, ein freundlicher Mensch wird von allen gemocht.

»Ausgezeichnet, Alter. Dank dir.« Al-Karim deutete auf die Tribüne hinter ihm. »Da ist sie.«

Ashif drehte sich um. Ganz oben auf den Stufen saß ein Mädchen mit einem großen geöffneten Buch auf dem Schoß. Sie hatte eine Brille mit dicken Gläsern auf der Nase, und eine marineblaue Baskenmütze thronte auf einem Nest aus wild gelockten Haaren. Sie trug einen Schottenrock, Netzstrümpfe und Armeestiefel. »Die?«, fragte er ungläubig.

»Tut mir leid, Mann. Sie ist ein ziemlicher Freak, ich weiß.« Al-Karim lachte. »Schwer zu glauben, dass sie mit Arzeen verwandt sein soll, was?«

»Ich weiß nicht, Al-Karim ...«, sagte er und überlegte, wie er es schaffen konnte, sich um ihre Vereinbarung zu drücken. Wenn er mit so einem Mädchen rumhing, würden die anderen ihn ebenfalls für einen Spinner halten, und er wollte unter keinen Umständen auffallen, ins Fadenkreuz geraten und beschimpft werden, so wie es ihm damals als Kind passiert war. Die anderen Kinder hatten ihn gehänselt, weil er klein und schmächtig war. Und später an der Schule wegen seiner braunen Hautfarbe. Beim ersten Mal hatte er gar nicht verstanden, was los war. Er war sechs, als ein neuer Freund ihm zu verstehen gab, er dürfe nicht mehr mitspielen – weil er ein Paki sei. Erst dachte Ashif, es wäre wegen des Essens, von dem ihm seine Mutter immer reichlich mitgab. Aber als er seiner Mutter davon erzählte, erklärte sie ihm, was wirklich dahintersteckte, und sagte, dass es nicht wichtig sei und er es gleich vergessen solle. Der Junge wäre ohnehin kein guter Freund geworden. Ashif hatte sie gebeten, ihm kein indisches Essen mehr einzupacken, und sie hatte sich daran gehalten.

»Das nächste Mal treibe ich ein hübscheres Mädchen für dich auf, okay? Du brauchst nur ein bisschen mehr Muskeln, Mann.« Al-Karim fühlte seinen Bizeps. »Das mögen die Mädels.«

»Aber worüber soll ich denn mit ihr reden?«, fragte Ashif.

Al-Karim schnappte sich einen der Flyer vom Informationstresen und drückte ihn Ashif in die Hand. »Fang damit an.« Die Überschrift lautete *Die zehn beliebtesten Studiengänge 1986. Präsentiert vom ismailitischen Ausschuss für wirtschaftliche Entwicklung.* »Es wird höchste Zeit, dass ihr beiden euch ein paar Gedanken über eure Zukunft macht, findest du nicht?«, sagte er und lachte.

Ashif trottete die Tribüne hinauf und hielt Shafina den Flyer hin.

Sie sah von ihrem Buch auf. »Für mich?« Ihre Augen hinter den dicken Brillengläsern wirkten groß und rund.

»Yepp.« Er ließ sich neben sie fallen.

»Gehörst du zum ismailitischen Studentenverein, oder was?«

»Nö. Ein Freund hat mich gebeten, sie zu verteilen.« Er stützte die Ellenbogen auf die Knie und legte das Gesicht in seine Hände.

Sie überflog den Flyer und gab ihn dann zurück. »Danke, aber ich bin an Propaganda nicht interessiert.«

»Propaganda?«, fragte er und richtete sich auf. »Das ist doch keine Propaganda.« Nervös sah er sich in der Sporthalle um; jeder konnte sie hier oben sitzen sehen.

»Doch. Immer dann, wenn nur eine Seite der Geschichte dargestellt wird. Außerdem brauch ich keinen Workshop« – sie malte mit den Fingen Anführungszeichen um das Wort Workshop in die Luft – »der mir sagt, was aus mir werden soll. Also bitte, Leute. Ich weiß schon ganz genau, was ich studieren möchte.«

»Wirklich?«, fragte er, überrascht von ihrer Selbstsicherheit.

»Yepp. Freie Künste.« Sie feuchtete ihren Zeigefinder an und schlug die nächste Seite des Buches auf. »Na ja, bis zum Bachelor zumindest.«

Das Wort *Künste* kam ihm fremd vor, reserviert für reiche weiße Jugendliche, wie *Skifahren* und *Ferien auf dem Land.* »Aber was kannst du mit einem Abschluss in Freien Künsten denn machen?«

»Ich weiß es nicht.« Sie schob ihre Brille nach oben. »Aber ich werde es schon herausfinden. Ich möchte alle Möglichkeiten ausloten und mich dann erst entscheiden. Ich meine, das ist doch der Kern einer guten Ausbildung, oder nicht? Den Geist zu erweitern und etwas über die Welt zu erfahren. Es kann nicht nur darum gehen, so viel Geld wie möglich zu verdienen. Und wie sieht's bei dir aus? Was hast du vor?«

Er zuckte mit den Schultern. Es war ihm nie in den Sinn gekommen, eine Studienrichtung auszuwählen, ohne vorher zu wissen, wie es nach dem Abschluss weitergehen sollte. Es war wichtig, ein Ziel vor Augen zu haben. Man musste wissen, wie man seinen Lebensunterhalt bestreiten will, bevor man Geld in einen Abschluss investierte. So hörte er es schließlich von allen Seiten – und besonders von seinem Vater. Er tendierte zu so was wie Wirtschaftsprüfer oder vielleicht Apotheker. Er war gut in Mathe und Chemie, auch wenn er die Fächer nicht mochte. Shafinas Ideen kamen ihm gleichzeitig aberwitzig und befreiend vor. »Wissen deine Eltern davon?«, fragte er.

Sie lachte. »Sie müssen nicht alles über mein Leben wissen. Sie werden es noch früh genug erfahren.« Sie schaute grimmig. »Larkin hat recht. Man muss so schnell wie möglich von zu Hause abhauen. Bevor einen die Eltern total versauen.«

Wer ist Larkin?, wollte er fragen, ließ es aber bleiben. Er war hingerissen von der Art, wie sie sprach. Die Worte sprudelten so kraftvoll aus ihr heraus und gleichzeitig so weich. Wie flüssiges Gold. Er brauchte ein paar Sekunden, um zu antworten, und selbst dann bekam er gerade mal ein »Oh, interessant« heraus.

»Es ist ja nicht so, als ob sie etwas dagegen tun könnten. Ich werde mir einfach ein Stipendium besorgen und von hier verschwinden. Einfach tun, wozu ich Lust habe.«

Er war kaum in der Lage, ihr zu folgen. Als spräche sie eine fremde Sprache. Einfach tun, wozu man Lust hat, ohne die Zustimmung der Eltern, das war verrückt. Das würde er seinen Eltern niemals antun. »Und auf welche Uni willst du gehen?«

»Es geht nicht nur um die Uni. Die ganze Stadt muss passen, weißt du? Montreal, New York, Paris, Kairo.« Sie rückte ihre Baskenmütze zurecht. »Calgary ist so ...«, Sie rollte mit den Augen, »prosaisch. Wer will schon zwischen lauter Cowboys leben? Ich möchte eine Motte sein, keine Kerze.«

Ihre Worte verwirrten ihn nach wie vor, aber ihm gefiel ihr Klang. Der Rhythmus. »Was soll das heißen: ›Ich möchte eine Motte sein, keine Kerze?‹«

»Dichter! Ich möchte unter Dichtern leben.« Sie zog eine Augenbraue hoch. »Wie Rumi, weißt du. *Versuch nicht, eine Kerze zu sein, sei die Motte.*« Sie hob ihr Buch an und zeigte ihm den Einband. *Diwan-e Shams-e Tabrizi,* von Jalaludin Rumi. »Du kennst ihn, oder? Er ist ziemlich bekannt. Na ja, vielleicht nicht unbedingt hier und ganz sicher nicht unter diesen Wilden«, sagte sie und zeigte auf die Menschenmenge.

Ashif zuckte mit den Schultern. Er hatte das Gefühl, überhaupt nichts mehr zu wissen. Er hatte noch nie von diesem Kerl gehört, geschweige denn irgendetwas von ihm gelesen. Alle Bücher, die sie in der Schule lesen mussten, waren von weißen Männern geschrieben worden. Ganz selten war ihm in der Bibliothek mal ein ausländischer Name wie Anita Desai oder Naguib Mahfouz begegnet.

»Er ist übrigens Ismailit«, sagte sie.

»Was, echt?« Überrascht sah er sie an. Er hatte noch nie von einem ismailitischen Dichter gehört – oder von überhaupt irgendeinem ismailitischen Künstler, wenn er es recht bedachte. Schriftsteller, Maler, Musiker, Schauspieler. Da gab es niemanden. Als würden sie gar nicht existieren. Aber das ließ sich erklären. Mit Kunst war einfach kein Geld zu verdienen, warum also seine Zeit darauf verschwenden?

»Er ist wegen Pir Shams konvertiert. Na ja, so heißt es. Aber er ist auf jeden Fall Muslim. Sie waren vielleicht ein Paar – oder Pir Shams war nur sein Mentor«, sagte sie, und kritzelte dabei auf dem Rand einer Seite herum. »Es existieren unterschiedliche Versionen der Geschichte.«

Ihre Offenheit verblüffte ihn. Niemand, den er kannte, sprach über Liebhaber oder über schwule Pärchen. Er hatte das Gefühl, er könnte mit ihr über alles reden, und es wäre in Ordnung.

»Hier.« Sie legte ein Lesezeichen ins Buch und reichte es ihm. »Ich leih es dir.«

»Nein, das geht nicht«, sagte er, nahm aber das Buch trotzdem. »Ich weiß ja gar nicht, wann ich es dir zurückgeben kann.«

»Wie wär's mit Donnerstag im Schönheitssalon?«

»Im Schönheitssalon?« Auf einmal war er sich seines Körpers bewusst wie sonst im Umkleideraum vor dem Sportunterricht. Er musste daran denken, wie ihn einige der Supersportler in der Schule Schwuchtel genannt hatten. »Ich stehe nicht auf Schönheitskram«, platzte er heraus.

»Ich wette, Prince lässt sich die Nägel machen. Schau ihn dir doch nur an.« Sie zog ihr T-Shirt gerade. »Er ist heiß! Aber die Art von Salon mein ich gar nicht. Unser Salon ist Französisch. Das *n* wird nasal ausgesprochen.« Sie wiederholte das Wort betont langsam. »Wir lesen uns Gedichte vor, schauen Filme, sehen uns Bilder an. Alles, was schön ist«, sagte sie, und ihre Augen leuchteten. »Wir treffen uns jeden Donnerstag in der Forrest-Lawn-Bibliothek. Punkt vier.«

»Hey Shaf!« Arzeen stand vor der Tribüne und wedelte wie wild mit den Armen. »Papa ist da.«

Shafina erhob sich. »Ich muss los.«

Ashif stand ebenfalls auf. Er betrachtete das Foto von Prince auf ihrem T-Shirt. Er posierte auf einer Harley und trug eine Lederjacke und jede Menge Ketten. Er machte einen Schmollmund, und seine Augen waren mit Kajal geschminkt. *Den* findet sie heiß? Die Vorstellung verwirrte ihn, und zum ersten Mal kam ihm ein vollkommen ungewohnter Gedanke: Vielleicht konnte auch er attraktiv sein.

»Oh, und du brauchst so eine hier für den Salon«, sagte sie und tippte gegen ihre Baskenmütze.

»Ich habe nicht vor, in nächster Zeit nach Paris zu fahren.«

»Versuchs bei Kmart«, sagte sie und zwinkerte ihm zu.

Er sah zu, wie sie die Treppen der Tribüne hinunterging. Die Falten an der Rückseite ihres Rocks schwangen hin und her wie der Schwanz einer Meerjungfrau.

»Wie viele Mitglieder seid ihr?«, rief er ihr nach.

Sie drehte sich um und lächelte. »Jetzt sind wir zu zweit.«

Seine Beine zitterten, so aufgeregt war er. Er setzte sich schnell wieder hin und drückte das Buch an seine Brust. Jemanden wie sie hatte er noch nie getroffen. Es kam ihm vor, als wäre er die ganze Zeit in einem schmalen Fluss getrieben, der sich nun weitete, seine Mündung erreichte und in den Ozean sprudelte. Er klappte das Buch auf. Seine Augen fielen auf die Zeile eines Gedichtes, die leuchtend blau unterstrichen war.

Du bist der gesamte Ozean in einem Tropfen.

KAPITEL 7

Als Layla das Gespräch beendet, ist sie aufgebracht. Das war Mukhiyani Ma aus dem Jamatkhana. Sie hat angerufen, um ihre übliche Bestellung aufzugeben. Sie bestellt nicht nur für ihre Familie, sondern auch für ihren *phat*, den Tisch mit den nächtlichen Opfergaben, für den sie verantwortlich ist. Aber heute hat sie Layla gefragt, ob sie ihr auch ihre berühmten Hähnchen-Samosas machen könne. Layla hat abgelehnt, aber sie ist hartnäckig geblieben. »Bitte, Layla *bai*, tun Sie mir den Gefallen. Nur dieses eine Mal. Lailat al-Qadr ist so eine wichtige Sache, und mein *phat* soll diesmal etwas ganz Besonderes sein.« So eine Unverschämtheit! Layla weiß, sie sollte einem Jamati-Oberhaupt gegenüber respektvoller sein, aber sie ärgert sich wirklich sehr über Mukhiyani Ma. Wie oft soll sie denn noch Nein sagen? Wenn jemand den Wert eines Gelübdes kennen sollte, dann doch wohl sie. Unzählige Male war sie schon gefragt worden, aber die meisten Menschen hatten den Anstand besessen, ihr Nein würdevoll zu akzeptieren. Jeder weiß doch, dass Layla ein persönliches Gelübde abgelegt hat, ihre Hähnchen-Samosas ausschließlich für den Imam zuzubereiten.

Sie hatte das Privileg gehabt, Khudavind 1992 bei seinem letzten Besuch in Kanada bekochen zu dürfen. »Er will wirklich noch einmal meine Samosas essen?«, hatte sie den Gemeindevorsteher gefragt, der die gute Nachricht überbrachte. Sie konnte ihr Glück kaum fassen. Schon beim ersten Mal hatte sie es kaum glauben können. 1982 hatte Layla den Wettbewerb um die besten Hähnchen-Samosas gewonnen, der anlässlich der Feierlichkeiten zum silbernen Jubiläum des Imam stattgefunden hatte. Fünfundzwanzig Jahre zuvor hatte der verehrte Aga das Imamat von seinem Großvater, einem direkten Nachfahren des Propheten, übernommen. Der Wettbewerb war vom ismailitischen Rat ausgerichtet worden, um sicherzugehen, dass die so begehrte Ehrung diesmal nicht durch Beziehungen, sondern rein nach Verdienst vergeben wurde. Sie befanden sich nun in einer neuen Welt, und dem Imam war sehr an der Vermittlung einer neuen Philosophie gelegen: der Meritokratie. »Mediokrität?«, fragte sie Ashif, als sie das Wort zum ersten Mal hörte. »Nein, Mama. Me-ri-to-kra-tie.« Dann begann er, ihr die Bedeutung zu erklären, aber ihr gefiel die Idee dahinter nicht besonders gut – nicht dass sie irgendwas gesagt hätte. Sie war überzeugt, dass sie den Wettbewerb nicht nur aufgrund ihrer Fähigkeiten gewonnen hatte – da waren höhere Mächte im Spiel gewesen.

An der Wand im Wohnzimmer hängt ein lackiertes Porträt des Imam, auf dem er in einem weißen Poloshirt neben einem Araberhengst steht. Eine rot-grüne Gebetskette schmückt den Bilderrahmen wie eine Blumengirlande einen Hindu-Gott. Trotz der sanften, aber bestimmten Anweisungen, mit denen im Jamatkhana die Menschen dazu aufgefordert wurden, sich von diesen alten Traditionen zu lösen. »Wir sind keine Götzenanbeter. Wir sind ismailitische Muslime, keine Hindus wie unsere Vorfahren. Und das Wesen unseres Glaubens ist nach innen gerichtet, nicht nach außen.« Neben dem Porträt befindet sich in einer an der Wand befestigten verschlossenen Glasvitrine ein weißer Teller, auf dem eine Gabel und ein Messer aus vierundzwanzigkarätigem Gold befestigt sind, wie die gekreuzten Klingen zweier Schwerter auf einem königlichen Schild. Auf dem bronzenen Namensschild darunter steht »Mrs.

Layla M. Visram, Gewinnerin des Hähnchen-Samosa-Wettbewerbs, silbernes Jubiläum, 1982.«

Der Imam war so beeindruckt von Laylas Samosas, dass er ihr sowohl den Teller als auch das Besteck, mit dem er sie gegessen hatte, schicken ließ. Ein göttliches Geschenk! Normalerweise wurden alle Dinge, die er berührt hatte, im Jamat versteigert – etwa der Mercedes, in dem er durch die Stadt gefahren worden war, der Thronsessel, in dem er während der Zeremonie gesessen hatte, oder das silberne Messer, das er beim zeremoniellen Anschneiden der Torte benutzt hatte. Nicht dass einer der Gegenstände (mit Ausnahme des Autos) nach der Versteigerung jemals wieder benutzt worden wäre. Das wäre ein Sakrileg gewesen. Stattdessen wurden die Sachen in Plastik gewickelt und in den Häusern der glücklichen Bieter ausgestellt. Jede Menge private Museen entstanden so überall in der Stadt, auf dem Land, in der Welt. Zuerst war Layla verletzt, als sie herausfand, dass der Imam ihre Samosas nicht mit den Fingern gegessen hatte, aber dann verstand sie, dass dies keine Beleidigung ihr gegenüber darstellte, sondern dass er eben auf diese Weise aß. Schließlich war er kein gewöhnlicher Mann. Er war der Imam! Er trug das Licht Allahs in sich. Er musste alles mit Messer und Gabel essen. Genau wie die Europäer.

Vom Küchenfenster aus sieht Layla, wie Mansoor auf dem Parkplatz vorm Haus hält. Warum ist er so früh schon zu Hause? Es ist gerade mal sechs. Normalerweise kommt er erst heim, nachdem sie um neun aus dem Jamatkhana zurück ist.

Mit der Aktentasche drückt er ein Durcheinander aus Zetteln gegen seine Brust. »Wo ist mein Sohn?«, will er wissen und lässt seine Sachen auf den Esstisch fallen, wobei er eine zu einer Rose gefaltete Serviette zerdrückt. Der Tisch ist bereits eingedeckt für das Mittagessen am nächsten Tag.

»Morgen. Er kommt morgen zum Mittagessen«, sagt sie.

»Unmöglich! Er hat gesagt, er kommt heute.«

»Nein, Dienstag. Am Tag vor ...«

Mansoor dreht sich um und geht weg, ohne abzuwarten, dass sie den Satz beendet. Sie hört, wie sich die Tür zu seinem Schlafzimmer öffnet und wieder schließt. Dann die Tür zu ihrem Schlafzimmer, dann die zum Bad.

Als er zurückkommt, sagt sie ihm noch einmal, dass Ashif erst morgen zu Besuch kommt. »Am Tag vor Lailat al-Qadr, du erinnerst dich?«

»Oh Layla, woher soll ich denn wissen, wann das ist?« Er zieht einen Esszimmerstuhl unter dem Tisch hervor und lässt sich drauffallen.

Rasch schiebt sie ein Gedeck zur Seite.

»Manchmal bringe ich Sachen durcheinander«, sagt er und schüttelt den Kopf. »Ich vergesse Dinge ...«

»Warum ruhst du dich nicht ein bisschen aus? Anschließend bist du wieder frisch.«

»Ich habe keine Zeit zum Ausruhen!«, blafft er sie an. »Ich habe zu viel zu tun. Das weißt du doch.«

»Ja, das weiß ich.«

»Ich muss ... Ein Mann darf nicht mit weniger abtreten, als ihm mitgegeben wurde. Ich muss es schaffen ...«

»Mach dir keine Sorgen, du wirst es schon schaffen«, sagt sie, auch wenn sie nicht genau weiß, was er meint.

»Glaubst du?«, fragt er wie ein Kind, das nach Anerkennung sucht.

»Aber natürlich!«, versucht sie, ihn aufzumuntern. »Ich mach dir einen Tee, in Ordnung?«

»Ja, Tee. Lass uns Tee trinken. Das wäre schön.« Er sinkt auf seinem Stuhl zurück.

Auf einmal kommt ihr Mann ihr so schmal vor, als wäre sein Körper geschrumpft, und in Laylas Kopf dreht sich alles vor Sorgen.

***

Mit einem Koffer in der einen Hand und Ashifs Händchen in der anderen kam Layla am Wiener Flughafen an. Ashif war fast zwei und konnte nun gehen und reden. Gut ein Jahr nachdem sie aus Uganda nach London geflohen waren, hatte sie ein Brief von Mansoor erreicht, in dem er ihr mitteilte, dass er sich in einem Interimslager in Österreich befand. Er hatte ihr den Brief über einen Mann aus seinem Lager zukommen lassen, der Verwandte in London hatte. Farida, die Cousine des Mannes, hatte monatelange Nachforschungen angestellt, bevor sie Layla und Ashif endlich aufspürte. Zuerst dachte Farida, dass sie sich geirrt habe. »Aber die Frau, die ich suche, hat nur ein Kind, nicht zwei«, sagte sie mit einem Blick auf die Wölbung unter dem Schal, den sich Layla wie ein Tragetuch um den Oberkörper gebunden hatte. »Oh, nein, nein«, sagte Layla und schlug das Tuch zur Seite, sodass die Flasche mit heißem Wasser zum Vorschein kam, die sie benutzte, um sich warmzuhalten. »Ich bin es, nur ich, Layla Visram.«

Durch eine Glaswand entdeckte sie Mansoor in der überfüllten Empfangshalle des Flughafens; er hatte seinen Aktenkoffer zwischen die Füße geklemmt. Er trug seinen Hochzeitsanzug, den er nur zu ihren Jubiläumsfeiern anzog, und auch die passenden Schuhe mit den Metallspitzen. Erst als sie mit Ashif im Schlepptau näher kam, bemerkte sie, wie dünn er geworden war. Der Anzug hing an ihm herunter wie ein blauer Kartoffelsack. Ihr wurde schwer ums Herz. Was war mit ihrem Mann geschehen?

Mansoor hob die Arme über den Kopf und winkte ihnen hektisch zu. Ihr Herz schlug wieder etwas leichter. Sie packte Ashif am Handgelenk und lief ihm entgegen. Mansoor begrüßte seinen Sohn zuerst.

»Nun schau dich an!« Mansoor kniete sich hin, in seinen Augen standen Tränen. »So ein großer Junge!«

»Mama«, schrie Ashif und klammerte sich an die Beine seiner Mutter.

Mansoor zog seinen Sohn von ihr weg und drückte das strampelnde Kind fest gegen seine Brust. »Papa ist so glücklich, dich wiederzusehen!« Er ließ ihn erst wieder los, als ihm die umstehenden Leute böse Blicke zuwarfen.

»Er braucht einfach ein bisschen Zeit, um sich an dich zu gewöhnen«, sagte Layla und dachte, dass für sie dasselbe galt. Auch sie erkannte ihn kaum wieder.

»Du hast recht«, sagte er und legte seinen Arm um sie. »Komm, lass uns gehen.«

Dann erzählte er ihr, dass er bereits alle Vorkehrungen für ihr neues Leben getroffen habe. Gleich morgen früh würden sie den ersten Flug nach Montreal nehmen und in Kanada leben. Nie fragte er sie danach, wie sie in London allein über die Runden gekommen war, und als sie versuchte, mit ihm über seine letzten Tage in Uganda und das Lager in Österreich zu sprechen, schüttelte er nur den Kopf. »Was bringt es schon, über die Vergangenheit zu reden, Layla?«

Die Nacht verbrachten sie in einer kleinen Pension in der Nähe des Flughafens. Als sie sich liebten, konnte sie die spitzen Knochen seines Brustkorbes spüren.

KAPITEL 8

Durch das Küchenfenster sieht Layla die draußen spielenden Kinder auseinanderlaufen, als sich eine Limousine durch die schmalen Straßen der Reihenhaussiedlung schiebt. Passanten bleiben stehen und versuchen zu erkennen, wer sich hinter den getönten Scheiben verbirgt. »Er ist da«, ruft sie laut. Sie schält sich aus ihrer Schürze und wirft sie auf den Küchentresen. Zum Vorschein kommt ein A-Linienkleid mit einem Muster aus winzigen Rosen, das sie sich heute Morgen gekauft hat. Genau wie den Lippenstift, den sie trägt.

Mansoor erhebt sich von seinem Schreibtisch im Wohnzimmer und tritt ans Fenster. Ein Fahrer mit einer Chauffeuruniform springt aus einer Limousine und eilt nach hinten, um die Autotür zu öffnen. Ein Arm mit einer Aktentasche in der Hand erscheint, aber dann schlüpft die Mittagssonne hinter einer Wolke hervor, verwandelt das Fenster in einen Spiegel, und Mansoor sieht nur noch sein eigenes Gesicht.

Ashif geht mit einem Strauß roter Rosen, an dem ein riesiger herzförmiger Ballon befestigt ist, die drei Stufen zur Haustür hinauf. In dem Strauß hat er den Spa-Gutschein für seine Mutter versteckt. Er möchte nicht, dass sein Vater davon erfährt.

An der Eingangstür richtet Layla noch einmal vorsichtig ihr Haar, damit alles richtig sitzt, und überprüft ihren Lippenstift.

»Also wirklich, Layla, das ist unser Sohn, kein Gast. Das hier ist sein Zuhause.« Mansoor reißt die Eingangstür auf, Sonnenlicht strömt ins Haus. Unter seinem Arm klemmen zwei Kopien seines Geschäftsplans und die frisch ausgefüllten Kreditanträge, in denen Ashif als stiller Teilhaber aufgeführt ist.

Als Layla Ashif sieht, fängt sie sofort an zu weinen. Ashif stellt seinen Aktenkoffer ab und nimmt sie in den Arm. »Hallo, Mama.«

»Du ruinierst dir dein ganzes Make-up«, sagt Mansoor.

Ashif löst sich vorsichtig von ihr. »Aber sie ist immer noch wunderschön.« Er reicht ihr die Rosen.

»Mein Sohn! Du sollst dein Geld doch nicht zum Fenster hinauswerfen«, sagt sie und wischt sich die Tränen aus dem Gesicht.

»Deine Mutter hat recht. In ein paar Tagen sind sie hinüber«, sagt Mansoor. Er fühlt sich übergangen. Nicht nur dass Ashif seine Mutter zuerst begrüßt, sein Sohn hat ihm auch kein Geschenk mitgebracht. Das tut er nie.

Ashif reicht seinem Vater die Hand. »Hallo, Papa.«

»Schön, dich zu sehen, mein Sohn!« Mansoor schüttelt ihm herzlich die Hand. »Immer rein mit dir. Lass uns gleich in mein Büro gehen, es gibt viel zu besprechen.«

»Aber dann wird doch das ganze Essen kalt!«, protestiert Layla.

»Du kannst es ja wieder aufwärmen. Ich habe etwas mit meinem Sohn zu bereden.« Mansoor greift nach Ashifs Arm.

»Lass uns erst mal was essen, Papa. Ich hab echt Hunger«, sagt Ashif, obwohl er im Flugzeug gefrühstückt hat.

Layla ist überglücklich. Sie hakt sich bei ihrem Sohn unter und führt ihn ins Esszimmer.

In Mansoor flackert Wut auf. Sein Sohn sollte ihn respektvoller behandeln! Aber er sagt nichts dazu. Er steht über solchen Dingen. »Ja, gut, lasst uns was essen«, sagt er und folgt ihnen an den Esstisch.

***

»Und, worum geht's bei deinen Meetings?«, fragt Mansoor. Er hat die Ellenbogen auf die Tischkante gestützt und rührt mit einem Finger in dem Hähnchen-Biryani auf seinem Teller herum.

»Die Firma wird umstrukturiert«, sagt Ashif und dippt ein Stück Dhokra ins Tamarinden-Chutney.

»Stellenabbau?« Mansoor beugt sich über seinen Teller und schiebt sich eine Handvoll Reis in den Mund.

»Yepp.« Ashif wirft einen Blick auf den stumm geschalteten Fernseher im Wohnzimmer, auf dem Nachrichten laufen. Neben dem Sprecher ist ein Foto von einem Schaf zu sehen, um den Hals trägt es ein Schild, auf dem *Dolly* steht. Die Schlagzeile darunter lautet: *Wird es Sie bald zweimal geben?*

»Ein Teil des Vertriebs wird automatisiert«, fügt er hinzu.

»Das ist die schöne neue Welt, mein Sohn! Die digitale Revolution.« Er legt eine Hand auf die Serviette auf seinem Schoß, unter der eine Kopie seines Geschäftsplans liegt, und bereitet sich darauf vor, die große Neuigkeit zu verkünden.

»Sie werden über die nächsten sechs Monaten weltweit ungefähr zwanzig Prozent aller Angestellten entlassen.«

Mansoor zieht die Augenbrauen hoch. »Es ist richtig, ein strenges Regiment zu führen. Man muss die Faulpelze aussortieren.«

Layla legt ein Roti auf Mansoors Teller, einen anderen auf Ashifs und den Rest auf den Stapel in der Mitte des Tisches.

»Effizienz heißt das Zauberwort.« Mansoor steckt sich ein Stückchen Huhn in den Mund. »Und Technologie ist der Zauberstab.«

»Komm her, Mama, setz dich zu uns«, bittet Ashif sie eindringlich. Seine Mutter soll sich entspannen und ihnen Gesellschaft leisten, anstatt hin und her zu laufen wie eine Kellnerin. Er möchte nicht allein mit seinem Vater sein, vor allem jetzt nicht, da sich das Gespräch vom Wetter und den Nachrichten zum Geschäftlichen verlagert hat. Es nimmt dann immer einen sehr einseitigen Verlauf, wie bei einem Priester, der zu seiner Gemeinde spricht.

»Ich komme gleich, *bheta*«, sagt Layla. »Iss du nur, iss.«

»Ja, iss, mein Sohn. Mach dir keine Gedanken über deine Mutter.« Mansoor faltet sein Roti und reißt es in zwei Teile.

»Beeil dich, Mama«, sagt Ashif. Er weiß, dass sie fastet, aber er möchte trotzdem, dass sie sich zu ihnen setzt und sie nicht wie eine Angestellte bedient.

»Nimm noch was, *bheta*.« Layla lässt einen Löffel mit Biryani über Ashifs Teller kreisen.

»Nein, Mama.« Ashif hält eine Hand über seinen Teller. »Ich habe schon viel zu viel gegessen.«

»He, nun zwing ihn doch nicht«, sagt Mansoor. »Er ist doch kein Kind mehr.«

»Na gut, aber nur ein bisschen.« Ashif legt seine Hände zurück in den Schoß. Er hat ihr schon so oft gesagt, dass er nichts Frittiertes isst. Warum backt sie den Maniok nicht im Ofen oder nimmt Olivenöl statt Ghee? Das ist viel gesünder. Aber er will ihr jetzt nicht damit kommen, sie würde es nicht verstehen und nur als Beleidigung auffassen.

Layla häuft einen großen Löffel Hähnchen-Biryani auf seinen Teller. »Iss, *bheta*. Bevor es kalt wird«, sagt sie freudig und legt noch einen Kartoffelfladen und drei Maniok-sticks dazu.

»Es schmeckt alles wieder ganz hervorragend, Mama.« Ashif fährt mit seiner Gabel durch den Reis. »Wie immer.«

Der Rosenstrauß steht auf der Tiefkühltruhe. Der herzförmige Ballon schwingt hin und her wie eine um Aufmerksamkeit heischende winkende Hand.

»Dann bin ich glücklich.« Sie nimmt den Kopf ihres Sohnes zwischen die Hände und gibt ihm einen Kuss.

Ihre Handflächen fühlen sich rau auf Ashifs Wangen an. Die Haut ist trocken und rissig, die Fingernägel bis zum Ansatz abgekaut. Umso mehr freut er sich über sein Geschenk, den Spa-Gutschein. Damit kann sie sich verwöhnen lassen und wenigstens einen Tag lang mal so richtig ausspannen. »Ich auch, Mama. Ich auch.«

Layla gibt ihm noch einen Kuss. Ashif essen zu sehen erfüllt sie mit großer Zufriedenheit.

Mansoor klopft gegen die leere Wasserkaraffe. »Kannst du uns noch etwas Eis bringen?« Er nimmt ein ordentlich gefaltetes Taschentuch aus der Hosentasche und tupft sich damit Stirn und Kinn ab.

Layla nimmt die Karaffe und verschwindet in der Küche. »Hast du eine Alternative in der Hinterhand? Beruflich, meine ich?«, fragt Mansoor. »Nur für alle Fälle.«

»Nein, natürlich nicht,« sagt Ashif. Die Frage irritiert ihn. »Mein Job ist sicher.«

»Es ist immer gut, möglichst vorausschauend zu denken.« Mansoor klopft mit den Fingerkuppen auf den Teller, aber einige Reiskörner bleiben hartnäckig an seinen Fingern kleben. »Man braucht immer einen Plan B.« Mansoor fällt auf, wie Ashif angezogen ist. Er hat doch gleich diese wichtigen Geschäftstermine, oder nicht? Aber ohne Jackett und Krawatte? Mit einer Sonnenbrille im Haar? Natürlich weiß Mansoor, was ein Casual Friday ist. Eine der Annehmlichkeiten meines Jobs, hat ihm ein Kunde erklärt. Aber heute ist gar nicht Freitag. Außerdem, was für Annehmlichkeiten sollten das schon sein? War ihnen nicht klar, dass lockere Kleidung zwangsläufig lockere Arbeitsgewohnheiten nach sich zog? Und wie ließe sich dann noch ein Geschäftsmann von einem einfachen Angestellten unterscheiden? Sein Sohn sah aus, als hätte er Urlaub. Welchen Eindruck würde das nur bei seinen Vorgesetzten hinterlassen?

»Ich muss mir keine Sorgen machen, glaub mir«, sagt Ashif.

»Man kann nie wissen, wann es einen erwischt.« Mansoor beißt die Spitze einer grünen Chilischote ab. »Was machst du, wenn sie dich entlassen?«

Ashif muss lachen. Ihn entlassen? Das wäre schön! Trotzdem kränkt es ihn, dass sein Vater überhaupt auf eine solche Idee kommt. In einem Rutsch, als würde sich plötzlich ein fest verschlossenes Ventil lösen, erzählt er seinem Vater von der Aussicht auf einen Managementposten und allen damit verbundenen Annehmlichkeiten: dem Gehalt, den Vorsorgeleistungen, den Aktienoptionen. Er erzählt auch, was Rick ihm im Vertrauen gesagt hat: Eines Tages könnte er die Firma leiten. Sofort danach überkommt ihn ein Gefühl der Erleichterung und des Bedauerns.

Mansoor schaut mit hochgezogenen Augenbrauen von seinem Teller auf. »Management?«

Ashif beobachtet, wie sich die Überraschung im Gesicht seines Vaters in Stolz verwandelt, und einen Moment lang spürt er, wie die Wärme seines Blicks ihn durchströmt.

»Warum hast du das denn nicht gleich gesagt? Bei Gott, das sind großartige Neuigkeiten!« Mansoor schlägt mit beiden Händen auf den Tisch. Er schiebt seinen Stuhl zurück und springt auf. »Gut gemacht, mein Junge! Ich habe immer gewusst, du bist zu Großem bestimmt. Hier sitzt der nächste Steve Jobs!«

»Noch gehöre ich ja nicht zum Management. Noch nicht ...« Warum hat er es bloß erzählt? Jetzt ist sein Vater ein führerloser Zug. Er fühlt den Drang, sich ihm in den Weg zu stellen und dazu zu zwingen, die Notbremse zu ziehen. Oder sich einfach auf die Gleise zu legen. Ashif hätte es wissen müssen. Warum nur hat er sich nicht besser unter Kontrolle.

»Layla!«, ruft Mansoor und nimmt dann eine Flasche Johnny Walker aus dem unteren Fach der Anrichte. Die Flasche ist hinter Stapeln aus Tellern und Auflaufformen versteckt. Layla besteht darauf, dass er seinen Alkohol außer Sichtweite aufbewahrt. Sie möchte ihre Freunde und Kunden nicht verärgern, schließlich sind sie alle Ismailiten. »Bring uns Eis!« Er schnappt sich zwei Whiskygläser aus dem oberen Fach der Anrichte. »Layla! Hast du gehört?« Er kehrt mit der Flasche Whisky in der Hand zu seinem Stuhl zurück. »Management, was? Hervorragende Neuigkeiten, mein Sohn, ganz hervorragend.«

Layla bringt die mit Wasser und Eiswürfeln gefüllte Karaffe ins Esszimmer.

»Nicht für das Wasser.« Mansoor dreht die bronzene Kappe ab.

Layla runzelt die Stirn. »Oha, *so was* um diese Zeit?« Sie stellt die Karaffe auf den Tisch.

»Ich möchte nichts«, sagt Ashif, obwohl er jetzt wirklich gut einen Drink gebrauchen könnte. Aber er will den Wunsch seiner Mutter respektieren.

Layla fischt einige der Eiswürfel mit einer Gabel aus der Karaffe und lässt sie in eine Schüssel fallen.

»Nicht so bescheiden, mein Sohn!« Mansoor gießt einige fingerbreit Whiskey in jedes der Gläser. Es gefällt ihm, dass der Junge sich ziert. Es ist seine Art, seiner Familie zu zeigen, dass er sie respektiert. Es ist schließlich nicht üblich, mit seinen Eltern Alkohol zu trinken. Zuerst werden sie miteinander anstoßen und dann wird er seinen Sohn ins Büro entführen und ihm seinen Geschäftsplan präsentieren. Ihn dazu bringen, die Darlehensanträge zu unterschreiben. Mansoor nimmt einige Eiswürfel aus der Schale und lässt sie in die Whiskygläser fallen. »Na los, mein Sohn, darauf müssen wir anstoßen.«

»Was gibt es denn zu feiern?«, fragt Layla.

»Unser Sohn ist auf der Weg nach ganz oben«, sagt Mansoor. Seine Augen leuchten auf, in seiner Stimme liegt ein leichtes Zittern. Die vielen Jahre der väterlichen Erziehung waren nicht vergebens. Sein Junge würde es zu etwas bringen! »Er wird befördert.«

Layla klatscht in die Hände. »Das hab ich immer schon gewusst!« Layla nimmt seinen Kopf in ihre Hände und küsst ihn auf beide Wangen. »*Mumbarki, bheta.*«

Ashif dreht die Gabel auf seinem Teller mit der spitzen Seite nach unten. »Noch wurde ich nicht befördert, Mama. Noch nicht. Aber eines Tages vielleicht.«

Mansoor zögert kurz, dann reicht er Ashif das Glas. »Du meinst, es gibt nichts Schriftliches? Man sollte immer alles zu Papier bringen.«

Ashif nimmt das Glas und stellt es in einigem Abstand vor sich auf den Tisch. »Es ist längst noch nicht sicher, Papa. Das versuche ich dir die ganze Zeit zu sagen.«

Mansoor hält Ashif sein Glas entgegen. »Er ist einfach zu bescheiden. Auf den Herrn Manager.«

Ashif hebt zögernd sein Glas. Als sie anstoßen, öffnet sich ein weiteres Ventil, und ohne nachzudenken, erzählt er seinem Vater, dass er gar nicht Karriere machen will. Dass er dafür einfach nicht geschaffen ist.

Mansoor lacht. »So ein Unsinn. Wer will denn nicht befördert werden?« Lügt sein Sohn ihn an? Vielleicht gibt es diese Beförderung gar nicht. Vielleicht wird er entlassen und schämt sich zu sehr, um es ihnen zu sagen. Mansoor weiß nicht, ob er seinen Whisky austrinken soll oder nicht.

»In der Firma arbeiten jede Menge hoch qualifizierte Leute, die unbedingt ganz nach oben wollen«, versucht Ashif, dem Gespräch eine andere Wendung zu geben.

Mansoor droht Ashif spielerisch mit dem Zeigefinger. »Nun sag bloß nicht, dass du Angst vor etwas Wettbewerb hast. Du musst selbstbewusst sein. Zeig ein bisschen Kampfgeist!« Er schlägt zweimal mit den Fäusten in die Luft. »Du machst deine Konkurrenten fertig!« Er sieht Layla an. »Was meinst du, Layla? Wer wird gewinnen? Unser Sohn oder irgend so ein blöder Idiot?«

»Unser Sohn natürlich, wer sonst?«, sagt Layla stolz. Sie zieht einen Stuhl zurück und setzt sich neben ihren Mann.

»Siehst du, mein Sohn! Deine Mutter und ich haben größtes Vertrauen in dich. Wir stehen fest an deiner Seite.«

»Es ist ja alles längst noch nicht entschieden, Papa«, versucht Ashif, sich aus der Sache herauszuwinden.

»Komm, mein Sohn, lass uns eine Liste machen.« Mansoor zieht den Stift hervor, der an der Knopfleiste seines Hemdes steckte. »Wir müssen einen klaren Kopf bewahren. Wir schreiben die Stärken und Schwächen deiner Konkurrenten auf. Und deine auch. Und dann überlegen wir, wie wir sie schlagen können.«

»Hör zu, Papa, ich werde mein Bestes geben«, sagt Ashif, um ihn zu besänftigen. »Aber es ist ja nicht so, als hätte ich nicht auch jetzt schon einen guten Job.« Er schaut unter dem Tisch auf seine Armbanduhr und trinkt dann einen Schluck von seinem Whisky.

»Oh, oh, wer hat denn gesagt, dass du keinen guten Job hast?«, fragt Mansoor halb lachend.

»Ja, einen ganz fantastischen Job hast du. Erste Liga, nicht wahr?«, fügt Layla hinzu.

»Layla, dich hat niemand gefragt.« Mansoor schnalzt mit der Zunge. »Wir reden hier übers Geschäft. Kann ich mich nicht wenigstens ein einziges Mal in Ruhe mit meinem Sohn unterhalten?«

Ashif lehnt sich in seinem Stuhl vor, die Hände in seinem Schoß zu Fäusten geballt. Er ist kurz davor, seinem Vater zu sagen, dass er so nicht mit seiner Mutter reden darf, als Layla ganz leicht die Augen weitet und ihm fast unmerklich zunickt, wie um zu sagen: *Mach es nicht noch schlimmer, mein Sohn. Wir sprechen nachher, wenn wir allein sind.* Ashif richtet sich in seinem Stuhl auf und greift wieder nach seinem Whiskey.

Auch Mansoor nimmt noch einen Schluck. »Pass auf, mein Sohn, ich weiß, dass du einen guten Job hast. Keiner behauptet was anderes. Aber es auf die mittlere Führungsebene zu schaffen ist ja nun wirklich nicht so schwer. Sei nicht so schnell zufrieden, mein Sohn! Jeder dahergelaufene Trottel arbeitet heutzutage in solchen Konzernen. Es sei ihnen gegönnt. Es sei dir gegönnt. Aber es gibt einen Grund, warum man es *mittlere* Führungsebene nennt. Sie ist weit von der Spitze entfernt. Glaub mir, mein Sohn, nach der Mittelmäßigkeit kommt der Tod.«

»Aber ich bin zufrieden mit meinem Job.« Ashif hat das Gefühl, als müsste er sich gegen einen Felsbrocken stemmen, der bald nachgeben und ihn unter sich begraben wird.

Mansoor lässt gedankenverloren sein Glas kreisen. Sein Sohn hat viel Potenzial und Grips, aber sein Antrieb ist so wechselhaft wie ein Aktienkurs. Dieses Verhalten ist ihm nicht neu. Kurz bevor Ashif ein Ziel erreicht, will er langsam machen und sich ausruhen. Das ergibt keinen Sinn. Er muss strenger mit ihm sein.

»Wusstest du, dass der durchschnittliche CEO hundertviermal – ja, das stimmt, einhundertundviermal – so viel verdient wie der durchschnittliche Angestellte? Das habe ich in *Fortune* gelesen. Die Vorteile, an der Spitze zu stehen, sind endlos. Zuallererst: Jeder kennt deinen Namen. Und dann hast du es geschafft.«

»Ich verdiene wirklich genug Geld.« Ashif hält unauffällig seinen Arm unter den Tisch und wirft einen weiteren heimlichen Blick auf die Uhr. *Jetzt sei endlich still, verlängere die Folter nicht noch. Du hast es doch bald überstanden.*

Mansoor lächelt, aber die Ader auf seiner Stirn pulsiert. Dieser selbstgefällige Ausdruck auf dem Gesicht seines Sohnes. Prahlt vor ihm mit seinem Gehalt. Was denkt er, wer er ist? Hätte Mansoor so etwas zu seinem Vater gesagt, er hätte eine Tracht Prügel verpasst bekommen. Wenn sein Vater den Raum betrat, standen seine Kinder in Reih und Glied und begrüßten ihn, wie ein Armeeoffizier seinem König salutiert. Nie wagten sie es, ihm in die Augen zu sehen, nicht mal als Erwachsene, als sie längst verheiratet und selbst Eltern waren. Sie blieben doch immer seine Kinder. Es war sein gutes Recht, ihren Respekt einzufordern, und sie erwiesen ihn bedingungslos. Ohne ihm zu widersprechen. Ohne mit ihm zu diskutieren. Ohne ihn zu hinterfragen. So etwas wurde als Anmaßung betrachtet und mit Gewalt beantwortet. Mansoor hingegen hat noch nie die Hand gegen Ashif erhoben. Selbst wenn er es verdient gehabt hätte! Er hat sich vor langer Zeit gegen die Erziehungsauffassung seines Vaters entschieden. Er wollte ein moderner Vater sein. Er würde seinen Sohn niemals zu etwas zwingen. Stattdessen besprach er die Dinge mit ihm. Ruhig und sachlich. Aber wer konnte dieses Maß an Respektlosigkeit ertragen? Und doch, er würde sich zusammenreißen und nicht die Beherrschung verlieren. Tief atmet er ein und aus und beruhigt sich wieder. Er muss seinen Jungen für sich gewinnen.

»Hör zu, mein Sohn, was ich meine, ist, du darfst nicht zu früh zufrieden sein. Nimm zum Beispiel die Weltklasseathleten. Meinst du, Gretzky hat es bis ganz nach oben geschafft, indem er sich auf seinen Lorbeeren ausruhte? Oder Tiger Woods? Sogar Frauen schaffen es heutzutage in die allererste Liga. Schau dir Serena und Venus Williams an. Wenn du dich voll und ganz darauf konzentrierst, bist du im Handumdrehen ebenfalls ganz oben. Die große Karriere liegt uns im Blut.«

»Ja, Papa, da hast du recht«, antwortet Ashif. Er ist völlig k. o. Als hätte er einen Boxkampf bestritten. Es gibt nur einen Weg, mit seinem Vater zurechtzukommen: Man muss den Mund halten.

»Sehr schön, mein Sohn«, sagt Mansoor. Er hat gewusst, der Sportvergleich würde funktionieren. Ein K.-o.-Schlag! Sport und Geschäft sind immerhin die universelle Sprache aller Männer. »Mehr wollte ich nicht hören, mein Sohn. Gib einfach dein Bestes. Dann wirst du es schon schaffen.« Fast hätte Mansoor hinzugefügt, dass es allerdings sehr fraglich war, ob es diese jungen Athleten ohne die Entschlossenheit und Hingabe ihrer Väter überhaupt zu irgendetwas gebracht hätten. Walter Gretzky, Earl Woods und Richard Williams – sie waren es, die ihren Kindern den Weg zum Erfolg geebnet und sie Tag für Tag dazu angetrieben hatten, ihr volles Potenzial auszuschöpfen.

Gerade macht sich Ashif bereit für Runde zwei, da ertönt die Hupe der Limousine, genau wie er es zuvor mit dem Fahrer verabredet hat.

»Ich muss los«, sagt Ashif und steht vom Tisch auf.

»Jetzt schon?«, fragt Layla.

Mansoor erhebt sich ebenfalls. »Aber ich habe noch etwas Wichtiges mit dir zu besprechen, mein Sohn.« Er nimmt den Geschäftsplan und die Darlehenspapiere in die Hand.

»Und du hast Shamma und Almas Masi noch gar nicht gesehen«, sagt Layla.

»Es tut mir leid, aber meine Meetings fangen gleich an«, sagt Ashif und zieht seine Jacke an. »Ich darf nicht zu spät kommen.«

»Natürlich nicht! Geh schon, mein Junge. Er kann seine Zeit nicht an diese alten Damen verschwenden, Layla. Stimmt's, mein Sohn? Du hast wichtige Dinge zu erledigen.«

Layla folgt Ashif an die Haustür, in der Hand eine prall gefüllte Plastiktüte. Während er sich die Schuhe anzieht, zieht sie einen Haufen zerknitterter Formulare hervor und reicht sie ihm. »Die hab ich beim Saubermachen unter dem Schreibtisch deines Vaters gefunden.«

»Was ist das?«, fragt er, während er sich die Papiere anschaut, aber er braucht nicht lange, um zu sehen, worum es sich handelt. Darlehensformulare einer Geschäftsbank mit dem Namen seines Vaters darauf, dem Haus als Sicherheit und einer enormen Summe in dem Feld »Beantragte Gelder«. Er knüllt die Papiere zu einem Ball und wirft sie gegen die Wand. Er trifft den Spiegel, der bedrohlich hin und her schwingt. »Nicht schon wieder«, sagt er und presst vor Wut die Kiefer aufeinander.

»Bitte, *bheta*. Nicht so laut.« Nervös sieht sie sich um. »Dein Vater wird uns noch hören.« Sie sammelt die Papierkugel ein und lässt sie in ihrer Schürzentasche verschwinden.

»Er hat schon wieder Schulden?«, fragt er mit einem rauen Flüstern. »Unglaublich!«

Sie zuckt die Schultern. »Du weißt doch, wie er ist. Er macht alles mit sich allein aus. Und mir erzählt er schon gleich gar nichts. Aber was sollte es sonst sein?«

Ashif schlägt mit der Faust in die Handfläche seiner linken Hand. Er möchte direkt jetzt ins Büro seines Vaters marschieren und die Sache klären. Ein für alle Mal. Aber er weiß, dass das nicht geht. Er muss sich um seiner Mutter willen beherrschen. Ein Streit würde, nachdem er gegangen ist, das Leben seiner Mutter nur noch schwerer machen, und das ist das Letzte, was er will.

»Jetzt verstehe ich, warum er immerzu so hart arbeitet«, sagt sie. »Wenn ich aufstehe und zum Morgengebet gehe, sitzt er schon im Anzug an seinem Schreibtisch. Manchmal redet er dabei sogar mit sich selbst. Und wenn ich abends aus dem Jamatkhana nach Hause komme, ist es dieselbe Geschichte. Arbeit. Arbeit. Arbeit. Von morgens früh bis abends spät. Und das in seinem Alter. Kein Wunder, dass er nicht mehr ganz richtig tickt. Er ist in letzter Zeit vollkommen durcheinander. Ganz und gar *kachumber.* Und wenn ich ihm sage, dass er sich zwischendurch auch mal ausruhen und entspannen muss, reißt er mir fast den Kopf ab. Ich weiß nicht mehr, was ich tun soll, *bheta.* Die Arbeit wird ihn noch umbringen.« Ihre Stimme zittert, und ihre Augen werden feucht.

Der Boden unter Ashifs Füßen verwandelt sich in Treibsand. Er bekommt keine Luft mehr und hat das Gefühl, als würde er versinken. Er nimmt seine Mutter in den Arm. »Nicht weinen, Mama. Bitte nicht.«

»Wir müssen ihm helfen, mein Sohn. Bitte. Wenn er erst einmal seine geschäftlichen Probleme in den Griff bekommen hat, wird es ihm wieder besser gehen.«

Er weiß, dass sie mit *wir* eigentlich *du* meint, und ihm ist klar, was zu tun ist. Sein Magen zieht sich zusammen. »Mach dir keine Sorgen, Mama, ich kümmere mich darum.«

Sie richtet sich auf und gibt ihm einen Kuss auf die Stirn. »Danke, *bheta.*«

Von seinem Schreibtisch aus hört Mansoor Layla und Ashif miteinander reden, aber er versteht nicht, was sie sagen. Sie machen es schon wieder! Wütend wirft er seinen Stift auf den Tisch. Flüstern miteinander wie Schulmädchen. Selbst als Ashif schon ein Teenager war, tuschelten sie noch auf diese Weise miteinander und verstummten dann abrupt und wechselten das Thema, wenn Mansoor sie dabei überraschte. Behandelte man so seinen Vater? Was hat Layla überhaupt mit ihm zu tratschen? Erzählt sie ihm ihre ganzen Sorgen, beschwert sie sich vielleicht sogar über ihn? Ein Junge will von diesen Dingen nichts wissen – Frauensachen, die für eine Tochter bestimmt sind, nicht für einen Sohn. Ist es da ein Wunder, dass sein Sohn so verweichlicht ist? Ein Muttersöhnchen, das noch nicht mal seinen Job behalten kann. Das ist die Schuld seiner Mutter! Er hätte ihr niemals die Erziehung seines Sohnes allein überlassen dürfen. Aber welche Wahl hatte er schon gehabt? Er hatte nach Rocky Mountain House ziehen müssen. Er hat nur getan, was unzählige andere Männer vor ihm getan hatten. Männer wie sein Vater. Ganz zu schweigen von den Kriegshelden. Männer, die ihre Familien vorübergehend verlassen mussten, weil sie dazu gezwungen waren. Sich um das Geschäft zu kümmern bedeutete, sich um seine Familie zu kümmern, und das ist die größte Ehre und Verantwortung eines jeden Mannes.

Mansoor schiebt seinen Stuhl vom Schreibtisch zurück. »Was treibt ihr denn da?«, ruft er.

Es ist kurz still, dann antwortet Layla: »Nichts. Gar nichts. Wir verabschieden uns nur.«

»Lass ihn endlich gehen, ja? Wegen dir kommt er noch zu spät zur Arbeit.«

»Ich bin schon unterwegs, Papa«, ruft Ashif dazwischen. Wieder ballt er die Hände zu Fäusten und steckt sie sich dann in die Jackentaschen. »Ich verabschiede mich bloß.«

»Okay«, antwortet Mansoor, aber er ist immer noch etwas verärgert. Zehn Stunden, nur um sich zu verabschieden? Egal wie viel er auch für seinen Sohn tut, er hat immer nur Augen für seine Mutter. Er ist ihr hörig, stets bemüht, ihr jeden Wunsch von den Augen abzulesen. Derweil nutzt er jede Gelegenheit, seinem Vater zu widersprechen, wie vorhin beim Mittagessen. Womit hat er sich die Verachtung seines Sohnes nur verdient? Diese Frage quält ihn täglich, wie eine Mücke, die ihm um die Ohren surrt und die er nicht verscheuchen kann. Ihm fällt einfach kein Grund ein. Im Gegenteil, er hat jede Pflicht seinem Sohn gegenüber erfüllt, wie auch immer die Umstände waren – und so – *so* – dankt er es ihm? Brennende Wut wallt in ihm auf. Er nimmt die Darlehensformulare und reißt sie in der Mitte durch. Er wird einen anderen Weg finden, um sich das Geld zu beschaffen.

»Vergiss das hier nicht, *bheta*«, sagt Layla und hält ihm eine Plastiktüte mit Essen in Styroporbehältern sowie Plastikbesteck und Servietten hin. »Falls du im Hotel Hunger bekommst.«

Er will ihr erklären, dass es einen Zimmerservice gibt, aber er ist zu erschöpft. Und es würde nichts ändern. Er nimmt die Tüte und bedankt sich bei ihr.

Als er gerade die Haustür öffnen will, erscheint sein Vater. »Du musst jetzt wirklich los, mein Sohn. Sonst bekommen deine Vorgesetzten einen schlechten Eindruck von dir.«

»Komm bald wieder«, sagt Layla und fängt an zu weinen. »Am besten gleich morgen, zu Lailat al-Qadr.«

»Oder wie wär's, wenn du nach deinen Meetings in Vancouver das Wochenende bei uns verbringst?«, fragt Mansoor.

»Ja! Bitte komm übers Wochenende zurück.« Layla umarmt ihn noch einmal.

»Du würdest uns eine große Freude machen, mein Sohn«, fügt Mansoor hinzu. »Ich übernehme auch alle anfallenden Umbuchungsgebühren.«

»Es geht wirklich nicht, Papa, tut mir leid«, antwortet er und ärgert sich über das Angebot. Wie üblich hat sein Vater keinerlei Vorstellung von den Kosten. Er reicht ihm die Hand, erleichtert, den Besuch hinter sich gebracht zu haben.

»Na schön, du Manager«, sagt Mansoor und schüttelt die schlaffe Hand seines Sohnes. War das schon immer so? Ein kräftiger männlicher Händedruck ist wie eine Visitenkarte. Die Stärke eines Mannes liegt in seinem Körper, das weiß doch jeder.

KAPITEL 9

Im Fond der Limousine ringt Ashif nach Luft, als befände er sich in einem Glaskasten, aus dem langsam aller Sauerstoff herausgesogen wird. Die Schulden seines Vaters werden seine gesamten Ersparnisse vernichten. Er muss noch einmal ganz von vorne anfangen. Noch länger in seinem jetzigen Job arbeiten, noch mindestens zehn Jahre. Er kann kaum atmen und versucht, das Fenster zu öffnen, aber es ist blockiert. Er klopft gegen die Glasscheibe, die ihn vom Fahrer trennt. Die Trennwand fährt herunter, und er bittet den Fahrer, sofort anzuhalten. Der Fahrer fährt auf den Seitenstreifen und bremst mit quietschenden Reifen. Ashif stößt die Tür auf und torkelt die Böschung hinab auf ein schneebedecktes Feld. Gierig saugt er die eiskalte Luft in seine Lungen. Immer wieder. Atmet ein und aus. Er kann nicht genug bekommen. Ein und aus. Er ist verzweifelt. Es fühlt sich an, als müsste er sterben.

Als Kind konnte Ashif Menschenmassen und zu viel Lärm nur schwer ertragen, auch zu helles Licht war ihm zuwider. Die Sinneseindrücke überforderten ihn und laugten ihn aus. Sein Köper reagierte darauf wie ein überlasteter Computer kurz vor dem Absturz. Er zog es vor, in seinem Zimmer zu bleiben, Märchenbücher zu lesen und sich kleine Geschichten auszudenken. Stundenlang konnte er sich auf diese Weise beschäftigen, ohne sich jemals zu langweilen, als hätte er sich in einem Land voller Wunder verlaufen, das er nie wieder verlassen wollte.

Eines Tages hatte sein Vater die vollgeschriebenen Hefte mit seinen Geschichten entdeckt, die er in Kisten unter seinem Bett aufbewahrte. Ashif war überzeugt, dass sie ihm gefallen würden. Aber das taten sie nicht. Er sei nicht wütend auf ihn, erklärte er, aber sehr enttäuscht, dass er auf diese Weise seine Zeit verschwende. Er sei alt genug, um es besser zu wissen. Ashif war acht. Er versuchte, es zu erklären. Das seien wissenschaftliche Aufzeichnungen. Seine Beobachtungen, wie seine Lehrerin, Ms. Clarke, es nannte. Aber sein Vater meinte, sie würde sich irren. Das hier sei keine Wissenschaft. Das hier sei reine Fiktion, ausgedachte Geschichten ohne jeden Wert.

»Es lenkt dich bloß von wichtigen Fächern wie Mathematik und Physik ab. Von den Dingen, auf die es wirklich ankommt.« Dann erklärte sein Vater, er habe keine andere Wahl, als ihm die Hefte wegzunehmen.

»Bitte, Papa, tu das nicht«, flehte er, und seine Stimme brach.

»Nicht weinen, ja?«

»Aber sie sind mir sehr wichtig, Papa ...« Ashif konnte seine Tränen nicht länger zurückhalten.

»So etwas darf einem nicht wichtig sein!« Seine Stimme war fest und bestimmt.

Ein neuer Gedanke traf Ashif kalt wie ein Hagelschauer: Irgendwas stimmte nicht mit ihm. Warum sonst liebte er etwas so sehr, das man nicht lieben durfte? Er schämte sich.

»Vertrau mir, mein Sohn,« sagte sein Vater und zog die Kisten unter seinem Bett hervor. »Eines Tages wirst du mir dankbar sein.«

Wie erstarrt stand Ashif an seinem Schlafzimmerfenster. Unten auf der Straße lud sein Vater die Kisten in den Chevy. Sein Vater hat ihm nie erzählt, was er mit seinen Heften gemacht hat, und er hat ihn nie danach gefragt. In dieser Nacht machte er ins Bett. Als seine Mutter das feuchte, zusammengeknüllte Laken unter seinem Bett hervorzog, bat er sie inständig, seinem Vater nichts davon zu erzählen. Und das tat sie auch nicht. Nicht an jenem Morgen und nicht an den vielen Tagen danach. Ihm graute vor dem Gedanken, sein Vater könnte herausfinden, dass noch etwas anderes mit ihm nicht stimmte. Dann würde er ihn ganz bestimmt endgültig nicht mehr liebhaben.

***

»Sir! Geht es Ihnen gut?«, ruft ihm der Fahrer von der Straße aus zu.

Ashif geht zurück zum Auto. »Ja, alles okay, danke. Nur ein kleiner Asthmaanfall.«

Zurück in der Limousine ruft Ashif seinen Broker an und arrangiert den Verkauf seiner Wertpapiere. Dann meldet er sich bei seiner Mutter. Er bittet sie, seinem Vater auszurichten, dass er ihn morgen zum Frühstück in der Air Canada Businesslounge treffen will. Er möchte nicht, dass sein Vater zu ihm ins Hotel kommt, auch wenn es gleich um die Ecke liegt. Sie fragt ihn, ob alles in Ordnung ist, und er antwortet, dass er sich wie versprochen um alles kümmert. »Mach dir keine Sorgen. Ich werde Papa helfen, es wird alles wieder gut.«

»Danke, *bheta*«, sagt sie. »Du bist der beste Sohn, den man haben kann.«

In der Nähe des Flughafens biegt die Limousine in die u-förmige Hotelzufahrt ein. Der Fahrer springt heraus und hält ihm die Tür auf. Ashif nimmt seine Sachen und steigt aus. Ein Portier in einer roten, mit Goldknöpfen geschmückten Uniform öffnete ihm die Hoteltür.

»Willkommen, Sir«, sagt er.

Ashif reicht ihm die Tüte mit dem Essen seiner Mutter. »Können Sie das bitte für mich wegwerfen?«

»Aber natürlich, Sir.«

Ashif streicht sein Jackett glatt, dann betritt er die Lobby voller Geschäftsleute.

KAPITEL 10

Als Layla Mansoor erzählt, dass Ashif sich mit ihm zum Frühstück treffen möchte, wundert er sich. Sein Sohn wollte ihn noch nie allein ohne seine Mutter treffen. Doch dann wird ihm klar, was das bedeutet: Die Loyalität seines Sohnes kehrt zu ihm zurück. Was sonst sollte es sein? Er hat Ashif darum gebeten, sich ihm zu öffnen, und nun tut er es. Auf diesen Moment hat Mansoor eine Ewigkeit gewartet. Er lacht. Er hatte die ganze Zeit über recht! Mehr hat sein Sohn nicht gebraucht. Einen guten Ratschlag zur rechten Zeit. Das ist alles, was Kinder benötigen.

Schon als Ashif noch ein kleines Kind war, fiel Mansoor das seltsame Verhalten des Jungen auf. Er verbrachte den Großteil seiner Zeit allein und hatte keine Lust, mit anderen Kindern zu spielen. Er war auch immer sehr still und in sich versunken. Stundenlang konnte er im Gras liegen und in die Wolken starren. Einmal hat er sogar gesehen, wie er sein Ohr an einen Baum hielt, als würde er auf einen Herzschlag horchen. Das war doch kein normales Verhalten! Er machte sich Sorgen, dass sein Sohn in der Schule schikaniert würde, wie es seltsamen Kindern oft widerfuhr, besonders Jungen.

Er wollte nicht, dass Ashif auffiel, wie so viele, die in dieses Land gekommen waren. Leute, die ihre alten Gewohnheiten nicht ablegen konnten, die aufeinanderhockten wie eine Herde Schafe. War das nicht überhaupt erst der Grund gewesen, warum Amin sie hinausgeworfen hatte? Mansoor war wild entschlossen, die Fehler aus Uganda nicht zu wiederholen. Man muss mit den Leuten, mit denen man zusammenlebt, zurechtkommen. Sich anpassen! Er würde auch niemals nach Uganda zurückgehen wie jene, die sofort wieder angaloppiert kamen, sobald es Indern erlaubt war, ins Land zurückzukehren. In Ordnung. Dann geht doch. Wer brauchte solche Leute schon? Als ob Kanada nur eine Zwischenstation wäre. Nicht für Mansoor. Er fühlte sich diesem Land verpflichtet – und nur diesem Land. Es war die einzige Möglichkeit, tiefe Wurzeln zu schlagen und eine echte Heimat zu finden. Nichts wünschte er sich sehnlicher für seine Familie. Sein Sohn würde lernen müssen, aus den richtigen Gründen aufzufallen (Begabung und Leistung) und sich ansonsten anzupassen. Das war die Voraussetzung, um erfolgreich zu sein.

Mansoor war immer davon ausgegangen, dass Ashif aus seinem seltsamen Verhalten herauswachsen würde, aber als das mit acht Jahren noch immer nicht der Fall war, entschied er, die Dinge selbst in die Hand zu nehmen. Er beschloss, das Übel an der Wurzel zu packen. Wie die Amputation eines zweiten kleinen Fingers. Die Hand mochte sich eine Weile seltsam anfühlen, aber mit der Zeit würde der Köper den Finger vergessen. So war es mit allem. So war es auch damals, als er die ganzen Kisten mit Ashifs Tagebüchern gefunden hatte. Er schlug ihn nicht, anders, als es sein Vater getan hätte. Stattdessen erklärte er ihm in aller Ruhe, warum das Lesen und Schreiben von ausgedachten Geschichten eine einzige große Zeitverschwendung war. Sein Sohn war anfangs zwar verärgert, legte dann aber nach einiger Zeit das gewünschte Verhalten an den Tag.

Natürlich half Mansoor der Sache etwas auf die Sprünge, indem er alle schlechten Einflüsse aus dem Leben seines Sohnes entfernte. Allen voran seine Lehrerin Ms. Clarke. Was ist das schon für eine Lehrerin, der es nicht gelingt, zwischen Fakt und Fiktion zu unterscheiden? Er nahm Ashif augenblicklich von der Schule und meldete ihn an einer Institution an, die eine vertrauenerweckende Bilanz an gewonnenen Preisen in Mathematik und Naturwissenschaften vorzuweisen hatte. Außerdem ermutigte er ihn, in den Debattierclub und die Sportmannschaften einzutreten. Er brachte ihm bei, wie man mit Leuten scherzte, und schickte ihn zum Rhetorikunterricht. Und er belohnte jeden Fortschritt. Ein Eis für ein erreichtes Zwischenziel, einen Nickel für die richtige Antwort. Pawlow hatte genau gewusst, was er tat. Schließlich kam Ashif mit seinen eigenen Vorschlägen zu ihm. Sie sahen sich zusammen ein Hockeyspiel an und wurden Mitglied bei Toastmasters, der Organisation zur Förderung der Redekunst. Er meisterte seine neuen Aufgaben mit Bravour und brachte erstklassige Noten nach Hause. Und jede Menge Trophäen! Es schüttelt ihn bei dem Gedanken daran, was wohl aus seinem Sohn geworden wäre, hätte er sich nicht eingemischt. Aber zum Glück hatte er es ja getan. Nur durch ihn ist sein Sohn zu dem geworden, der er heute ist.

Doch nun ist Ashif erneut vom Weg abgekommen. Und es war nur eine Frage der Zeit, bis man ihn freistellen oder sogar feuern würde. Er war immer davon ausgegangen, dass ihn die Firma mit ihren unerschöpflichen Ressourcen gut ausbilden würde. Das war der einzige Grund, warum er ihm erlaubt hatte, nach der Uni in Toronto zu bleiben. Er hatte erwartet, dass er später mit einer ganzen Reihe geschäftlicher Fähigkeiten und einem gut gefüllten Adressbuch zurückkommen und den Familienbetrieb übernehmen würde. Doch alles, was die Firma geschafft hatte, war, ihm Flausen in den Kopf zu setzen. Er scheint zu denken, dass er etwas Besseres ist als alle anderen – sein Vater eingeschlossen. Von wegen. Mansoor könnte seine Arbeit mit geschlossenen Augen erledigen, und zwar für die Hälfte des Geldes.

Mansoor würde die Dinge also selbst in die Hand nehmen müssen, damit sein Sohn in die richtige Spur zurückfand. Die Lösung lag auf der Hand. Er würde Ashif im Geschäft unter seine Fittiche nehmen. Ihn von der Pike an ausbilden. M. G. Visram & *Sohn*, Textilpflege GmbH. So wie er es sich schon immer ausgemalt hatte. Eine große Familie, die Hand in Hand arbeitete wie eine gut geölte Maschine. Sie würden alle ihre Ressourcen – Können, Arbeitskraft, Geld – in der Familie behalten. Auf diese Weise entstanden Imperien! Er hatte sich immer weitere Kinder gewünscht – ob Jungen oder Mädchen, das spielte keine Rolle. Heutzutage konnten Frauen alles erreichen. Man musste sich nur Margaret Thatcher anschauen oder Oprah Winfrey oder Benazir Bhutto. Sie alle hatten nicht aufgegeben, bevor sie ganz oben angekommen waren. Er gönnte es ihnen. Sie hatten andere Frauen angestellt, damit sie ihnen ihre häuslichen Pflichten abnahmen: Kochen, Putzen, sich um die Kinder kümmern – schlecht bezahlte Stellen, die sie sich von ihren hohen Gehältern ohne Problem leisten konnten. Das ergab alles einen Sinn. Es war Arbeitsteilung. Auf dieselbe Weise hatte Ford die Automobilindustrie revolutioniert. Das nannte er Fortschritt! Mit offenen Armen hätte er eine Tochter im Geschäft willkommen geheißen. Seite an Seite hätten sie gearbeitet. Aber dazu war es nie gekommen. Es gab keine Töchter und keine anderen Söhne. Nur Ashif – und das musste reichen.

Wenn er Ashif bloß eher unter seine Fittiche genommen hätte, dann wäre es vielleicht einfacher gewesen. Kinder sind leichter zu formen. Seine eigene Ausbildung hatte im Alter von vier Jahren begonnen. Jeden Morgen vor der Schule hatte er seinen Vater ins Geschäft begleiten müssen, wo der ihn neben die Registerkasse auf den Tresen setzte. Ihm war nicht erlaubt, Fragen zu stellen oder Wünsche zu äußern, und am Ende eines jeden Besuchs wurde er abgefragt, um zu testen, ob er etwas gelernt hatte. Kurze, klare Antworten auf Englisch – die Sprache, die er zu beherrschen hatte, bevor er fünf weitere Sprachen lernen musste. Jede falsche Antwort und jedes Fehlverhalten wurden umgehend bestraft.

Hinter ihm ertönt das dröhnende Lachen seines Vaters. »Du blöder Idiot! Dazu ist es viel zu spät. Dein Sohn ist schon fast dreißig. Dreißig! Und du bist sechzig.«

»Nein, Papa«, sagt er trotzig. »Ich schaffe das. Ich werde meinen Sohn ausbilden. Und ich werde mir das Geld für die Anlage besorgen. Du wirst schon sehen!«

Sein Vater rammt ihm den Stock in den Rücken. »Jetzt werd bloß nicht frech!«

Mansoor sinkt vor Schmerzen in sich zusammen.

»Wehe, das stimmt nicht, Junge! Denn davon hängt alles ab.«

Tick-tack, tick-tack, tick-tack.

KAPITEL 11

Ashif und Mel, die Vizepräsidentin der Personalabteilung, treffen sich im Konferenzraum des Hotels, kurz bevor der erste Entlassungskandidat erscheint. Ihr Vorgehen ist einfach. Ashif würde das Gespräch beginnen. Seine Aufgabe ist es, dafür zu sorgen, dass sich der Kandidat wohlfühlt. Dann würde Mel übernehmen.

Die meisten Kandidaten reagieren überrascht auf die Neuigkeiten, einige verzweifelt, ein paar wenige erfreut. Ashif gibt sich Mühe, präsent und mitfühlend zu sein. Die meisten von ihnen haben Familie, Kinder, laufende Hypotheken. Die meisten von ihnen sind über vierzig. Doch während die Kandidaten über ihre Zukunft sprechen, kehren Ashifs Gedanken zu einer Zeit zurück, in der er davon überzeugt gewesen war, sein Leben würde eine ganz andere Richtung einschlagen.

***

Jeden Donnerstag traf er sich mit Shafina von vier bis sechs im selben Raum der Forrest Lawn Libray zu ihren Schönheitssalons. Im Raum stand ein Holztisch mit vier klapprigen Stühlen, und es gab einen Fernseher samt Videorekorder und einen Ghettoblaster mit einem Doppelkassettenfach. Jede Woche verschlangen sie Gedichte, Theaterstücke, Filme, Romane, Musik und Kunstbände. Von *Flashdance* bis zu *Dieses obskure Objekt der Begierde*, von Annie Lennox bis Bach, von Shakespeare bis Lorca. Alles, was sie in der Bibliothek fanden, und alles, was sie dank der Hilfe der Bibliothekarin Mrs. Sims, die Zugang zu allen Bibliotheken der Stadt und des ganzen Landes hatte, in die Hände bekommen konnten.

Einige der Bücher, die sie lesen wollten, stellten ein Problem dar. *Lolita, Das Delta der Venus, Giovannis Zimmer, Scham und Schande, The Unicorn and the Dancing Girl, Verlorene Zärtlichkeit,* Rumis *The Book of Love: Poems on Ecstasy and Longing.* Diese Bücher konnten sie nicht einfach mit nach Hause nehmen, ohne die Aufmerksamkeit der Eltern zu erregen. Ihrer Eltern jedenfalls. Seine Mutter ging ohnehin davon aus, dass er jedes Buch, in das er seine Nase steckte, für die Schule las. Und alles, was mit der Schule zu tun hatte, überließ sie ganz und gar ihm. Sie kannte das kanadische Schulsystem nicht, aber sie vertraute ihm bedingungslos. Nur selten kontrollierte sie, ob er seine Hausaufgaben gemacht hatte, und nie fragte sie ihn, was seine Lieblingsfächer waren oder ob er seine Lehrer mochte. Es störte ihn nicht weiter. Es gefiel ihm sogar. Er konnte machen, was er wollte. Sogar die elterlichen Einverständniserklärungen unterschrieb er für seine Mutter und auch die Entschuldigungen, wenn er und Shafina die Schule schwänzten. Seine Mutter wusste, dass er ihre Unterschrift fälschen konnte, und sie erlaubte es ihm sogar – allerdings nur, um die von seinem Vater bei dessen sonntäglichen Besuchen zurückgelassen Schecks einzulösen.

Sie beschlossen, alle Bücher – brisant oder nicht – für alle Fälle in neutrales Papier einzuschlagen. Es wurde ein regelrechtes Ritual des Schönheitssalons. Sie benutzten ausschließlich Papier aus einem japanischen Laden in der Stephen Avenue und schnitten es auf die jeweilige Buchgröße zurecht. Dann malten sie mit ihren Kalligrafiestiften die zwei immer gleichen Buchstaben auf den Buchrücken: *S. B., Schönheitssalonbücher.*

»Das nenne ich mal einen perfekten Einband«, sagte Ashif, als er ihr erstes Buch in den Händen hielt.

»Vielleicht sollten wir lieber *B.B.* draufschreiben? *Burka-Bücher*«, sagte sie, und beide lachten, obwohl ismailitische Frauen gar keine Burka tragen. Sie hatten von einer Taktik namens *taqiyya* gelesen. Diese wurde von Ismailiten und anderen muslimischen Gemeinschaften, die wegen ihrer abweichenden Interpretation des Islam verfolgt wurden, angewandt, um ihren Glauben weiterhin praktizieren zu können. Sie verstellten sich, taten so, als wären sie keine Ismailiten, um sich zu schützen. »Aber das ist doch auch eine Art Burka, oder? Weil man seine wahre Identität verbergen muss«, sagte sie, und er stimmte ihr zu. Sie war so klug.

In jeden Umschlag steckten sie eine Kopie ihres Lieblingsgedichtes: »Bol« von Faiz Ahmed Faiz. Ein poetisches »Verpisst euch« an potenzielle Zensoren, allen voran ihre Eltern.

Während eines Salons schlang Shafina ohne Vorwarnung die Arme um seinen Hals und küsste ihn. Er behielt die Augen offen, und sein Herz klopfte wie wild vor Angst und Aufregung.

»War das dein erstes Mal?«, fragte sie, als sie sich voneinander lösten, um Luft zu holen.

»Schon«, antwortete Ashif verlegen.

»Du bist ein Naturtalent«, sagte sie und zog ihn wieder an sich.

Von diesem Tag an verwandelten sich ihre Schönheitssalons in Knutschsalons. Sie wollten nur noch eins: sich küssen und berühren, alles andere interessierte sie nicht mehr. Sie versteckten sich im Treppenhaus der Bibliothek oder hinter der Tür des Arbeitszimmers, bis sie schließlich eine Lösung fanden. Sie klebten Papierrollen an die Glaswand des Arbeitszimmers, malten ein paar Linien und Punkte darauf und taten so, als arbeiteten sie an einem Kunstprojekt.

»Was soll das denn sein?«, fragte Mrs. Sims, die ohne Anzuklopfen hineingeplatzt war, und deutete auf die Wand.

Rasch lösten sie sich voneinander, zogen ihre T-Shirts herunter und setzten sich aufrecht hin.

»Das verstößt gegen die Bibliotheksregeln« sagte Mrs. Sims. »Das müsst ihr abnehmen.«

»Aber wir vermessen die Welt«, sagte Shafina. »Sehen Sie, diese Linien hier ...«

»Ja.«

»... sind die Umrisse der Kontinente. Und die Punkte – dass sind all die Städte, die wir uns ansehen möchten.«

»Für mich sieht es nicht gerade nach einer Landkarte aus.«

Ashif schaltete sich ein: »Das liegt daran, dass es sich um Impressionismus handelt. Van Gogh und so, Sie wissen schon. Eine Karte der Welt, inspiriert durch die Konstellationen der Sterne.«

Mrs. Sims sah sich die Wand noch einmal genauer an. »Oh ja, stimmt! Ganz entzückend. Gut gemacht, ihr beiden.«

Als sie weg war, brachen sie in Gelächter aus. »Wir sind ein gutes Team«, sagte sie, und er zog sie an sich, um dort weiterzumachen, wo sie aufgehört hatten.

Jeden Abend und an den Wochenenden telefonierten sie stundenlang miteinander. Manchmal verbrachten sie die ganze Nacht gemeinsam am Telefon und dämmerten zwischen ihren Gesprächen immer mal wieder weg. Einmal sagten sie eine lange Zeit gar nichts, sondern lauschten nur dem Atem des anderen. Da wurde ihm klar, dass er sich in sie verliebt hatte. Bei ihr empfand er etwas, das er bei niemand anderem je empfunden hatte. Er fühlte sich zu Hause. Er konnte entspannen und er selbst sein. Als er endlich den Mut fand, es ihr zu sagen, antwortete sie, dass sie sich ebenfalls in ihn verliebt habe. »Für immer und ewig, *chéri.*«

Jetzt wollten sie unbedingt miteinander schlafen. Aber wo? In ihrem Haus war er nicht erwünscht – ihr Vater war sehr streng. Bei ihm zu Hause war sie willkommen, aber seine Mutter war immerzu da und erwartete, dass sie sich zu ihr setzten und Tee tranken. Sie freute sich sehr, dass er eine ismailitische Freundin gefunden hatte und war überglücklich, wenn sie ihr Gesellschaft leistete. »Es ist einfach wunderbar, ein weibliches Wesen um sich zu haben«, sagte sie zu Shafina. Sie versuchten, sich in sein Zimmer zurückzuziehen, aber seine Mutter bestand darauf, dass die Tür offen blieb.

Bald würde sein Vater Rocky Mountain House den Rücken kehren und wieder bei ihnen einziehen. Ashif vermisste ihn, auch wenn er sich an seine Abwesenheit gewöhnt hatte. Es war jetzt vier Jahre her, seit er weggegangen war. Aber es gab noch einen anderen Grund, warum Ashif sich darauf freute, dass sein Vater nach Hause kam. In seiner Abwesenheit war er es, der ständig etwas für seine Mutter erledigen musste; der mit ihr einkaufen ging, sich um die Bankangelegenheiten der Familie kümmerte, sie auf Gemeindeveranstaltungen begleitete oder ihr einfach nur Gesellschaft leistete. Endlich würde er diese Verpflichtungen ablegen und ein ganz normaler Teenager sein dürfen. Und vor allem würde er endlich mehr Zeit allein mit Shafina verbringen können.

Sie begannen, sich über Universitäten auf der ganzen Welt zu informieren. Columbia, die Sorbonne, die American University in Kairo und McGill standen ganz oben auf ihrer Liste. Sie forderten Lehrpläne an und warteten ungeduldig auf deren Ankunft. Wenn die Materialien eintrafen, verbrachten sie Stunden damit, mögliche Kurspläne für ihr erstes Jahr zusammenzustellen, als wären es Reiserrouten durch ein unbekanntes Land. »Wir suchen uns den schönsten Weg«, scherzte sie. Kunstgeschichte, Film und Fotografie, Architektur, Stadtentwicklung, Linguistik, Französisch, Arabisch, internationale Politik, zeitgenössische Literatur, Naturwissenschaft, Makroökonomie.

Sie wussten beide noch nicht genau, was sie studieren wollten, aber sie interessierte sich für Bildende Kunst, vielleicht Fotografie oder Film. Er tendierte zu einem Studium der Geisteswissenschaften, vielleicht Journalismus oder Literatur und Lyrik. »Das ist sinnvoll, *chéri.* Dein Herz ist voller Poesie«, sagte sie, und er fühlte sich ermutigt. Noch am selben Tag kaufte er sich einen Stapel Notizbücher. Er fing wieder an zu schreiben, und es war, als würde er einen Teil von sich zurückerobern. Er schlug seine Schreibhefte wie ihre Schönheitssalonbücher in Papier ein. Er wollte nicht, dass sein Vater Wind davon bekam.

»Und was, wenn wir nicht an derselben Universität angenommen werden?«, fragte er, als ihm dieser schreckliche Gedanke das erste Mal kam. Er konnte sich ein Leben ohne sie nicht mehr vorstellen.

»Niemand kann unsere Herzen trennen, *mon chéri*«, antwortete sie. »Wir werden immer unter dem gleichen Himmel leben. Genau wie Rumi und Shams.«

***

Nach ihren Meetings werten Mel und Ashif aus, wie es gelaufen ist, und gehen dann noch eine Kleinigkeit zusammen essen. Er mag sie und hat das Gefühl, sie mag ihn auch. Aber er wird sich ihr niemals anvertrauen, denn sie müssen eine professionelle Distanz wahren. So viele Regeln, so viele unsichtbare Linien, die nicht überschritten werden dürfen, wie Laserschwellen in einem Sicherheitssystem. Jeder Übertritt löst augenblicklich Alarm aus und schlägt bei der nächsten Leistungsüberprüfung negativ zu Buche. Verdienste spielen eine große Rolle, wenn man im Unternehmen vorankommen will, aber wie gut man mit anderen Menschen zurechtkommt, ist genauso wichtig. Man muss zahllose Veranstaltungen und Abendessen mit Kunden absolvieren. Man muss sich an jeder Menge Mitarbeiteraktivitäten außerhalb der Arbeitszeit beteiligen, an Golfturnieren, dem Baseballteam der Firma, dem wöchentlichen – und in der Hauptsaison täglichen – Umtrunk an der Bar. Man muss endlose Gespräche über Sport oder, in reinen Männerrunden, über die körperlichen Vorzüge von Frauen ertragen. Man muss sich an die Regeln halten. Er findet das anstrengend. Aber er tut es trotzdem. Er muss es tun, wenn er dazugehören will. Er spielt ständig eine Rolle, wie ein Hochstapler. Nicht nur bei der Arbeit, sondern in allen Bereichen des Lebens. Damit ihn keiner durchschaut. Er hat niemanden, dem er sich anvertrauen könnte. Nicht Caity, nicht seinen Kumpel aus dem Studium, mit denen er sich ein- oder zweimal im Jahr trifft. Nirgendwo fühlt er sich zu Hause. Er hat keine Wurzeln, keine Bindung, noch nicht einmal zu seinem eigenen Körper. Als könnte er jeden Moment davonschweben.

KAPITEL 12

Mansoor betritt die Air Canada Business Lounge in seinem besten Geschäftsanzug, einem anthrazitfarbener Dreiteiler. Darunter trägt er ein frisch gereinigtes weißes Hemd und eine blaue, zu einem prächtigen Windsorknoten gebundene Nadelstreifenkrawatte. Er hat eine Aktentasche dabei, und in seiner Jacketttasche steckt ein versilbertes Visitenkartenetui mit den Initialen seines Sohnes.

Die plüschige Lounge ist voll mit Männern in Anzügen, die Geschäftsbesprechungen abhalten, Verträge aushandeln, Vereinbarungen treffen. Genau der richtige Ort für ihn und seinen Sohn. Er drückt das Kreuz durch und nähert sich dem Empfang. Er fühlt sich größer, muskulöser, als würde er mehr Platz einnehmen.

»Guten Morgen!«, sagt Mansoor enthusiastisch.

Der Rezeptionist schaut auf und lächelt ihn an. »Guten Morgen, Sir. Sind Sie Mitglied?«

»Nein, aber mein Sohn«, erklärt Mansoor mit kräftiger Stimme. »Mr. Ashif M. Visram. Er ist Elitemitglied.«

Der Rezeptionist tippt auf seiner Tastatur herum. »Ja, richtig.«

»Das ist mein Sohn, wissen Sie? Vielleicht kennen Sie ihn?«

»Das könnte sein.«

Sein Sohn geht hier ein und aus, das muss man sich mal vorstellen.

Der Rezeptionist tritt hinter seinem Tresen hervor. »Bitte, kommen Sie mit, Sir.«

Mansoor folgt ihm. Die Tische und Arbeitsplätze sind voller weißer Männer. Ein paar von ihnen tragen einen Stetson zu ihrem Anzug, wie Finanzcowboys. Vielleicht hätte er seinen Stetson ebenfalls aufsetzen sollen? Nein, er sieht viel ehrwürdiger aus als jeder Einzelne von ihnen. Kein Wunder. Er hat vermutlich mehr Geschäfte abgewickelt, als es die meisten von ihnen jemals tun werden. Er stolpert über den dicken Teppich. An einigen Tischen dreht man sich nach ihm um.

Der Rezeptionist führt ihn an einen Fenstertisch und zieht einen Stuhl zurück, damit er sich setzen kann. Draußen flutet das Morgenlicht die Rollbahn, und in der Ferne erstrecken sich die Felder bis zum Horizont und verschwimmen nahtlos mit dem endlosen Präriehimmel. Der Rezeptionist schüttelt eine Stoffserviette auf. Mansoor greift danach, bevor er sie ihm auf den Schoß legen kann. Der Rezeptionist reicht ihm eine Speisekarte und legt eine zweite auf den eingedeckten Platz gegenüber. »Der Kellner ist gleich für Sie da, Sir.«

Mansoor nickt. Er entriegelt seine Aktentasche und nimmt ihren Inhalt heraus. Zwei Stifte, zwei Taschenrechner, zwei Kopien seines Geschäftsplans, eine kurze Liste mit Immobilien. Er ordnet alles auf dem Stuhl neben sich an, dann legt er das versilberte Visitenkartenetui darauf. Er geht noch einmal die Tagesordnung durch, die er gestern Abend auf der Schreibmaschine getippt hat. Die sorgsam auf der Seite arrangierten Wörter zu lesen beruhigt sein wild schlagendes Herz.

Punkt acht Uhr betritt Ashif die Lounge. Er sieht so elegant aus mit seinem marineblauen Anzug und der teuren Aktentasche. Mansoor sieht zu, wie sein Sohn stehen bleibt und einige der Männer begrüßt. *Mein Sohn kennt diese Männer?* Ihn durchläuft eine Welle der Begeisterung. Er winkt ihm zu. Ashif lächelt und hält zwei Finger in die Höhe. »Zwei Minuten«, formt er lautlos mit den Lippen. Mansoor nickt und zeigt seinem Sohn den hochgestreckten Daumen.

Ihm kommt ein Gedanke: Vielleicht kennt Ashif jemanden im Rathaus. Vielleicht sogar den Bürgermeister? Was für eine Vorstellung. Wenn nicht persönlich, so doch vielleicht über einen seiner Bekannten. Wer hätte gedacht, dass sein Sohn freundschaftlichen Umgang mit so hochkarätigen Leuten hat? Männer, die nur mit den Fingern zu schnippen brauchen, und schon gehen alle Türen auf. Ein *Sesam öffne dich* – und sie bekommen alles, was sie wollen. Genau wie er damals in Uganda.

Mansoor sieht wieder zu Ashif. Jetzt redet er mit zwei anderen Männern an einem weiteren Tisch. Ja, sein Sohn ist ganz bestimmt in der Lage, ihm zu helfen – ihrer Firma zu helfen –, die Bürokratie zu überwinden und die notwendigen Treffen mit den richtigen Leuten in der Stadtverwaltung zu arrangieren. Gemeinsam werden sie alle Widerstände überwinden! Er und sein Sohn!

»Entschuldige die Verspätung.« Ashif stellt seine Aktentasche ab und atmet tief durch.

Mansoor erhebt sich, um seinen Sohn zu begrüßen. »Kein Problem, mein Sohn. Auf dich lohnt es sich zu warten. Diesen Ort hast du hervorragend ausgesucht.«

»Freut mich, dass es dir gefällt«, sagt Ashif, und beide setzen sich.

»Kaffee, Sir?«, fragt der Kellner und hält eine Kanne über Ashifs Tasse.

»Ja«, antwortet Ashif.

»Möchten Sie bestellen?«

»Hast du schon einen Blick in die Karte geworfen, Papa?«

Mansoor setzt sich seine Gleitsichtbrille auf und sieht sich die Speisekarte an. Sie ist auf dickem Papier gedruckt und bietet nur eine kleine Auswahl. Er fährt mit dem Finger über die Gerichte. Einige der Angebote sind seltsam und exotisch: ein Frühstücksburger aus Bisonfleisch, Kartoffeln in Béchamelsoße, Hummerfrittata, getrüffeltes Rührei. Was sind das für Sachen? Er möchte den Kellner nicht fragen, und auf keinen Fall wird er Ashif bitten, es ihm zu erklären. Was würde sein Sohn von ihm denken – dass sein Vater gar nichts weiß? Stattdessen sucht er nach etwas Vertrautem. Achtunddreißig Dollar für Steak mit Eiern? Würzen die mit Goldstaub, oder was? Er beschließt, den Preis zu ignorieren. Sie haben etwas zu feiern, da spielt Geld keine Rolle. Vielleicht werden sie später sogar miteinander anstoßen, auch wenn es noch etwas früh am Morgen ist. Und wenn schon! Das hier ist Calgary. Das Land der Cowboys. Es ist die Gelegenheit, mit seinem Sohn auf ihren Neuanfang anzustoßen.

»Ich nehme Steak mit Eiern, warum auch nicht?«, sagt Mansoor großzügig.

»Ich nehme Joghurt mit Früchten.«

»Ist das alles, mein Sohn? Warum suchst du dir nicht etwas Gehaltvolleres aus?« Ashif muss an Gewicht zulegen, einen muskulöseren Körperbau entwickeln. Nur so werden ihn seine Geschäftspartner ernst nehmen.

»Ich möchte nichts, was schwer im Magen liegt.«

»In Ordnung.« Mansoor will jetzt nicht mit ihm diskutieren, aber wenn er Ashif erst einmal unter seinen Fittichen hat, wird er darauf bestehen, dass der Junge regelmäßig Sport treibt und sich anständig ernährt. Nur in einem gesunden Körper wohnt ein gesunder Geist.

Als der Kellner verschwunden ist, tauschen Mansoor und Ashif Höflichkeiten aus, wie es alle Geschäftsleute vor den eigentlichen Verhandlungen tun. Sie sprechen über das Wetter, die Wirtschaftsnachrichten, die Hockeyergebnisse von gestern Abend.

Mansoor legt eine Hand auf die Papiere auf dem Stuhl neben sich und wartet auf eine Gelegenheit, das Gespräch darauf zu lenken. Aber es ist Ashif, der den Small Talk zuerst beendet. Er greift in seine Anzugtasche und holt einen Umschlag hervor. »Hier«, sagt er und reicht ihn seinem Vater.

»Was ist das?« Mansoor sieht sich den Umschlag an. Auf der Vorderseite steht sein Name. *Mr. Mansoor Visram.* Er ist beeindruckt. Sein Sohn spricht ihn mit »Mister« an – eindeutig ein Zeichen für Ashifs wachsenden Respekt.

»Öffne ihn ruhig«, sagt Ashif.

Mansoor fährt mit dem Finger unter dem Siegel entlang und nimmt dann einen Scheck mit seinem Namen heraus. Eine Investition in ihr neues Geschäft? Was sollte es sonst sein? Es ist genau der Betrag, den er für die Anzahlung benötigt. Er lacht und schüttelt den Kopf. »Das ist sehr großzügig, aber wirklich nicht nötig«, sagt er. Er erwartet doch nicht, dass sein Sohn Geld in ihre Partnerschaft investiert. Das Familienunternehmen ist sein Geburtsrecht. Er hat bereits einen Termin bei einem Kreditunternehmen vereinbart. Gleich nach dem Frühstück wird er mit ihnen reden.

»Worüber ich mit dir sprechen will ...«, beginnt Ashif.

»Du glaubst es nicht, aber ich hatte dieselbe Idee!«, unterbricht Mansoor ihn. »Woher hast du gewusst, dass ich dich bitten wollte, ins Geschäft einzusteigen?«

»Was? Nein, Papa. Dafür ist das Geld ganz bestimmt nicht gedacht.«

Mansoor hört nicht zu. Er hat bereits eine Kopie seines Geschäftsplans vor Ashif auf den Tisch gelegt. Er klopft auf das Dokument. »Sieh es dir an. Wir werden den Einzelhandel revolutionieren. Wir beide zusammen.«

Ashif wirft einen Blick auf das Titelblatt. *M. G. Visram & Sohn, Textilpflege GmbH. Eine Präsentation für die Stadt Cal-*

gary. »Schon wieder eine neue Geschäftsidee? Dafür brauchst du also das Geld?« Seine Kaffeetasse klappert auf der Untertasse.

»Alles funktioniert vollautomatisch, weißt du«, fährt Mansoor fort, nicht in der Lage, an sich zu halten, nachdem er eine gefühlte Ewigkeit auf diesen Moment gewartet hat.

Ashif lehnt sich vor und versucht, ihn zu stoppen. »Hör zu, Papa, mit dem Geld sollst du deine Schulden bezahlen und in Rente gehen.«

Mansoor greift über den Tisch und schlägt den Businessplan für Ashif auf. »Wir können die Vorteile all dieser neuen Technologien nutzen. Computer, Internet, E-Commerce«, fährt er unverdrossen fort. »Es ist der Aufbruch zu neuen Grenzen. Aber wir müssen schnell handeln. Bevor sich jeder Dahergelaufene dort tummelt. Wir haben keine Zeit zu verlieren.«

»Internet? Soll das ein Witz sein? Niemand weiß, ob die Dotcoms eine Blase sind, die ganz schnell platzt, oder ob dort etwas Nachhaltiges entsteht.« Ashif klopft mit seinem Messer gegen die Kaffeetasse. »Da kannst du genauso gut auch gleich auf Pferde wetten.«

Mansoor lacht laut auf. Als würde seine Geschäftsidee auf Glück beruhen! Sie basiert auf mathematischen Modellen und kalkulierbaren Risiken. Aber das sollte Ashif begreifen können. Schließlich ist er ein Geschäftsmann. »Na los, sieh dir die Zahlen selber an, dann wirst du es schon verstehen.«

Ashif schlägt den Businessplan zu. »Keine neuen Geschäfte mehr für dich, Papa. Dafür ist es zu spät. Das Internet ist was für junge Leute.«

Mansoor lacht. Er streckt einen Arm aus und spannt die Muskeln an. »Na los, fühl ruhig. Ich gehöre längst noch nicht zum alten Eisen.« Warum hat sein Sohn so wenig Vertrauen in ihn? Mansoor hat ihn noch nie enttäuscht. Nicht ein einziges Mal. Er ist immer ein vorbildlicher Vater gewesen. Was ist nur los mit dem Jungen?

Ashif lehnt sich zurück und drückt die Knie zusammen.

»Ich bin stärke als die meisten jungen Männer in deinem Alter. Fitter Körper, fitter Geist.«

»Ich will, dass du aufhörst, unsere Familie in Gefahr zu bringen. Und ich will, dass Mama endlich aufhört zu arbeiten und ihren Ruhestand genießt.«

Unter dem Tisch faltet Mansoor die Hände. Was ist so schlimm daran, dass Layla arbeitet? Es ist ja nicht so, als würde ihr Einkommen die Familie ernähren. Er hat sie nur gebeten, ein kleines bisschen beizutragen, das ist alles. Warum ist sein Sohn so altmodisch? »Ich bin mir sicher, es macht ihr nichts aus. Es ist ihre *seva*, ihr Dienst an der Gemeinschaft, an all den jungen Leuten, die zu Hause nicht mehr selber kochen.«

Ashif sieht die Hände seiner Mutter vor sich und fühlt seinen Pulsschlag bis in die Fingerspitzen. »Nicht jeder ist fürs Geschäftsleben geschaffen.«

»Absolut richtig, nicht jeder hat einen Sinn für Geschäfte. Wie oft habe ich ihr gesagt, sie müsse expandieren. Die Leute lieben ihr Essen. Aber sie will nicht. Und ich möchte niemanden zu etwas zwingen. Doch wie viel Geld sie verdienen könnte! Weiße Leute sind verrückt nach exotischem Essen. Genau wie die Menschen in Uganda. Gib ihnen irgendein Curry – Goan, Gujarati, Punj und ...«

»Nein, Papa!« Ashif ballt die Fäuste unter dem Tisch. »Ich rede von dir. *Du* bist nicht fürs Geschäftsleben gemacht. Bitte lass es einfach sein. Dir zuliebe – und uns zuliebe auch.«

Mansoor schlägt auf den Tisch. »Wie kannst du es wagen, so mit mir ...«

»Und hier kommt ihr Essen, bitte schön«, sagt der Kellner und stellt die Bestellungen auf den Tisch.

Mansoor und Ashif schweigen. Sie starren das Essen an, als wüssten sie nicht, was sie damit anfangen sollen.

»Kann ich sonst noch etwas für Sie tun?«, fragt der Kellner.

»Im Moment nicht, danke.« Ashif schiebt seine Schüssel mit Müsli und Joghurt beiseite. Er lehnt sich vor und versucht es noch mal anders. »Papa, ich weiß, dass du dir Mühe gegeben hast. Das wissen wir alle. Und du musst dir auch keine Sorgen mehr machen, jetzt bin ich ja da. Ich werde mich um Mama und dich kümmern. Dieser Scheck ist nur die erste Rate. Ich werde euch versorgen. Das mache ich gerne«, versucht er seinen Vater zu überzeugen – und sich selbst.

Da hat sein Sohn irgendeinen Job auf der mittleren Führungsebene und glaubt, ihm gehörte die Welt. Als ob Mansoor es nötig hätte, von *ihm* Geld anzunehmen! »Was ist mit deiner Beförderung? Hast du sie schon bekommen?« Mansoor schiebt sich ein Stück Steak in den Mund und beginnt, wie wild zu kauen. Achtunddreißig Dollar für so etwas? Die reine Geldverschwendung.

Ashif lehnt sich in seinem Stuhl zurück und seufzt. »Noch nicht, aber das wird schon noch kommen.«

»Vielleicht überlegen sie aber auch, dich zu entlassen?« Mansoor schiebt Ashif den Scheck über den Tisch.

»Ich bin einer ihrer besten Leute, Papa. Wie oft muss ich dir das noch sagen?« Ashif spricht laut, unfähig, seinen Ärger zurückzuhalten.

Zwei Männer an einem der anderen Tische drehen sich zu ihnen um.

»Nicht so laut!«, sagt Mansoor und gestikuliert mit seinem Messer in Richtung der Männer. »Wir sind hier nicht in irgendeinem heruntergekommen Schuppen. Was sollen die Leute denken?«

»Das ist mir vollkommen egal.« Ashif versenkt seinen Löffel im Müsli.

Ashifs Ausbruch bestätigt Mansoor nur noch einmal in seiner Überzeugung. Sie werden seinen Sohn entlassen. Ganz bestimmt. Niemand kann einen Angestellten gebrauchen, der sich nicht unter Kontrolle hat. Ihm fällt wieder ein, warum sie heute hier sind: Er muss seinen Jungen retten. »Kündige, mein Sohn! Steig bei mir ein. Zusammen sind wir unschlagbar.« Dann reicht er Ashif das versilberte Visitenkartenetui. »Na los, schau mal rein.« Er strahlt ihn an.

Ashif zieht ein Stück festes Papier heraus, eine selbst gemachte Visitenkarte in der Handschrift seines Vaters. *Ashif M. Visram, BCom (mit Auszeichnung), Teilhaber & Partner, M.G. Visram & Sohn, Textilreinigung GmbH.* Er wirft Karte und Etui auf den Tisch. »Ich werde nicht in dein Geschäft einsteigen, Papa. Nicht jetzt und nicht später. Niemals. Kapier das doch endlich.« Er schiebt den Scheck zurück zu seinem Vater. »Das ist die erste Rate. Und ich wiederhole: Du wirst auf keinen Fall dieses Geld oder zukünftige Gelder, die ich euch schicke, für dieses oder für irgendein anderes Geschäft verwenden. Hast du das verstanden?«

Mansoor lehnt den Scheck mit einem kurzen Kopfschütteln ab.

»Das hier ist kein Spiel, Papa! Du musst aufhören, immer nur an dich zu denken. Denk zur Abwechslung nur einmal auch an uns.«

Mansoor ist verblüfft über die Worte seines Sohnes. Er soll endlich auch mal an sie denken? Er macht doch die ganze Zeit nichts anderes! Sein ganzes Leben dreht sich um die beiden. Seine Familie. Es gibt keinen Unterschied zwischen ihnen und ihm selbst. »Alles, was ich tue, mache ich doch nur für euch, für dich ...«

Ashif lacht auf. »Für mich? Nein, du machst alles nur für dich.« Dann schießen die Worte aus ihm heraus wie aus einem Vulkan: »Ich hasse meinen Job, wusstest du das, Papa?

Ich kann ihn kaum ertragen. Aber weißt du, warum ich bleibe? Nur deinetwegen! Du kannst nicht für Mama sorgen, also muss ich es tun. Ich will, dass du aufhörst, das Leben meiner Mutter aufs Spiel zu setzen!«

Mansoor wendet seinen Blick nach draußen. Flugzeuge stehen in langen Reihen nebeneinander auf der Landebahn wie riesige, regungslose Vögel. Seine Hände pochen vor Schmerz, als hätte er sie sich geprellt, als wären seine Finger gebrochen. Er schließt die Hände zu Fäusten und öffnet sie wieder, aber die Schmerzen bleiben.

Ashif klemmt den Scheck zwischen Salz- und Pfefferstreuer. »Wenn ich das nächste Mal mit dir spreche, möchte ich von dir hören, dass du das Geschäft verkauft und deine Schulden beglichen hast und dass du bereit bist, in Rente zu gehen. Hast du mich verstanden?« Er steht auf.

»Wo gehst du denn hin? Es gibt noch so viel, worüber ich mit dir reden möchte.« Mansoor hält ihm eine Kopie seines Businessplans hin. »Das hier wird alles von Grund auf verändern. Eine Revolution des Einzelhandels. Versprochen!«

Ashif schlägt die Hand seines Vaters weg. »Schluss mit den Hirngespinsten, Papa. Irgendwann reicht es!« Er knöpft sein Jackett zu und geht entschlossenen Schrittes davon.

KAPITEL 13

»Irgendwann reicht es«, sagte Mansoors Vater und stieß mit seinem Gehstock die Haustür auf. Er kam wie jeden Tag zum Mittagessen nach Hause. Im Schlepptau sein Buchhalter Badur, mit einer kleinen, braunen, fettigen Papiertüte in der Hand. Über seiner Schulter hing eine Leinentasche. In seiner Hemdtasche steckte ein Mäppchen mit Stiften, dahinter eine Schere, von der nur der geschwungene schwarze Griff zu sehen war. Mansoor war drei Jahre alt. Er saß am Esstisch, den Kopf auf den ausgestreckten Arm gelegt, und rollte ein kleines Spielzeugauto aus Holz auf der Tischplatte hin und her. Neben ihm saß seine *ayah* Jocelyn, die eine Schürze mit einem Muster aus Akazienbäumen trug. Als Govindji hereinkam, richtete sich Jocelyn auf und nahm Haltung an. Mansoor tat es ihr gleich. Er wollte seinen Vater unbedingt begrüßen, aber er wusste, er hatte zu warten, bis sein Vater ihn zuerst ansprach.

»Was für eine schöne Überraschung, Badur *bhai.* Sie leisten uns zum Mittagessen Gesellschaft«, sagte Mansoors Mutter Gulzar. Sie stand am Herd und zog rasch ihren Pacheri-Schal vom Hals über den Kopf, um ihr Haar zu bedecken. »Ich hole Ihnen schnell noch einen Teller.«

»Nein, nein, *bhai.* Ich möchte nichts essen«, sagte Badur und schob sich die Brille mit den flaschenbodendicken Gläsern auf der Nase zurecht.

»Aber warum bist du dann mitgekommen?«, fragte Gulzar.

Badur drehte sich nach Govindji um, der am Herd stand und in die Töpfe sah.

»Siehst du, Badur *bhai,* das meine ich. Schon wieder nur Gemüse!« Govindji hielt einen Löffel mit Blumenkohl-Curry in die Luft. »Wer sind wir? Bettler, die sich kein Fleisch leisten können? Ich kann mir alles leisten, was ich will!« Er warf den Löffel zurück in den Topf, dass es klirrte. »Wie soll ein Mann von Gemüse allein überleben? Und sieh dir meinen Jungen an«, sagte er und deutete auf Mansoor. »Wie soll er ohne eine vernünftige Ernährung groß und stark werden, *hanh?* Habe ich sie denn nicht mit allem versorgt? Ihr erlaubt zu kaufen, was immer sie möchte? Sich im Lebensmittelladen, beim Metzger, beim Fischhändler, egal wo nach Herzenslust zu bedienen? Meine einzige Bitte: Fleisch! Unverzichtbar für die Ernährung. Sieh dir nur die Europäer an, *hanh.* Robust. Unverwüstlich. Aber sie will, dass mein Sohn sich wie ein Straßenjunge ernährt. Wir sind nicht in Indien, Mädchen. Das hier ist die neue Welt. Das hier ist Afrika!« Govindji trat von einem Bein aufs andere, um sich die Hose über den dicken Bauch zu ziehen.

»Gib mir die Tüte, Badur *bhai.*« Govindji winkte seinen Assistenten heran.

Govindji zog eine Hähnchenkeule aus der Tüte und reichte sie zurück. Er hielt Gulzar die Keule an den Mund. »Iss«, befahl er.

Gulzar wich vor ihrem Mann zurück.

Mansoors schmaler Köper versteifte sich.

Govindji packte Gulzar am Nacken und presste ihre Lippen gegen das Hühnchen. »Mach den Mund auf, sage ich.«

Gulzar wand sich, bewegte verzweifelt den Kopf hin und her, die Lippen fest aufeinandergepresst. Piri-Piri-Soße lief rot an ihrem Kinn herunter.

Govindji grub ihr seine Finger in den Mund und hebelte ihn auf. Er versuchte, die Hähnchenkeule hineinzuschieben.

Stattdessen biss ihm Gulzar in den Finger.

Die Hähnchenkeule fiel zu Boden.

Govindjis Hand schoss nach vorne, Gulzars Kopf schleuderte zurück.

»Du Tier!«, schrie er.

Mansoor schlang sich die Arme um die Schulten, als wollte er verhindern auseinanderzufallen.

Govindji trat die Hähnchenkeule aus dem Weg und drehte sich zu seinem Buchhalter um. »Was soll ein Mann nur mit einer solchen Frau anfangen, Badur *bhai?*«

Badur reichte Govindji ein Stofftaschentuch.

»Aufsässig bis ins Mark!« Govindji zog seine fettigen Finger einen nach dem anderen durch das Taschentuch. »Ich habe es satt. Ich habe *sie* satt. Erklärt mir, sie vertrüge kein Fleisch. Aber wir sind keine Hindus mehr! Wie oft muss ich ihr das noch sagen? Wir glauben nicht mehr an diesen Hokuspokus. Bevor wir Hindus waren, waren wir Affen – bedeutet das etwa, wir sollen wieder anfangen, Bananen zu fressen und auf allen vieren zu laufen?« Gonvindji gluckste. »Ich sage dir, Badur *bhai,* du kannst das Mädchen aus dem Urwald holen, aber niemals den Urwald aus dem Mädchen.«

Gulzar kümmerte sich wieder um das Mittagessen, eine Hälfte ihres Gesichts leuchtete dunkelrot.

»Glaub mir, ich habe wirklich alles versucht, um sie an die moderne Welt zu gewöhnen. Um sie zu erziehen. Man muss mit der Zeit gehen. Sonst geht es einem wie dem Vogel Dodo. Aber sie hat nur Holz da oben.« Govindji tippte sich an die Stirn. »Du hast es ja selbst gesehen, nicht wahr, Badur *bhai?* Sie ist einfach unmöglich.«

»Ja, Sir, ich habe alles mit angesehen.«

»Als würde man einem Vogel den Käfig öffnen, und der weigerte sich zu fliegen. Kein Mann kann mit einer solchen Frau fertig werden, das steht fest. Und es ist nicht nur ihre Unfähigkeit, etwas Vernünftiges auf den Tisch zu bringen, weißt du. Es gibt eine lange Liste weiterer Unzulänglichkeiten: Sie weigert sich, Toilettenpapier zu benutzen, sie weiß nicht, wie man mit Messer und Gabel isst und, schlimmer noch, sie trägt *so was* hier.« Govindji zog an Gulzars Pacheri-Schal. »Ich habe sogar einen Missionar um Hilfe gebeten. Stell dir das vor: *Ich* bitte einen Missionar um *seine* Hilfe. Ich dachte, vielleicht könnte ein religiöser Ansatz weiterhelfen. Nicht dass ich …«, er sah sich um, wie um sicherzugehen, dass niemand sie belauschte, »… ein religiöser Mensch wäre. Aber die Frauen sind es oft. Sie lieben die Religion, den Aberglauben. Das ganze Getue. Siehst du das da«, er deutete auf ein gerahmtes Foto des Aga Khan neben seiner neuen europäischen Frau, die einen Hosenanzug trug. Unter dem Foto standen die Worte »Tragen Sie schlichte Kolonialkleidung«, gefolgt von seiner Unterschrift. »Der Missionar hat es ihr geschenkt. Man sollte meinen, das hätte etwas geändert. Aber nichts zu machen. Stur wie ein Esel. Bitte ich sie etwa darum, Hosen zu tragen? Natürlich nicht! Aber ein Mindestmaß an Benehmen sollte doch bitte möglich sein. Was sollen die Leute denken, *hanh?* Dass ich, Visram Popat Govindji, mit einer Wilden verheiratet bin? Dass ich selbst ein rückständiger Dummkopf bin? Einmal habe ich ihr von einer Geschäftsreise aus London ein hübsches Kleid mitgebracht. Die neueste Mode, das kann ich dir sagen. Und weißt du, was sie damit gemacht hat? Stoff unten drangenäht und es in ein langes Kleid verwandelt! Sogar die Ärmel hat sie verlängert! Ich sage, da ist kein Körnchen Dankbarkeit in dieser Frau. Nicht ein Jota. Was das anbelangt, sind die europäischen Männer uns gegenüber klar im Vorteil, Badur *bhai.* Ihre Frauen sind gebildet, weißt du. Sie haben Klasse. Das ist sehr gut fürs Geschäft. Das Weibervolk plaudert über dies und das, während die Männer das Geschäftliche regeln. Es ist die perfekte Falle. Der Kontrahent lässt auf diesen gesellschaftlichen Ereignissen seine Deckung fallen, genießt das Essen und die Getränke in dem Glauben, es handele sich lediglich um ein freundschaftliches Beisammensein – wo es doch in erster Linie darum geht, ein Geschäft abzuschließen. Kannst du dir vorstellen, *das da*«, Govindji deutete auf Gulzar, »auf eine Dinnerparty oder zu einem Geschäftsessen mitzunehmen?«

»Schwierig, Sir, ausgesprochen schwierig.«

»Nein, ganz und gar unmöglich. Ein Mann in meiner Position und eine Frau wie sie? Vollkommen inakzeptabel! Warum kann sie sich nicht anpassen, *hanh?* Das ist doch ein weiblicher Charakterzug, oder nicht? Aber ihr fehlt er offenbar – nicht nur ein bisschen, sondern *kabisa.* Irgendwas ist nicht in Ordnung bei ihr, Badur *bhai.* Irgendwas stimmt mit ihren Genen nicht. Das ist die Gefahr, wenn man eine Braut bestellt, ohne sie vorher zu prüfen. Ich habe dem Vermittler vertraut. Das war mein erster Fehler. Ich hätte mir selbst vor Ort ein Bild machen müssen. Um sicherzugehen, dass ich keine beschädigte Ware erhalte. Ich habe ausdrücklich um eine anpassungsfähige Frau gebeten. Nur wenn man sich selbst um alles kümmert, kann man sicher sein, dass man bekommt, was man will. So ist es doch, Badur *bhai,* oder nicht?«

»Genau so ist es«, sagte Badur und steckte die Hände in die Hosentaschen.

»Habe ich also eine Wahl, Badur *bhai?* Nein, habe ich nicht. Ich muss an das Wohlergehen meines Sohnes denken, an das Wohlergehen aller künftigen Generationen. Ich brauche eine moderne Braut, eine, die mir hilft, meine Kinder zu erziehen und ihnen etwas beizubringen. Die mit mir zusammen eine Zukunft aufbaut. Ich finde, ich habe ihr reichlich Zeit gegeben, sich zu ändern und eine moderne Frau zu werden.«

»Stimmt, Sir, das haben Sie.«

»Und irgendwann reicht es!« Govindji rief Jocelyn und das Hausmädchen, Nelly, zu sich. »Macht, was ich euch gesagt habe ...«, befahl er ihnen auf Suaheli.

Die Frauen nahmen Gulzar in ihre Mitte und packten sie bei den Handgelenken.

»Was macht ihr denn da?«, fragte Gulzar und versuchte, sich aus ihrem Griff herauszuwinden.

Sie zerrten sie in die Mitte der Küche, wo Badur damit beschäftigt war, den Boden mit Zeitungspapier auszulegen.

Govindji nahm einen Küchenstuhl, hob ihn durch die Luft und setzte ihn hinter Gulzar ab. Er drückte ihn ihr in die Kniekehlen, packte sie bei den Schultern und zwang sie darauf nieder.

Die Frauen knieten sich auf den Boden, eine auf jeder Seite des Stuhls. Sie packten Gulzars Arme und fixierten sie hinter dem Stuhl.

»In Ordnung, Badur *bhai.* Du kannst anfangen.«

Baldur zog Gulzar das Tuch vom Kopf und reichte es Nelly. Dann packte er ihren Haarknoten und zog daran. Haarklammern fielen herab und verteilten sich über den Küchenboden wie Kakerlaken. Gulzars volles schwarzes Haar ergoss sich über ihre Schultern und floss ihren Rücken hinab wie ein Wasserfall.

Baldur zog die Schere aus der Hemdtasche.

Gulzar warf sich auf ihrem Stuhl hin und her wie ein Fisch an Land.

»Wie soll Badur *bhai* denn seine Arbeit vernünftig erledigen, wenn du dich so wehrst, *hanh?*«, sagte Govindji. »Am Ende werden noch Narben zurückbleiben. Und das wäre doch wirklich ein Jammer, bei diesem schönen Gesicht.« Er fuhr ihr mit der Rückseite seiner Hand über die Wange.

»Warum machst du das? Bitte hör auf«, flehte Gulzar ihn an.

»Es ist deine eigene Schuld, verstehst du das nicht? Niemand hat dich darum gebeten, so starrköpfig zu sein. Du willst doch offenbar unbedingt nach Indien zurück. Und wer bin ich schon, dich daran zu hindern? Ich werde dir deinen Wunsch erfüllen.«

»Du schickst mich nach Indien zurück? Aber was werden die Leute sagen?« Gulzar fing an zu weinen.

»Oh, oh, oh. Kein Grund zu weinen. Ich mache das doch alles nur dir zuliebe.« Govindji wandte sich an seinen Buchhalter. »Fang an, Badur *bhai.*«

Mansoor verbarg sein Gesicht in den Händen. »Mama«, flüsterte er in seine Handflächen und schaukelte vor und zurück. »Mama.«

Das Klappern einer Schere erfüllte die Küche.

»Sehr gute Arbeit, Badur *bhai*«, sagte Govindji, als das Geräusch verstummte.

Mansoor nahm die Hände herunter und öffnete die Augen. Sein Vater stand neben dem Stuhl, sein Assistent wischte die Schere an einem Handtuch ab. Um sie herum ein Teppich aus Haaren. Jocelyn wischte sich ein paar Strähnen von der Wange. Nelly fuhr sich mit dem Unterarm über den Mund.

»Jetzt wird man dir glauben.« Govindji tätschelte Gulzars Kopf. Ihre Haare waren kurz geschoren, wie es unter Witwen üblich war. »Ich habe dir einen Gefallen getan, verstehst du das nicht? Jetzt kannst du allen erzählen, dass ich gestorben bin. Und du bist Witwe, deshalb bist du zurückgekommen.«

»Sonst noch was, Sir?«, fragte Badur.

»Nur noch der Papierkram.«

»Jawohl, Sir.«

»Bitte, darf ich meinen Sohn in den Arm nehmen?«, fragte Gulzar. Ihre zusammengefalteten Hände waren von einem Berg aus Haaren bedeckt.

»Aber natürlich.« Govindji wandte sich an Mansoor. »Geh zu deiner Mutter.«

»Komm her, *babu*«, sagte Gulzar mit brechender Stimme und breitete die Arme aus.

Aber Mansoor erkannte die Person auf dem Stuhl nicht. Wo war seine Mutter? Verzweifelt sah er sich um, sein Blick huschte von Gesicht zu Gesicht, auf der Suche nach ihr. Doch sie blieb verschwunden. An ihrer Stelle: ein Mann im Kleid seiner Mutter. Der Anblick jagte ihm Angst ein.

»Na los, Junge.« Govindji hob Mansoor vom Stuhl und stellte ihn auf den Boden. »Geh und verabschiede dich von deiner Mutter.« Er stieß ihn vorwärts.

Mansoor rannte zu seiner *ayah*.

Badur nahm ein Stempelkissen und einen Satz Formulare aus der Leinentasche und glättete die Blätter auf dem Küchentisch. Nelly fasste Gulzar am Ellenbogen und führte sie zum Tisch wie eine Krankenschwester eine Patientin nach einer schweren Operation. Badur griff nach Gulzars schlaffer Hand. Er rollte ihren Daumen über das Stempelkissen, dann presste er ihn auf die Reiseunterlagen.

Später am Tag fuhr Badur mit Gulzar im Zug nach Mombasa, wo er dafür sorgte, dass sie sich an Bord der »SS Bombay« begab, um quer über den Ozean dorthin zurückkehren, von wo aus sie vor vier Jahre aufgebrochen war. Kurz nachdem das Schiff in See gestochen war, sprang Gulzar über Bord und ertrank. »Das ist aber schade«, sagte Govindji, als er davon erfuhr. »Sie war eine gute Frau.«

Ein paar Wochen später traf eine neue Frau ein, diesmal von Govindji höchstpersönlich ausgesucht, diesmal aus Uganda. Sie war fünfzehn Jahre alt.

»Das ist deine neue Mama«, sagte sein Vater. »Sag Hallo.«

Sein Vater riss seinem Sohn die winzige Hand vom Mund und hielt sie der neuen Frau hin. »Sag Hallo, oder es passiert was!«

»Hallo«, wimmerte Mansoor und schüttelte dem Mädchen die Hand.

***

»Darf es noch etwas sein?«, fragt der Kellner Mansoor.

Mansoor braucht einen Augenblick, bis die Worte zu ihm durchdringen, bis er weiß, wo er sich befindet. Er betrachtet sein halb gegessenes Steak, dann die kaum angerührte Schale mit Müsli und Früchten. »Nur die Rechnung.«

»Die hat ihr Sohn bereits beglichen«, sagt der Kellner und zwinkert ihm zu.

»Nein, nein. Ich übernehme das.« Mansoor tastet nach seiner Brieftasche. Servietten haben sich wie Bandagen um seine Hände gewickelt. Er steift sie ab, und sie fallen zu Boden. Er kramt in seiner Brieftasche und reicht dem Kellner eine Kreditkarte.

»Aber es ist schon alles bezahlt, Sir.« Der Kellner gibt ihm die Karte zurück.

Mansoor weigert sich, sie anzunehmen. »Es muss sich um ein Missverständnis handeln. Die Karte ist gültig.«

»Es war mir ein Vergnügen, mich um sie kümmern zu dürfen.« Der Kellner legt die Karte auf den Tisch. »Beehren Sie uns bald wieder.« Er nimmt Mansoors Teller und geht davon.

Mansoor steckt die Karte zurück in die Brieftasche. Er sammelt die beiden Kopien seiner Geschäftspräsentation, die beiden Taschenrechner, die beiden Stifte und das versilberte Visitenkartenetui zusammen und steckt alles mit zitternden Händen in seine Aktentasche. Der Scheck mit seinem Namen befindet sich noch immer zwischen Salz- und Pfefferstreuer, wo Ashif ihn hingesteckt hat. Mansoor lässt ihn dort zurück. Er irrt zwischen den Tischen mit den Geschäftsleuten umher, bis der Rezeptionist ihn bemerkt und ihm den Weg zu den Fahrstühlen weist.

»Dort geht es runter, Sir.«

TEIL ZWEI

KAPITEL 14

Layla fährt zusammen mit Shamma und Almas ins Jamatkhana, um Lailat al-Qadr zu feiern. Sie nehmen den ismailitischen Minibus, der Gemeindemitglieder aus dem Nordosten Calgarys, in der Regel ältere Männer und Frauen, für die Morgen- und Abendgebete zum Jamatkhana und wieder zurück fährt. Als sie ankommen, zieht sie den Kopf gegen den eiskalten Wind ein und trottet zum Eingang der Gebetshalle. Sie wünschte, Mansoor würde sie ins Jamatkhana begleiten. Das würde seiner Seele ein bisschen Frieden verschaffen. Aber er ist schon seit Jahren nicht mehr hingegangen, schon seit Jahrzehnten. Sie hat neulich vorgeschlagen, er solle wenigstens heute Abend mitkommen. »Lailat al-Qadr ist keine gewöhnliche Nacht«, erinnerte sie ihn. »In dieser Nacht sind unsere Gebete so stark wie alle Gebete in tausend anderen Nächten zusammen.« Mansoor hatte nur gelacht. »Klingt wie Ali Babas Erzählungen aus Tausendundeiner Nacht!«, lautete seine Antwort. »Welcher Narr glaubt schon an solchen Hokuspokus?« Layla fuhr unbeeindruckt fort: »Es ist die Nacht, in der Allah unser Schicksal für das kommende Jahr bestimmt. Wir müssen beten und um Gnade und Vergebung bitten.« – »Ach Layla. Wie oft muss ich es dir denn noch sagen? Religion und Märchen – sie sind ein und dasselbe. Fiktion. Reine Fiktion.«

Die Gebetshalle ist schlicht, aber elegant. Genau wie die Farben, in denen sie gehalten ist. Sandstein und Zedernholz. Die Minarette haben die Form von Gipfeln statt von Kuppeln, als eine Hommage an die Rocky Mountains, die sich weit hinten am Horizont erheben. Sanfte Beleuchtung taucht die gut besuchte, aber noch nicht übervolle Halle in ein blasses, beruhigendes Licht. Viele weitere werden nach dem regulären Abendgebet eintreffen, wenn die Nacht um neun Uhr offiziell beginnt, und um Mitternacht wird die Halle vor Gläubigen, die begierig darauf sind, die mächtigsten Gebete der Nacht für sich zu nutzen, aus allen Nähten platzen. Die Gemeindeältesten sitzen auf den für sie reservierten Stühlen im hinteren Teil der Halle. Der Rest der Gemeinde sitzt auf dem Teppich. Die Männer rechts, die Frauen links. Auch die Leiter des Jamatkhana, zwei Ehepaare, sitzen auf dem Teppich, allerdings hinter ihren *phats*, niedrigen Tischen im vorderen Teil der Halle, die der Gemeinde zugewandt sind. Mukh Sahib und Mukjiyani Ma, Kamadria und Lamariyani Ma. Auf den Tischen befindet sich ein Festmahl aus Opfergaben, darunter auch die Gerichte, die Mukhiyani Ma bei Layla bestellt hat.

Kurz vor zwölf bittet Mukhi Sahib die Gemeinde, für die Mitternachtsgebete aufzustehen. Die Gemeinde erhebt sich. Auch Layla, eine Gebetskette in der Hand. Eine junge Frau mit goldenem Haar und in einem leuchtend blauen Shalwar Kamiz schlängelt sich durch die Menge zum Podium am Kopf der Halle. Sie sieht Mukhi an. Er nickt. Sie führt ihre Handflächen zusammen und beginnt das Gebet. *Ya Rahim, Ya Rahim. Der Mitfühlendste, der Barmherzigste.* Die Gemeinde stimmt ein, ihre Stimmen finden sich, der Chor schwillt an wie eine Flutwelle, immer lauter und lauter, bis der Klang über ihnen allen zusammenschlägt und sie vollständig umhüllt.

Als der mitternächtliche *tasbih* um ein Uhr endet, gehen einige der Gläubigen nach Hause. Freiwillige in schicken blauen Uniformen verteilen Cashewnüsse und Kaffeebohnen, um allen anderen beim Wachbleiben zu helfen. Die Nacht vergeht mit Gebeten, immer wieder unterbrochen von Pausen, es werden Loblieder gesungen, und Missionare halten ihre *waez*. Inzwischen haben einige die Beine ausgestreckt und die Füße mit Tüchern bedeckt. Andere haben ihre Kinder zu sich geholt, die zugedeckt neben ihnen schlafen. Um vier wird das Licht gedimmt, und die Gemeinde verfällt in stille Meditation bis zu den regulären Morgengebeten um fünf. Danach wird im Gesellschaftsraum das Frühstück serviert. Einige bleiben nicht zum Frühstück, sie möchten zum Schlafen nach Hause oder müssen zur Arbeit. Layla hat sich zu den Gemeindeältesten gesetzt und gibt Mumri in Tassen mit dampfendem Chai. Als sie fertig sind, beginnen sie ihre Prozession zum Jamati-Bus.

Schneeflocken wirbeln um die Laternenpfähle auf dem Parkplatz vor dem Jamatkhana. In der Ferne, hinter dem Deerfoot Trail, blinkt das rote Licht des Calgary Tower wie ein Leuchtturm in einem dunklen Meer. Ihr Busfahrer Al-Karim steht an der Tür des Busses und hilft denen, die Hilfe brauchen, beim Einsteigen. Er ist Mitglied im Freiwilligenkorps der Gemeinde. Ihr Motto ist »Machen, nicht reden«. Sie leisten sehr viel *seva*-Dienst an der Gemeinschaft, aber sie stellen ihre Tugendhaftigkeit nicht wie ein Verkäufer, der sein Produkt anpreist, vor der ganzen Welt zur Schau. Gott sieht es, und das ist genug. Als alle eingestiegen sind, bittet Layla Al-Karim, ihr mit ihrem Handy zu helfen. Sie hat eine Nachricht bekommen, aber sie weiß nicht, wie sie sie abrufen soll. Ashif hat es ihr geschenkt, als er sich ein neues gekauft hat. Er besteht darauf, dass sie es benutzt, wann immer sie möchte. Führe Ferngespräche. Ruf an, wen du möchtest. Aber sie hat es nur für Notfälle dabei. Sie möchte das schwer verdiente Geld ihres Sohnes nicht verschwenden. Außerdem weiß sie gar nicht genau, wie man es bedient, obwohl ihr Sohn es ihr erklärt hat. Doch wie viele neue Dinge kann man im Laufe eines Lebens schon lernen?

»Natürlich.« Al-Karim wählt die Nummer der Mailbox und gibt ihr das Telefon zurück.

Sie hofft, dass es Ashif ist. Vielleicht haben sich seine Pläne geändert, und er kommt doch nach Hause? Oder er möchte ihr erzählen, wie das Frühstück mit seinem Vater verlaufen ist.

Die Stimme einer Frau dröhnt an ihr Ohr. »Hallo, hier ist das Krankenhaus Sunnydale. Es tut uns leid, Ihnen dies nur als Nachricht auf der Mailbox hinterlassen zu können. Wir rufen an, weil Mansoor Visram heute Morgen um vier Uhr in die Notaufnahme eingeliefert worden ist. Wenn Sie ins Krankenhaus kommen, melden Sie sich bitte bei der Information am Haupteingang. Vielen Dank.«

Das Wort »Notaufnahme« sticht ihr wie ein Eiszapfen ins Gehirn, und das Telefon rutscht ihr aus der Hand und poltert über den Boden. Ihr ist schwindlig. »Ashif«, sagt sie, als würde er dadurch auftauchen.

Al-Karim hebt das Telefon auf und hört die Nachricht noch einmal ab. »Keine Sorge, *aunty*«, sagt er und legt ihr einen Arm um die Schultern. »Ich bringe Sie hin. Arzeen arbeitet in dem Krankenhaus, ich werde sie bitten, uns dort zu treffen.«

Sie nickt, aber ihr Instinkt sagt ihr, dass sie Ashif Bescheid sagen muss. Sie nimmt Al-Karim das Telefon aus der Hand und tippt seine Nummer ein – doch dann hält sie inne. Sie möchte ihn nicht unnötig beunruhigen. Erst einmal wird sie herausfinden, was mit Mansoor passiert ist. *Bitte, Mawla, lass es meinem Mann gut gehen.*

***

Die Gemeindeältesten strömen durch die Karusselltür des Krankenhauses wie Schulkinder durch ein Drehkreuz. Layla hat versucht zu protestieren, aber sie bestanden darauf, ihr

Gesellschaft zu leisten. »*Vando-nye*«, hat sie gesagt. »Ich werde es schon schaffen.« Shamma und Almas würden bei ihr sein. »Nein, nein, du darfst jetzt nicht allein sein«, sagte eine der Ältesten, die im Bus hinter ihr saßen, und legte ihr eine Hand auf die Schulter. Ihre Fingerspitzen waren mit Henna verziert.

»Ja, genau«, hatte ein anderer Alter hinzugefügt. »Gemeinsam ist man stark.«

Die Ältesten folgen Al-Karim durch einen hell erleuchteten Flur zum Empfang, wo Al-Karims Frau Arzeen in einem grünen Krankenhauskittel, dessen ausgebeultes Oberteil nur schwerlich die Rundungen ihres Schwangerschaftsbauches verbirgt, bereits auf sie wartet. Sie winkt Al-Karim zu. »Hallo, Schatz«, formt sie mit den Lippen. Er winkt aus der Gruppe heraus zurück.

»*Ya ali madad, aunty.*« Sie umarmt Layla, so weit es ihr Bauch zulässt, und küsst sie auf beide Wangen. »Alles wird gut«, flüstert sie ihr zu.

»*Inshallah.*« Layla drückt ihre Tasche fest an sich. »Was ist mit Mansoor geschehen?«

»Das wissen wir noch nicht, *aunty.* Wir müssen auf den Arzt warten.«

»Ist Dr. Murji da?«, fragt Layla in der Hoffnung auf einen ismailitischen Doktor. Nicht dass sie ihn persönlich kennt. Aber er ist der stellvertretende Vorsitzende des ismailitischen Gesundheitsausschusses, und zu seinen Aufgaben gehört es, in den Jamatkhanas Reden über Gesundheitsfragen zu halten, die die Gemeinschaft betreffen.

»Leider nein, *aunty.* Ich wünschte auch, er hätte heute Dienst. Aber ein anderer Arzt ist gleich bei uns.« Arzeen winkt die Gruppe vorwärts, ihr Ehering funkelt an ihrer kleinen Hand. »Na los, *vinjay.* Folgt mir«, sagt sie aufgekratzt, als würden sie zu einem Rundgang aufbrechen.

Der Wartebereich, den eine lange geschwungene Wand vom Flur abtrennt, sieht aus wie eine Muschel. Kürbisfarbene Stühle stehen im Halbkreis darin. Er ist leer, bis auf einen alten Sikh, der sich quer über drei zusammengeschobene Stühle gelegt hat. Er hebt den Arm, mit dem er seine Augen bedeckt hatte, und sieht kurz zu ihnen herüber, dann nimmt er wieder die ursprüngliche Position auf seinem provisorischen Bett ein. Die Gemeindemitglieder verteilen sich im Raum und nehmen einen Großteil der Sitze in Beschlag. Shamma holt einen Teller mit Thepla aus ihrer Tasche voller *naandi,* den täglichen Lebensmittelgaben für die Auktion im Jamatkhana, und reicht ihn herum. Ohne dass man ihn darum gebeten hätte, nimmt Al-Karim ihre Teebestellungen auf.

»Tim Hortons? *Shabash.* Wenn ich das gewusst hätte, hätte ich eine Thermoskanne mit Chai von zu Hause mitgebracht«, sagt eine der Ältesten und schüttelt den Kopf. Alle wollen ihren Tee mit extra viel Milch und Zucker.

Das Ticken der großen Wanduhr ist ein Herzschlag, der lauter und lauter wird, bis es wie ein Pulsschlag in Laylas Ohren dröhnt. Sie holt ihr Handy aus der Handtasche und schließt ihre Finger fest darum. Während sie darauf warten, dass ihr ein Arzt erzählt, was passiert ist, denkt sie an das letzte Mal, als sie Mansoor gesehen hat. Gestern Morgen, bevor er sich mit Ashif zum Frühstück getroffen hat. Er war so guter Dinge. Was ist danach mit ihm passiert?

Der diensthabende Notarzt, ein junger Mann mit wuscheligen rotblonden Haaren, dem ein zusammengeklapptes Stethoskop in der Jackentasche steckt, bleibt vor dem Warteraum stehen. In den Händen hält er eine geöffnete Krankenakte. »Mrs. Visram?«

Arzeen hält Layla am Ellenbogen, während sie Dr. Poole durch einen langen Flur bis zu einem Raum mit der Aufschrift »Ruheraum B« folgen. Warum nennen sie ihn Ruheraum? Ist es, um Menschen dazu anzuhalten, ihre Emotionen zurückzuhalten, sich keinen Gefühlsausbruch zu erlauben, wenn ihnen die schlechten Nachrichten überbracht werden? Layla würde am liebsten so laut schreien, dass ihr Sohn sie von hier aus hört.

Der Arzt hält ihnen die Tür mit ausgestrecktem Arm auf. Im Raum steht ein kleiner weißer Tisch, um den einige Stühle angeordnet sind. Layla setzt sich und wiegt ihre Handtasche auf dem Schoß hin und her. Sie legt eine Hand über die Ausbuchtung ihres Handys. Arzeen steht wie eine Leibwache neben ihr, die Hand auf Laylas Schulter.

»Mrs. Visram, lassen Sie mich erklären, was mit Ihrem Mann geschehen ist«, sagt der Arzt, während er einen Stuhl heranzieht und sich zu ihr setzt. »Wir sind uns nicht ganz sicher, welche Umstände zu seinen Verletzungen geführt haben, aber wir wissen, dass er sich bei diesen Temperaturen über einen längeren Zeitraum im Freien aufgehalten haben muss. Er hat sich eine schwere Unterkühlung zugezogen. Er trug keine angemessene Kleidung. Er hat großes Glück gehabt, dass er gefunden wurde.«

»Draußen?«, fragt Layla verwundert.

»Ja. Er wurde auf einem Feld in der Nähe von Airdrie gefunden.«

»Aber er hätte im Geschäft sein sollen. Er ist immer im Geschäft«, sagt sie. Ihre Augenbrauen berühren sich fast. »Was wollte er denn in Airdrie?«

»Die näheren Umstände kenne ich leider nicht. Da müssen Sie sich an die Polizei wenden. Sie wird bald hier sein. Das ist sicher Teil ihrer Ermittlungen. Ich kann Ihnen nur sagen, wie es um die Gesundheit Ihres Mannes bestellt ist.«

Layla nickt. Das Wort »Ermittlungen« macht sie nervös. Ihre Hand schließt sich etwas fester um das Handy.

»Wir mussten ihren Mann intubieren.« Dr. Poole legt die Hände auf den Tisch. »Lassen Sie mich erklären, was das bedeutet. Ihr Mann konnte irgendwann nicht mehr selbstständig atmen. Das kann passieren, wenn ein Körper traumatisiert ist. Der Körper schaltet dann buchstäblich ab. Das Blut fließt aus den nicht lebensnotwendigen Organen ab und in die lebenswichtigen Organe hinein. Das Herz. Die Lunge. Das ist eigentlich eine gute Sache, auch wenn es wahrscheinlich seltsam klingt. In dem Moment setzt unser Überlebensinstinkt ein.«

Layla beginnt, still die Namen der Imame zu rezitieren. Mawlana Ali, Mawlana Hussein, Mawlana Zayn al-Abidin, Mawlana Muhammad al-Baqir.

»Als man ihn fand, wies er keine Vitalfunktionen mehr auf. Aber die gute Nachricht ist, dass er im Krankenwagen reanimiert werden konnte. Das ist das Wunder der Technologie, die uns heutzutage zur Verfügung steht. Sie haben einen Schlauch in seinen Rachen eingeführt, der dann an ein Beatmungsgerät angeschlossen wurde. Und diese Maschine atmet nun für ihn ...«

Layla kann den Arzt kaum hören. Einzelne Wörter wie CT-Scan, Röntgenbild, Blutdruck dringen zu ihr durch, aber seine Stimme ist nicht mehr als ein weit entferntes Echo. Ihre Gebete dröhnen in ihrem Kopf. *YA ALI. YA ALI. YA ALI.* Erst als der Arzt sanft ihren Arm berührt, hört sie wieder, was er sagt.

»Mrs. Visram, soweit wir sehen können, hat Ihr Mann keine körperlichen Verletzungen davongetragen, bis auf eine Platzwunde am linken Bein und Erfrierungen an mehreren Zehen und Fingern. Aber das ist kein Grund zur Sorge. Darum kümmern wir uns. Was wir allerdings nicht mit Sicherheit sagen können, ist, ob er sich irgendwelche inneren Verletzungen zugezogen hat. Das herauszufinden ist unsere oberste Priorität. Wir müssen noch einige Tests durchführen, um mehr darüber zu erfahren, aber leider können wir das erst tun, wenn sein Körper wieder aufgewärmt ist.«

Der Arzt erklärt jetzt den Aufwärmprozess. Er spricht von Decken, einer Maschine, die warme Luft über Mansoors Körper bläst, Infusionen mit warmen Flüssigkeiten und Blasenspülungen. Layla stellt sich Mansoor in Eis eingeschlossen vor. Sie ist an den technischen Ausführungen des Arztes nicht interessiert. Sie will nur hören, dass ihr Mann wieder gesund wird: »Wann ist er wieder aufgetaut?«

»Wenn es um das Wiederaufwärmen geht, da variieren die Zeiten. Es kann ein paar Stunden dauern oder einen Tag oder noch länger. Die Kerntemperatur Ihres Mannes ist auf ein gefährliches Niveau gesunken. Vielleicht möchten Sie jetzt zu ihm?«

»Nein.« Laylas Hände fangen an zu zittern. Sie möchte ihren Mann so, wie der Arzt ihn beschrieben hat, nicht sehen – als wäre er eine Art Maschine. »Ich möchte auf meinen Sohn warten.«

»Wird er bald hier sein?«

»Ich hoffe es.«

»In Ordnung.« Dr. Poole schiebt seinen Stuhl zurück. »Sobald es etwas Neues gibt, erfahren Sie es als Erste.«

Vor dem Ruheraum holt Layla ihr Handy heraus. Sie drückt die Schnellwahltaste, ihre Hände zittern noch immer. Das Telefon gibt einen sanften Singsang von sich, während es Ashifs Nummer wählt.

Als sie Ashifs Stimme am anderen Ende der Leitung hört, ist sie erleichtert. Tränen steigen in ihr auf, und gerade will sie etwas sagen, da wird ihr klar, dass es nur seine Mailbox ist. »Hi, hier ist Ashif. Ihr wisst ja, wie's geht.« Wo ist Ashif? Sie hofft, dass er noch nicht nach Vancouver aufgebrochen ist. Sie hinterlässt ihm eine Nachricht, in der sie ihn darum bittet, sie zurückzurufen, auch wenn sie weiß, dass ihm das nicht gefallen wird. »Sag mir klar und deutlich, was los ist, Mama. Du weißt, wie beschäftigt ich bin. Ich muss wissen, worum es geht. Sag nicht einfach nur, ruf zurück. Sei konkret.«

»In Ordnung, *bheta*«, hatte Layla geantwortet, aber diese Anforderungen setzen ihr zu. Oft gibt es nichts Konkretes. Sie ruft einfach nur an, um Hallo zu sagen, um sich zu erkundigen, wie es ihm geht, um seine Stimme zu hören. Deshalb versucht sie, nicht allzu oft anzurufen. Sie will ihn nicht stören. Stattdessen wartet sie darauf, dass er sie anruft, und das tut sie jetzt auch.

KAPITEL 15

Als Ashif seine Mutter schließlich zurückruft, ist es kurz nach acht Uhr morgens, und er checkt gerade aus seinem Hotel in Calgary aus. Heute Morgen stehen zwei Mitarbeitersitzungen auf dem Programm, bevor er zurück nach Vancouver fliegt. Er hat ihre Nachricht vom frühen Morgen abgehört, aber sie hat nicht gesagt, worum es geht, einfach nur: »Ruf mich an.«

»Aber das ergibt keinen Sinn, Mama«, sagt Ashif zu seiner Mutter, während er seine Krawatte zurechtrückt. »Auf einem Feld?«

»Ja«, sagt Layla. Sie redet sehr laut, als spräche sie mit jemandem am anderen Ende der Welt. »In der Nähe von Airdrie.«

»Geht es ihm gut?«

»Ich weiß es nicht.«

»Was soll das heißen, du weißt es nicht?«, fragt er gereizt. »Hast du nicht mit dem Arzt gesprochen?«

»Doch.«

»Und was hat er gesagt?«

»Sie tauen ihn auf.«

»Wie bitte?« Er hält sich das andere Ohr mit dem Daumen zu.

»Auftauen«, sagt Layla noch lauter.

»Du meinst, er hat Erfrierungen?«, schlägt er vor.

»Der Arzt hat was von Erfrierungen gesagt.«

»Ah, okay. Also geht es ihm gut.« Er ist erleichtert, dass sein Vater nicht schwerer verletzt ist. Damals als Kind hatte er auch mal Erfrierungen. Er hatte seine Handschuhe und seine Toque zu Hause vergessen. Er vergrub seine Hände einfach tief in den Manteltaschen, aber ohne seine Strickmütze gab es keine Möglichkeit, den Kopf vor den eisigen Temperaturen zu schützen. Nach der großen Pause waren seine Ohren rot und brannten, und er war sich sicher, sie würden jeden Moment abfallen. Die Schulkrankenschwester meinte, er habe Erfrierungen, und nachdem sie ihn versorgt hatte, gab sie ihm eine Liste mit geeigneter Winterkleidung und wo man sie kaufen konnte mit nach Hause. Falls nötig, würde die Schule die Sachen bezahlen. Layla zerriss die Liste, und er musste ihr versprechen, seinem Vater nichts davon zu erzählen. Und daran hielt er sich. Ashif bat sie, ihm die Handschuhe direkt an den Mantel zu nähen, so wie bei den anderen Kinder, und das tat sie auch.

»Was hat der Arzt sonst noch gesagt?«, fragt er bestimmt, weil er möchte, dass seine Mutter auf den Punkt kommt. Er sieht auf die Uhr. Er darf seinen Flug nicht verpassen.

»Sie wollen noch ein paar Tests machen«, sagt Layla, »Aber erst, wenn er vollständig aufgetaut ist.«

»Aber das mit dem Auftauen ergibt doch überhaupt keinen Sinn, Mama«, sagt er, zunehmend genervt. Er weiß nicht, ob seine Mutter ihm Informationen vorenthält, weil sie nicht will, dass er sich Sorgen macht, oder ob sie einfach nicht richtig verstanden hat, was ihr die Ärzte gesagt haben. Oder vielleicht hat sie auch gar keine Fragen gestellt, sondern sich stumm der Autorität unterworfen, wie sie es immer tat, ob es nun Ärzte waren, Polizisten oder sein Vater. Er klemmt sich das Handy zwischen Schulter und Kinn und zieht das Jackett aus. »Was sagt Papa dazu?«

»Nichts. Ich war noch nicht bei ihm.«

»Ich rufe gleich das Krankenhaus an«, sagt Ashif streng, wie ein Lehrer, der ein Kind zurechtweist.

»Aber ich möchte nicht ohne dich zu ihm, *bheta,* bitte komm«, sagt Layla und bricht in Tränen aus.

Jetzt fühlt sich Ashif schuldig, weil er so schroff zu seiner Mutter war. Ein Gefühl, wie in Treibsand zu versinken. »Alles wird gut, Mama«, sagt er. Er erinnert sich daran, dass sie niemanden sonst hat, auf den sie sich verlassen kann. Nur ihn. »Ich werde bald da sein.«

Nachdem er aufgelegt hat, ruft er Mel an und sagt ihr, dass er sich nach den Morgenmeetings um eine dringende Familienangelegenheit kümmern muss. Er bittet sie, die ersten Termine in Vancouver ohne ihn abzuwickeln. Sie ist einverstanden, und er bucht auf einen späteren Flug um.

KAPITEL 16

Mansoor verstaut ein Bündel Geldscheine und einige Rollen Kleingeld in einer Geldtasche. Es ist erst halb acht Uhr abends, ein bisschen früh für die Abrechnung, aber er brennt darauf, nach Hause zu fahren und Layla die Neuigkeit zu erzählen, auch wenn er nicht sicher ist, ob sie ihre ganze Tragweite erfassen wird. Aber das ist ihm auch egal. Er hat das große Bedürfnis, es laut auszusprechen. Es jemandem zu erzählen. Er greift in seine Hemdtasche und zieht das Fax heraus, das er vor eine Stunde bekommen hat. Er setzt seine Gleitsichtbrille auf und liest es noch ein weiteres Mal. »Ja, ja, ja!« Das Kreditunternehmen hat die Hypothek genehmigt. Einfach so. Die Zinsen sind höher, aber was spielt das für eine Rolle? Endlich kann er die Anlage kaufen und der Stadt seine Stärke demonstrieren.

Er nimmt sein Handy aus der Tasche und versucht noch einmal, Ashif zu erreichen. Ihm möchte er es als Erstem erzählen. Jetzt muss sein Sohn ihm glauben, er darf nicht mehr an ihm zweifeln, wie noch heute Morgen beim Frühstück. »Ich bin auf dem Weg nach ganz oben, mein Sohn« So schnell kann sich das Blatt wenden. Das Telefon gibt einen Singsang von sich, dann hört er wieder die Ansage, die er schon kennt. »Die von Ihnen gewählte Rufnummer ist zurzeit nicht vergeben.« Mansoor schüttelt den Kopf. Warum hat Ashif ihm seine neue Nummer noch nicht gegeben? Er wird seinen Sohn anrufen, wenn er zu Hause ist. Layla wird ganz bestimmt die richtige Nummer haben.

Er holt seinen Wintermantel und seine Aktentasche von hinten. Beim Rausgehen erhascht er einen Blick auf sein Spiegelbild in der Glastür des Ladens. Er schlägt einen linken Haken in Richtung der verschwommenen Reflexion. »Sieh dich nur an, Visram!« Dann einen rechten. »Du hattest die ganze Zeit recht, nicht wahr?« Er dreht das Schild an der Tür von »Offen« auf »Geschlossen«, schaltet das Licht aus und schließt hinter sich ab.

***

Mansoor und sein Boss standen hinten in einem riesigen Ausstellungsraum. Draußen ein blinkendes Neonschild: *Patterson gebrauchte Pkw & Trucks.* Neben ihnen Tafeln mit dem Foto eines Verkäufers und einer Bronzeplatte mit eingraviertem Namen und Monat darunter. Die Auszeichnungen als »Verkäufer des Monats«. Die Ruhmeswand. Mansoors Gesicht fand sich mehrfach dort, durchgängig von 1973 bis 1979.

»Kommen Sie, Manny, wenn Sie sich die Dinger unbedingt ansehen wollen«, sagte sein Chef und deutete mit dem Kopf auf die Wand, »dann vergessen Sie das mit der Kündigung doch einfach.« Er war ein großer Mann mit einem jungenhaften Gesicht.

»Ich bringe Ihnen die Tafeln auch zurück, Fred.« Mansoor schlug Patterson auf die Schultern. »Wann habe ich Sie schon jemals enttäuscht.«

»Ich verliere meinen besten Mann. Sie können nicht verlangen, dass ich mich darüber freue.«

»Das verstehe ich«, sagte Mansoor. Aber es gab kein Zurück mehr. Er hatte bei *Patterson gebrauchte Pkw & Trucks* fast sofort nach seiner Ankunft in Kanada angefangen. Die Arbeit wurde auf Kommissionsbasis abgerechnet, das hatte ihm gefallen. Er wurde nach Leistung bezahlt, nicht einfach nur Aufgrund von Anwesenheit. Es war so nah an der Selbstständigkeit, wie es eben ging. Aber am Ende war es dann doch nur ein Job. Und er war doch nur ein Angestellter. Es gab einen Chef, dem er Rechenschaft ablegen musste, und damit konnte sich Mansoor einfach nicht mehr länger abfinden. Die Arbeit hier hatte immer nur eine vorübergehende Lösung sein sollen. Nur so lange, bis er die Anzahlung für sein eigenes Geschäft beisammenhatte. Ein eigenes Geschäft, das war die einzige Möglichkeit. Der einzige Weg, Land zu erwerben, etwas Eigenes aufzubauen und die Familientradition fortzuführen.

Fünf lange Jahre hatte er Tag und Nacht gearbeitet, auch an den Wochenenden, und alle Ausgaben auf ein Nötigstes beschränkt, bis er das Geld, das er brauchte, endlich hatte. Das ganze letzte Jahr über hatte er an seinen Abenden und wenigen freien Tage die Provinz auf der Suche nach der passenden Geschäftsgelegenheit durchkämmt. Er war bei drei vielversprechenden Betrieben überboten worden. Aber dann hatte er im letzten Monat endlich ein Geschäft abgeschlossen und eine Tankstelle gekauft. Sie lag an einem dünn besiedelten Highway-Abschnitt zwischen Rocky Mountain House und Red Deer, zwei Autostunden nördlich von Calgary, und war damit die perfekte Anlaufstelle für Lkw-Fahrer und Arbeiter auf dem Weg zu den Ölförderungsanlagen und anderen Baustellen in der Gegend, für Touristen und Camper unterwegs zum Icefields Parkway oder für Motorradfahrer, die von einem Schneesturm überrascht wurden. Aber er hatte nicht vor, mit der gesamten Familie dorthin umzuziehen. Er glaubte nicht, dass es in einer so kleinen Stadt eine geeignete Schule für Ashif gäbe, und die ordentliche Ausbildung seines Sohnes hatte oberste Priorität für ihn. Es war schwer genug gewesen, einen Platz an Calgarys bester öffentlicher Schule zu ergattern. Außerdem handelte es sich bloß um eine vorübergehende Sache. Sowie die Tankstelle auf soliden Füßen stand, würde er einen Manager einstellen, der sich um alles kümmerte, und einen zweiten Standort eröffnen, der sich näher an zu Hause befand.

»Sollten Sie jemals zurückkommen wollen, Manny - ich werde Sie immer mit offenen Armen empfangen.« Patterson schob die Daumen unter die Hosenträger. »Die Selbstständigkeit ist schließlich ein knallhartes Pflaster.«

»Danke, Fred.« Mansoor lockerte seine Krawatte. Dieser Idiot sollte für ihn arbeiten, nicht umgekehrt. Er hatte mehr Geschäftssinn in seinem kleinen Finger als sein Chef im ganzen Körper.

»Und, was haben Sie mit den ganzen Auszeichnungen vor? Sie verkaufen?« Patterson kicherte.

Mansoor lachte ebenfalls. »Ich möchte einfach nur zu Hause ein paar Fotos mit der Familie machen. Zukünftigen Generationen zuliebe, wissen Sie. Ich möchte nicht, dass diese Jahre bei Ihnen in Vergessenheit geraten.«

»Nun, es ist auch eine beachtliche Leistung. Aber bringen Sie sie zurück, ja?«, sagte Patterson und machte sich auf den Weg in sein Büro.

»Aber natürlich, so schnell wie möglich.« Mansoor stieg auf die Leiter und griff nach einer Tafel mit seinem Namen darauf.

Neben ihm erschien der Buchhalter, Patel, ein schmächtiger Mann mit fettigen Haaren. »Die Mittagspause ist vorbei«, sagte er in Gujarati und wischte sich die Finger der rechten Hand mit seinem Taschentuch ab. »Lass mich dir helfen, Bruder.«

»Englisch, bitte!«, wies Mansoor ihn mit einem scharfen Flüstern zurecht und reichte ihm eine Tafel nach unten. Einer von Patels Brüdern arbeitete als Hausmeister im Betrieb, der andere als Juniorverkäufer. Die Brüder machten oft zusammen Mittagspause im Aufenthaltsraum und aßen Currys, die sie in ihren Henkelmännern von zu Hause mitgebracht hatten. Ihre Spinde sahen aus wie kleine Schreine, geschmückt mit Räucherstäbchen und bronzenen Ganeshas. Sie hielten Pujas davor ab und liefen den Rest des Tages unverfroren mit roten und gelben Punkten auf der Stirn herum. Mansoor beschwerte sich bei Patterson darüber, weil er der Meinung war, dass es die Kunden verschreckte. Aber Patterson meinte, es spiele keine Rolle. Zwei von ihnen hätten ohnehin keinen Publikumsverkehr und würden von niemanden gesehen. Doch darum ging es gar nicht. Schließlich musste Mansoor sie immer noch sehen.

Als er fertig war, schlängelte Mansoor sich zwischen den Autos hindurch zum Eingang des Ausstellungsraums. Patel folgte ihm mit der Schachtel, in der die Tafeln lagen, wie ein Diener. Mansoors Kollegen hatten sich in Reih und Glied aufgestellt, um ihn zu verabschieden. In ihren dunklen Anzügen und den weißen Hemden sahen sie aus wie Pinguine. Einige klopften ihm auf den Rücken und wünschten ihm viel Glück, andere schüttelten ihm die Hand und gratulierten ihm. Aber er wusste, die meisten von ihnen waren froh, ihn gehen zu sehen. Keiner mehr da, der sie ausstach.

Patterson steckte seinen Kopf aus der Bürotür: »Ihr vergeudet nur eure Zeit mit der Verabschiederei«, sagte er. »Mansoor ist ja morgen schon wieder da und bringt die Tafeln zurück.«

Auf dem Heimweg fuhr Mansoor auf den Parkplatz der Marlborough Mall und hielt vor einem Müllcontainer hinter dem Gebäude. Er nahm die Kiste mit den Tafeln aus dem Kofferraum und warf eine nach er anderen in hohem Bogen hinein. Klappernd schlugen sie gegen das Metall, bevor sie endgültig im Müll verschwanden. Ruhmeswand? Eher eine Wand der Schande!, fand er. Nun konnte sein guter Name nicht mehr mit dieser Klitsche in Verbindung gebracht werden. Als hätte er nie dort gearbeitet. Sein dort verdientes Geld hatte sich, wie an einer Devisenbörse, in ein neues, eigenes Geschäft verwandelt. Nun begann sein neues Leben, das Leben, für das er bestimmt war.

***

Mansoor geht vorsichtig quer über den vereisten Parkplatz ans andere Ende des Einkaufszentrums, wo er den Nachttresor der Bank aufschließt und die Leinentasche mit den Tageseinnahmen hineinwirft. Er beschließt, auf dem Heimweg eine Flasche Champagner zu kaufen. Warum auch nicht? Layla trinkt zwar nicht, aber heute Abend wird sie vielleicht an einem Glas nippen. Es wäre nicht das erste Mal. Er sieht die Szene vor sich, wie sie auf einer Party einen Schluck Whisky probiert und das Gesicht verzieht, bevor sie ihn ausspuckt. Damals hatte er gelacht, und das muss er auch jetzt wieder. Er sollte lieber auch noch eine Flasche mit alkoholfreiem Champagner kaufen. Er möchte nicht alleine trinken.

KAPITEL 17

Im Krankenhaus informiert Arzeen Layla und die wachsende Zahl der Gemeindemitglieder darüber, dass die Ärzte nun mit einer ganzen Reihe von Tests begonnen haben. Die Ergebnisse sollten bald vorliegen. Mansoors Körper habe gut auf den Aufwärmprozess reagiert.

»Ihr Ärzte leistet erstklassige Arbeit«, sagt einer der Älteren und zieht seinen Filzhut vor Arzeen.

»Sie ist keine Ärztin«, flüstert Almas.

»Also meine Ärztin kann sie jederzeit sein«, sagt er und zwinkert Arzeen zu.

Arzeen schüttelt den Kopf und wendet sich ab.

»Unsere Gebete wirken«, sagt eine andere der Ältesten und reckt mit festem Griff ihre Gebetskette in die Höhe.

»Lasst uns erst einmal die Ergebnisse abwarten«, warnt Arzeen.

»Richtig, aber es ist doch ein gutes Zeichen, dass sein Körper langsam aufwacht, oder?«, fügt die Alte hinzu.

»Stimmt.« Arzeen setzt sich zwischen Layla und Shamma.

Immer mehr Besucher stoßen dazu, und schließlich sorgt Arzeen dafür, dass die Gruppe aus dem Wartezimmer in einen Familienwarteraum umziehen darf. »Da haben wir es bequemer«, sagt sie zu Layla, und Layla ist jeden Moment dankbarer dafür, dass die junge Frau den ganzen Tag bei ihnen ist. Der Raum ist rechteckig, wie ein kleiner Saal. Er enthält drei erbsenfarbene Sofas und gepolsterte Klappstühle, von denen einige in kleinen Gruppen zusammenstehen. Die Tür zum Nebenraum wird von einem Stuhl aufgehalten, auf dem sich Winterjacken stapeln. Auch der kleinere Raum ist voller Gemeindemitglieder, viele von ihnen halten Pappteller in den Händen, darauf ist Essen, das der nicht enden wollende Besucherstrom mitbringt. Auf den Tischen in beiden Räumen stehen Aluplatten mit Kartoffel-Pakoras, Kartoffel-Kachori und Chutneys, dazwischen Kartons mit Timbits, gebrauchte Hortons-Becher und schmutzige Servietten.

Das erste Mal, seit Layla vor vier Stunden im Krankenhaus angekommen ist, hat sie das Gefühl, wieder etwas freier atmen zu können. Bald werden sie Genaueres erfahren.

»Der wievielte Monat, *dhikri?*«, fragt Shamma und streicht über Arzeens Bauch.

»Sieben Monate, *aunty*«, antwortet sie strahlend. »Ende April ist es so weit.«

»Wie alt sind eure Zwillinge jetzt?«, fragt Shamma.

»Die Jungs sind gerade drei geworden. Ich kann es kaum glauben.«

»Und das hier?«, fragt Layla. »Ein Junge oder ein Mädchen?«

»Ein Mädchen«, sagt sie und reibt sich über den Bauch. »Wir sind überglücklich.«

***

Fast zwei Jahre lang hatten sie versucht, ein zweites Kind zu bekommen. Layla war davon überzeugt, sie sei zu alt. Sie war fast vierzig. Doch dann überbrachte ihr der Arzt die frohe Nachricht: Sie war schwanger. Als Ashif davon erfuhr, bat er sie, einen Sohn zur Welt zu bringen. »Keine Schwestern!« Layla musste lachen. »Das ist doch nicht meine Entscheidung, *bheta*. Gott wird uns das Kind schenken, das wir verdient haben.«

Sie hatte alles richtig gemacht, war zu allen ihren Untersuchungen gegangen und hatte sich strikt an die Anweisungen des Arztes gehalten. Im siebten Monat hatte sie einen Termin für einen Ultraschall des Babys. Aber statt des pochenden Herzschlags ihres kleinen Mädchens hörte sie nichts. Ihr Baby war tot.

Die Plazenta hätte zu tief gesessen, erklärte der Arzt. Trotzdem würde sie das Baby noch auf die Welt bringen müssen. Layla erinnerte sich nicht daran, Medikamente geschluckt zu haben oder schnell in den Operationssaal geschoben worden zu sein, aber sie erinnerte sich noch gut an Mansoors Gesicht, als er neben der Trage herlief und das Stahlgeländer umklammerte. Sie stöhnte und presste, aber dann mussten sie sie doch aufschneiden, um das Baby zu entfernen. Zusammen mit ihrer Gebärmutter.

»Möchten Sie sie einen Augenblick halten?«

Layla nickte. Sie schlug das rosafarbene Handtuch zurück, betrachtete das Gesicht des Babys, ihre winzigen Arme und Beine, und zählte Finger und Zehen.

»Wann können wir sie mit nach Hause nehmen?«, fragte Layla.

»Es tut mir leid, Mrs. Visram.« Die Schwester griff nach dem Baby. »Ich muss sie nun an mich nehmen.«

»Bitte, ich will sie mit nach Hause nehmen.«

Die Schwester versuchte es noch einmal. Layla schlug ihre Hand weg. »Nein! Sie gehört mir.«

»Bitte nicht«, bat Mansoor die Krankenschwester.

Sie trat zur Seite.

»Layla, bitte«, sagte Mansoor. »Gib sie mir.«

»Sie braucht einen Namen.« Layla weinte jetzt. »Sie darf nicht namenlos bleiben. Woher soll Allah sonst wissen, wer sie ist?« Ihre Tochter trug noch keinen Namen. Niemand würde ein totes Kind taufen. Sie würde kein ismailitisches

Begräbnis bekommen. Sie war keine Ismailitin. Diese Tatsache allein brach Layla das Herz.

»Welcher Name gefällt dir?«, fragte er.

»Maryam. Mir gefällt Maryam.«

»In Ordnung.« Er nahm ihr das Baby ab. »Ich werde mich um unsere kleine Maryam kümmern.«

Als er zurückkam erzählte er Layla, er habe alles erledigt. Ihre Maryam habe ihren Frieden gefunden. Dafür sei gesorgt. Auch habe er die Tankstelle geschlossen und jemanden gefunden, der Ashif versorge. Er blieb den ganzen Tag über bei Layla, und als sie sich weigerte, etwas zu essen, bestand er darauf. »Bitte. Du musst wieder zu Kräften kommen.« Er schob die Suppenschüssel auf dem Tablett näher an sie heran. »Wir brauchen dich zu Hause.«

»Und wann kommst du zurück?«, fragte sie. »Wir brauchen dich auch zu Hause.« Es war jetzt vier Monate her, seit er wegen der Tankstelle weggezogen war.

»Bald. Ganz bald.«

Einen Moment wanderten ihre Gedanken zurück ins Camp nach London. Die endlose Qual des Wartens auf ihn. Sie wollte ihren Mann wieder bei sich zu Hause haben, an ihrer Seite, an Ashifs Seite.

»Ich verspreche es.« Dann hielt er ihr einen Suppenlöffel hin, und sie nahm ihn. »Hör zu, Layla. Gegen die Wissenschaft kann man sich nicht wehren. Der Arzt hat mir die Statistiken gezeigt, so etwas geschieht in acht Komma ein Prozent aller Geburten.«

Aber sie weigerte sich, es zu akzeptieren. Sie musste etwas getan haben, um ein solches Schicksal zu verdienen, da war sie sicher. Gott ist nicht ungerecht, er wirft mit Strafen und Belohnungen nicht einfach wahllos um sich. Wer würde an einen solch grausamen Schöpfer schon glauben. Es gab für alles einen Grund. Gott blieb nichts verborgen, und sie musste einen Fehler gemacht haben. Etwas, das ihn verärgert hatte. Aber was? Was hatte sie falsch gemacht?

Bevor Layla aus dem Krankenhaus entlassen wurde, gab ihr die Krankenschwester Anweisungen, wie sie eine Mastitis vermeiden konnte. Verwenden Sie keine warmen Kompressen. Nehmen Sie niemals eine heiße Dusche, wie sehr ihre Brüste auch schmerzen. Das würde alles nur noch schlimmer machen. Am besten lässt sich die Milch mit kalten Kompressen stoppen. Eispackungen sind eine gute Möglichkeit oder auch gut gekühlte Kohlblätter.

»Sie müssen Geduld mit sich haben, Liebes«, sagte die Schwester, während sie ihr in den Wintermantel half. »Unsere Körper brauchen einfach ein bisschen Zeit, um alles zu verarbeiten.«

In den Wochen danach blieb Layla im Bett, die Vorhänge zugezogen. Shamma und Almas besuchten sie und brachten Essenspakete mit. Sie sahen täglich nach ihr, genau wie sie es gemacht hätten, wenn Layla mit einem Säugling nach Hause gekommen wäre. Almas bürstete ihr die Haare, Shamma schnitt ihr Finger- und Fußnägel. Sie nahmen die Kiste mit Säuglingskleidung mit, die Layla gestrickt hatte, und das Babyspielzeug, das die Leute ihr geschenkt hatten, und ersetzten es durch Spiele und Bücher für Ashif. Sie spielten mit ihm, gingen mit ihm Eis essen und taten alles, um ihn abzulenken; sowohl Layla als auch ihm zuliebe. Er war elf Jahre alt, und genau wie Layla wollten sie ihn vor dem, was geschehen war, beschützen.

»Bist du krank, Mami?«, fragte Ashif, als er nach der Schule nach Hause kam und sie mit einem Beutel Eiswürfel auf jeder Brust im Bett liegen sah.

»Mein Herz tut mir weh, *bheta*«, sagte sie und rutschte im Bett nach oben, bis sie aufrecht saß.

»Wegen des Babys?«, fragte Ashif und wickelte sich den Rand seines T-Shirts um den Finger.

»Ja.«

Er machte ein trauriges Gesicht. »Das tut mir leid.«

»Komm her, *bheta*«, sagte sie und klopfte mit der Hand auf die Bettkante.

Er ging zu ihr.

»Mach dir keine Sorgen«, sagte sie und umschloss sein Gesicht mit den Händen. »Mit Mami ist alles in Ordnung.«

Er nickte, aber sie konnte spüren, dass er ihr nicht glaubte. Genau wie sie selbst wusste er, dass mit ihr nie wieder alles in Ordnung sein würde.

»Willst du zu mir ins Zimmer ziehen?«, fragte sie. »Bis Papa wieder nach Hause kommt?« Wenn er in ihrer Nähe wäre, würde es, so hoffte sie, seine Sorgen lindern. Und auch ein bisschen von ihrer Traurigkeit vertreiben.

»Aber meine Spielsachen sind bei mir im Zimmer.«

»Dann ziehen wir in dein Zimmer, einverstanden?«

Er nickte.

Sie zog ihn an sich und schlang ihre Arme um seinen schmalen Körper. »Du bist so ein guter Junge. Was würde Mami nur ohne dich machen?«

Es waren Shamma und Almas, die vorschlugen, am Hähnchen-Samosa-Wettbewerb zum 25-jährigen Thronjubiläum des Imam teilzunehmen. »Alle machen mit, Layla *bai*«, hatte Shamma gesagt. »Wer will sich schon die Chance entgehen lassen, für den Imam zu kochen.«

»Es könnte dir vielleicht helfen, etwas inneren Frieden zu finden«, fügte Almas hinzu.

Layla sagte nichts dazu, aber sie wusste sofort, dass sie mitmachen würde. Dies war die Gelegenheit, ihr Schicksal umzukehren, ihren guten Namen im Angesicht des Allmächtigen reinzuwaschen.

Eine neue Energie durchströmte sie. Von nun an drehten sich ihre Tage nur noch um eine einzige Sache: die Herstellung von Samosas. Sie lehnte alle Besuche ab, brachte ihre Speisekammer auf Vordermann und verbannte Ashif aus der Küche. Sie testete ein Rezept nach dem anderen. Etwas mehr Knoblauch, etwas weniger Gewürznelken. Sie kaufte die Hühnchen bei Iqbal. Besser. Sie probierte unterschiedlichste Methoden, um den Teig zu walzen: Wasser auf dem Nudelholz, Ghee auf dem Nudelholz, rollte von außen nach innen statt von innen nach außen. Wochenlang experimentierte sie herum, merkte sich jede noch so kleine Verbesserung. Der Geruch von frittierten Samosas breitete sich im Haus aus wie ein Dauergast.

Sie weinte tagelang, als man ihr die Nachricht überbrachte. Der erste Platz! Sogar beim Zubereiten der Samosas weinte sie. Eine endlose Kette aus Tränen, die in den Teig tropften. Sie versuchte alles, um sie zurückzuhalten, aber es wollte ihr einfach nicht gelingen. Erst später verstand sie, dass ihre Tränen Teil seines großen Segens waren: Wie immer nahm der Imam alle unsere Sorgen in sich auf. Dieser Gedanke verschaffte ihr so viel Erleichterung, dass sie immer wieder laut loslachen musste. Sie lachte, bis ihr die Tränen kamen. Alles Lob gebührt Allah! In diesem Moment legte sie ihr Gelübde ab. »Ich werde meine Hähnchen-Samosas ausschließlich für den Imam zubereiten und für niemanden sonst.« Ein geheimer Pakt. Sie versprach Khudavind, die Rezeptur einzig und allein für ihn zu reservieren. Im Gegenzug bat sie ihn darum, ihren Sohn zu beschützen. Dafür zu sorgen, dass dem einzigen Kind, das sie und Mansoor jemals haben würden, kein Leid zustieß.

***

Dr. Poole steht in der Tür des Familienraums. Sein Blick sucht in der Menge nach einem Gesicht. Unter seinem Arm klemmen mehrere braune Umschläge. »Mrs. Visram«, sagt er, als er Layla entdeckt. »Würden Sie bitte mit mir kommen?«

Layla sieht erneut zur Uhr. Die Furcht, die beim Anblick des Arztes in ihr aufsteigt, wird beim Gedanken an Ashif im Keim erstickt. Bald wird er an ihrer Seite sein.

KAPITEL 18

Mansoors Auto ist mit einer niedrigen Säule verbunden, ein Gewirr aus Verlängerungskabeln quillt wie das Geschirr eines Pferdes unter der vorderen Stoßstange hervor. Wenn man alles Für und Wider abwiegt, hat der Chevy Impala immer die Nase vorn.

Er löst das Auto von der Heizsäule und nimmt eine Schneebürste vom Rücksitz. Er umrundet den Wagen, tätschelt ihn gelegentlich mit einer behandschuhten Hand, während er ihn vom Schnee befreit. Er steigt ein und holt einen Terminplaner aus dem Handschuhfach. Man kann ihn wie eine Brieftasche aufklappen. Aus einem der Fächer zieht er ein schmales schwarzes Notizbuch mit Gittermuster. Er knipst das Deckenlicht an, überprüft den Kilometerstand, notiert die Zahl neben dem heutigen Datum und knipst das Licht wieder aus. Es ist nicht nur eine gute Möglichkeit, den Benzinverbrauch und die allgemeinen Kosten zu ermitteln, sondern es diente ihm auch als Nachweis für Steuerabschreibungen.

Er greift in den CD-Halter im Fußraum des Beifahrersitzes und holt eine CD heraus. Er hält sie in den matten Schein der Armaturenbrettbeleuchtung. *Kenny Rogers & Dolly Parton, Greatest Hits.* Mansoor mag jede Art von Country Music, aber dies ist eines seiner Lieblingsalben. Er liebt Kennys tiefe Stimme, seinen Rhythmus und die Texte, die viele brauchbare Ratschläge enthalten, nicht nur in puncto Liebe, sondern auch über das Geschäftsleben. Kenny ist was für Männer. Aber das Beste an Kenny ist, dass er sich oft mit Dolly Parton zusammentut. Was für eine Schönheit! Mansoor kennt alle ihre Texte ebenfalls, von ihren frühen Songs wie »I Will Always Love You« bis zu neueren Hits wie »Yellow Roses«. Dolly bewegt sich auf der Bühne wie ein Püppchen, präsentiert ihren perfekt geformten Körper so anmutig wie die Ballerina auf einer Spieluhr. Ihre blonde Mähne, ihre strassbesetzten Blusen, ihre glitzernden Nietenjacken. Mansoor kann sie sich stundenlang ansehen, in Country Specials wie *From Nashville with Love* und *The Queen of Country*. Wenn man ihn fragt, ist Dolly die perfekte Frau. Sie gibt einem das Gefühl, man könnte sie sich wie ein Vögelchen auf die Hand setzen, aber ohne dass sie sofort bei der kleinsten Schwierigkeit davonflöge. Fast so wie Layla, als er sie zum ersten Mal traf. Was ist nur aus dieser Frau geworden?

***

Mansoor hätte jede Frau haben können, die er wollte. Nicht nur stammte er aus einer von Kampalas besten Familien, sein Vater hatte ihm auch, anders als die meisten anderen Väter, freie Hand bei der Auswahl seiner Braut gelassen, statt ihn dazu zu zwingen, sich einer arrangierten Ehe zu unterwerfen. Seine einzige Bedingung war, dass die junge Frau aus Afrika kommen sollte – und nicht aus Indien.

Sobald die Leute davon erfuhren, traf eine Bewerbung nach der anderen ein. Eltern schickten Fotografien ihrer Töchter zusammen mit einem Portfolio ihrer Qualitäten und Fähigkeiten. Daraus stellte er eine Liste der besten zehn zusammen. Layla gehörte dazu.

Um sie kennenzulernen, fuhr Mansoor mit der Fähre einmal quer über den Victoriasee von Kampala nach Kisumu. Ihre Familie lebte in einem kleinen Zwei-Zimmer-Bungalow mitten im geschäftigen Zentrum der Stadt. Es war zu sehen, dass sie nicht viel Geld besaßen, aber er bewunderte, wie gepflegt das Haus war. Layla war sogar noch viel hübscher als auf den Fotos – mit ihrer atemberaubenden elfenbeinfarbenen Haut und den hohen Wangenknochen. Außerdem war sie, wie versprochen, eine hervorragende Köchin. Zum Mittagessen hatte sie Hähnchen-Kalyo gemacht, ein cremiges Safran-Curry, zu dem sie heiße Chapatis und Reis servierte. Er aß drei Portionen. Nach dem Essen durfte er mit ihr einen Strandspaziergang machen, allerdings nur in Begleitung eines Aufpassers, ihres Cousins Hanif.

Sie schlenderten die überfüllte Strandpromenade entlang, bis Layla vorschlug, sie sollten direkt am Wasser gehen. Bei jeder Welle hob sie den Saum ihres Kleids. Der kleine Hanif strolchte hinter ihnen her und warf Steine ins Wasser. Eine große Welle rollte an den Strand und zog Layla den Sand unter den Füßen weg. Sie stürzte.

»Vorsicht!« Mansoor half ihr auf die Beine, aber ihr Kleid war klatschnass und ihr Make-up ruiniert.

»Lass uns zurückgehen«, schlug Mansoor vor.

»Warum? Gib mir einfach dein Jackett.«

Er zog sein Jackett aus und legte es ihr um die Schultern.

Sie nahm einen Klappspiegel und ein paar Papiertücher aus ihrer muschelförmigen Handtasche. Dann öffnete sie den Spiegel und tupfte ihre Augen ab, um die verlaufene Wimperntusche zu entfernen. Sie zog den Lippenstift nach und richtete ihr Haar. All das direkt vor seinen Augen. Die meisten jungen Frauen (und er kannte so einige) hätten darauf bestanden, auf der Stelle nach Hause gebracht zu werden, anderenfalls hätten sie wahrscheinlich einen Wutanfall bekommen. Nicht so Layla. Sie passte sich klaglos den veränderten Umständen an, ohne jedes Theater. Daran erkennt man eine erwachsene Frau. Er hatte den Wunsch, sie zu küssen, seine Hände über die Rundungen ihres Körpers gleiten zu lassen. Aber er wusste, das war nicht möglich. Nicht bei einer Frau wie Layla. Da gab es Regeln zu befolgen, und an die würde er sich auch halten. Noch am selben Nachmittag hielt er bei ihrem Vater um ihre Hand an, und zu seiner großen Freude stimmte er zu. Drei Monate später, in ihrer Hochzeitsnacht, durfte er sie endlich berühren.

***

Ein Kribbeln durchläuft Mansoors Beine und Unterleib. Aber das Gefühl verschwindet so schnell, wie es gekommen ist. Es ist Jahre her, seit Layla das Bett mit ihm geteilt oder ihn sogar berührt hat. Seit irgendjemand ihn berührt hat. Er schiebt die CD in den CD-Spieler und drückt auf Play. Er legt den Gang ein und macht sich auf den langen Weg nach Hause.

Auf dem McKnight Boulevard erhascht Mansoor einen kurzen Blick auf die Minarette des Jamatkhana. Erst jetzt fällt ihm wieder ein, dass heute die Nacht der Bestimmung ist. Layla wird gar nicht zu Hause sein, so ein Mist. Sie wird die ganze Nacht in der Gebetshalle verbringen. Bei jeder Gelegenheit erzählt sie ihm, es sei ihre Pflicht – und die Pflicht eines jeden *Mu'min* –, dem Jamatkhana einen täglichen Besuch abzustatten – und ganz besonders in einer solch verheißungsvollen Nacht. Aber was ist mit ihrer Pflicht als seine Frau?

Er will nicht in ein leeres Haus zurückkehren, ganz besonders nicht heute. Er hätte im Laden bleiben sollen, wie er es oft tut, seine Liege ausklappen und Fernsehen gucken oder versuchen, den endlosen Papierkrieg zu gewinnen, bis er sicher weiß, dass Layla zu Hause ist. Nicht dass Mansoor gemeinsam mit ihr zu Abend essen würde – sie isst immer schon viel früher – oder dass er und Layla einander viel zu sagen hätten. Aber zumindest ist das Haus, wenn sie da ist, erfüllt von den alltäglichen Geräuschen des häuslichen Lebens – ein laufender Wasserhahn, klapperndes Geschirr, das

Pfeifen des Teekessels –, und diese Geräusche beruhigen ihn, ganz besonders am Ende eines langen Arbeitstages.

Er will nicht allein feiern. Aber wo kann er hingehen? »Du hättest mich ins Jamatkhana begleiten sollen«, hört er Layla sagen. »Dort würdest du zur Ruhe kommen.« Aber sorgen Gebete dafür, dass Essen auf dem Tisch steht? Bringen sie das Geschäft voran? Erleichtern sie einem das Leben? Nein, nein und nochmals nein. Es gab eine Zeit, da hatte er sich überwunden und war ins Jamatkhana gegangen – Layla zuliebe. Aber er hatte keinen Trost in der Gebetshalle gefunden, nur ein tiefes Gefühl der Einsamkeit zwischen all den Männern, die da in Reih und Glied im Schneidersitz auf dem Teppichboden saßen. Er fühlte keinerlei Verbindung zu ihnen. Sie führten ein simpleres Leben, stellte er sich vor. Sie hatten einen Gott, den sie preisen konnten, wenn die Dinge gut liefen, und dem sie die Schuld geben konnten, wenn sie es nicht taten. Nichts, was geschah, lag in ihren Händen, und ein solches Denken würde er niemals akzeptieren. Nicht dass er es jemals laut aussprechen würde. Natürlich nicht! Wer möchte schon gerne zum Ungläubigen erklärt werden? Bestimmte Dinge behielt man besser für sich, diesen weisen Ratschlag hatte ihm schon sein Vater gegeben. Ganz besonders, wenn es um Religion oder Politik ging. Sicher ist sicher.

Wäre das hier Uganda, hätte es jede Menge Orte gegeben, an denen er auftauchen und auch ohne vorherige Verabredung einen oder, noch wahrscheinlicher, mehrere Freunde treffen können. Er hätte in die City Bar gehen können, einem verrauchten Café in der Innenstadt von Kampala, um Karten zu spielen und einen Whisky zu trinken, oder, wenn ihm mehr danach gewesen wäre, ins lokale Gymkhana, um Badminton zu spielen und eine Runde zu schwimmen, gefolgt von einem Abendessen und ein paar Drinks im Hilton, sodass er manchmal erst nach Hause kam, wenn die Familie bereits fest schlief oder sogar bald schon wieder aufwachte. In jener Zeit war es einem Mann noch möglich, sich Erleichterung von dem Druck des Alltagslebens zu verschaffen, von Familie und den vielen Verpflichtungen. Männer waren noch Männer, sie konnten entspannen, trinken, rauchen und Karten spielen, ohne die Einmischung einer nörgelnden Frau. Mansoor hätte jedem dieser Männer seine guten Neuigkeiten verkünden können, und sie hätten mit ihm darauf angestoßen.

Jetzt sind seine engsten Freunde über die ganze Welt verstreut wie Teile eines Puzzles. Tariq lebte in England; Fateh in Schweden; Kamru in Mosambik; Mohammed in Texas. Männer, mit denen er sein Leben geteilt hatte – einfach verschwunden. Löcher in der Geschichte seines Lebens, wie ein Buch, aus dem Seiten herausgerissen worden waren. Manchmal telefoniert er mit Mohammed. Aber regelmäßige Gespräche sind zu teuer. Hin und wieder schreiben sie sich auch. Aber das ist nie sehr befriedigend. Man bekommt nur ein sehr grobes Bild. Es fehlt das direkte Gespräch, der persönliche Austausch über die Ereignisse des Tages. Stattdessen hinkt man dem Leben des anderen hinterher, erfährt nur, was bereits Monate zuvor geschehen ist. Da könnte man genauso gut ein Geschichtsbuch lesen. Aber vielleicht wird sich das durchs Internet ändern. Erst kürzlich hat Mansoor über etwas gelesen, das sich Suchmaschine nennt. Als hätte man mühelosen Zugriff auf sämtliches Wissen der Welt. Was für Möglichkeiten sich daraus ergaben! Vielleicht würde es ihm nun bald gelingen, seine Freunde wiederzufinden und sich regelmäßig mit ihnen auszutauschen. Er wünscht es sich sehr.

Auch mit seinen Schwestern hat er ewig nicht mehr gesprochen, allerdings aus anderen Gründen. Er hat ihnen nie besonders nahegestanden. Nicht nur weil sie Mädchen und sehr viel jünger waren als er, sondern auch weil er sie nie als seine richtigen Schwestern betrachtet hat. Ihre Gesellschaft war ihm gleichgültig. Vielleicht würde er anders empfinden, wenn sie in der Nähe lebten. Vielleicht hätte er dann mit seinen Schwägern die Kräfte gebündelt. Aber sie hatten sich in Birmingham niedergelassen. Das Vermögen, das sie aus Uganda herausgebracht hatten, erlaubte ihnen keine großen Sprünge, aber es hatte gereicht, um ein Geschäft zu eröffnen. Eine Videothek, die sich inzwischen zu einer der größten der Stadt entwickelt hatte.

Ein paar Blocks von zu Hause entfernt bemerkt Mansoor ein grünes Schild mit einem blinkenden Bierkrug. Harry's Sports Bar. Es ist kein Lokal, das er normalerweise aufsuchen würde – nicht dass er generell oft ausginge. Aber er wäre jetzt lieber in Canyon Creek, in der Nähe seines Ladens, oder in irgendeinem anderen Geschäftsviertel, bloß nicht hier. Hier kann man keinen verdammten Block weit gehen, ohne einen Sari oder einen Turban zu sehen. Aber er ist zu müde, um den ganzen Weg zurück nach Canyon Creek zu fahren. Nicht zu dieser Uhrzeit. Er fährt auf den Parkplatz der Sports Bar, nimmt seinen Wintermantel und seine Aktentasche und begibt sich hinaus in die Kälte.

KAPITEL 19

Ashif legt seine Aktentasche auf den Empfangstresen vor der Intensivstation und fragt nach dem Zimmer seines Vaters. Eine Krankenschwester mit einer schwarzen Cat-Eye-Brille weist ihm den Weg zum Familienraum. »Einfach den Flur entlang, mein Lieber«, sagt sie und zeigt mit ihrem Stift den Gang herunter. »Sie werden schon erwartet.«

Ashif steht im Eingang des hell erleuchteten Familienraums und sucht die Menge nach seiner Mutter ab. Er hat erwartet, dass sie allein sein würde, aber dieser und der angrenzende Raum sind voller Gemeindemitglieder, die mit ihren Gebetsketten in der Hand synchron vor und zurück schaukeln. *Ya Rahim, Ya Rahim. Der Mitfühlendste, der Barmherzigste.*

»Er ist da!«, ruft die Frau, die ihn zuerst entdeckt.

Augen öffnen sich, Gesichter wenden sich ihm zu. Einige seufzen vor Erleichterung auf. »Gott sei Dank.«

»Dort ist sie, mein Junge.« Ein Mann zeigt auf Layla, die von Frauen umringt wird, unter denen er Arzeen erkennt. Sie hat sich kein bisschen verändert. Sie sieht immer noch fantastisch aus, das Haar glatt und karamellblond gefärbt.

Ashif lächelt und winkt. Die Menge teilt sich für ihn. Als er seine Mutter erreicht, stellt er seine Aktentasche und seinen Reisekoffer ab und umarmt sie.

Layla reicht Arzeen ihre Handtasche. Sie greift nach Ashifs Armen und zieht sich daran hoch. Sie riecht nach Rosenwasser.

»Du musst nicht mehr weinen.« Er schließt seine Mutter in die Arme. »Jetzt bin ich ja da.«

Aber sie hört nicht auf zu weinen. Sie drückt ihn an sich. »Wir dürfen nicht aufhören zu beten«, murmelt sie an seiner Brust. »Das befreit ihn.«

»Aber natürlich werden wir weiter für ihn beten.« Er löst sich sanft von ihr. Ihre Augen sind rot und geschwollen, sie muss schon seit Stunden geweint haben. »Aber jetzt lass uns erst mal zu ihm gehen.«

»Das geht nicht«, sagt Layla, ihre Worte sind kaum zu verstehen. »Er ist nicht mehr unter uns.«

»Wo ist er denn?«, fragt Ashif. »In einem anderen Krankenhaus?«

Es ist Arzeen, die Ashif schließlich in den Ruheraum führt und es ihm sagt.

Sein Vater ist heute Morgen gestorben. Er war bereits bei der Ankunft tot.

»Was soll das heißen, er war bereits bei der Ankunft tot?« Er versteht die Worte, aber sein Verstand sperrt sich gegen ihre Bedeutung, wie ein Schutzschild.

»Wir kennen den genauen Todeszeitpunkt nicht, aber wir wissen inzwischen, dass er bereits tot war, als die Sanitäter bei ihm eingetroffen sind.«

»Das ergibt keinen Sinn!« Er schreit fast. »Heute Morgen hat er doch noch gelebt.« Er ist sich sicher, dass Arzeen von einem anderen Patienten spricht. Sie muss etwas durcheinandergebracht haben.

»Dein Vater wurde künstlich am Leben erhalten, Ash. Also ja, wenn man so will, war er in gewisser Weise noch am Leben. Aber neurologisch gesehen war er bereits tot.« Sie drückt seine Hand.

»Was willst du damit sagen? Mein Vater war gleichzeitig tot und lebendig?« Er zieht seine Hand weg.

»Ich will damit sagen, dass es bei einem so kalten Körper einfach keine Möglichkeit gibt, es eindeutig zu beurteilen. Man muss erst wieder die Temperatur erhöhen, bevor man sagen kann, wie es in ihm drin aussieht. Das ist ein ganz normales Vorgehen. Und manchmal müssen wir den Patienten dann wiederbeleben, wenn es keine Lebenszeichen mehr gibt. Und das haben wir bei deinem Vater getan.«

Er stellt sich seinen Vater im Krankenhausbett vor, wie ein Stück gefrorenes Fleisch, das in der Mikrowelle aufgewärmt wird. Er ringt nach Atem. Der Ruheraum zieht sich um ihn herum zusammen. Sein Stuhl fällt nach hinten, als er sich panisch aufrichtet. Er bekommt keine Luft mehr.

Er stößt die Tür auf und stürzt hinaus auf den Flur. Der antiseptische Krankenhausgeruch sticht ihm in die Nase, während er auf ein »Ausgang«-Schild zuläuft. Auf halbem Weg geben seine Beine nach. Ashif sinkt auf die Knie.

***

Als er sich beruhigt hat, führt Arzeen ihn zurück in den Familienraum, und Layla ruft ihn zu sich. Sie sitzt noch genauso da wie vorhin: die Handflächen auf den Knien, eine zusammengerollte Gebetskette auf dem Schoß.

Er kommt kaum zu ihr durch, so überfüllt ist der Raum inzwischen. Minütlich treffen weitere Gemeindemitglieder ein. Die Gemeindeältesten beten immer noch, einige still, andere laut, aber alle schaukeln synchron vor und zurück und tasten sich dabei an den Perlen ihrer *tasbih* voran. Ein Gebet, um die Seele seines Vaters in die Freiheit zu geleiten. Der Geruch von Sandelholz-Räucherstäbchen kitzelt ihn in der Nase.

»Ich möchte Papa sehen«, sagt Ashif, als er Layla erreicht.

»Sie müssen Ashif sein«, sagt eine Stimme hinter ihm.

Er dreht sich um. Vor ihm steht ein Mann seines Alters in einem glänzenden grauen Anzug mit einem blassgelben Hemd ohne Krawatte.

»*Ya Ali Madad.*« Er streckt Ashif seine Hand entgegen. »Ich bin Naushad Jivraj, Vorsitzender des Mayat- und Ghusal-Komitees. Und dies hier ...«, er klopft dem Mann neben ihm auf die Schulter, einem älteren Herrn, an dessen Krawatte ein Sticker mit der kanadischen und einer mit der ismailitischen Flagge steckt, »ist Shamshu Bhai, der Vizevorsitzende.«

Auch Shamshu Bhai schüttelt Ashif die Hand. »Setzen Sie sich, mein Sohn. Wir sind hier, um die notwendigen Vereinbarungen für die rituelle Reinigung und die Beerdigung zu treffen.«

»Zuerst möchte ich meinen Vater sehen«, sagt Ashif.

»Sein Leichnam wurde bereits ins Beerdigungsinstitut überführt«, sagt Naushad.

»Es musste schnell gehen«, fügt Shamshu Bhai hinzu. »Die Beerdigung muss innerhalb von achtundvierzig Stunden nach seinem Tod erfolgen.«

»Dann würde ich jetzt gern ins Beerdigungsinstitut fahren.« Ashif hat das Gefühl, als würde alles viel zu schnell gehen. Und gleichzeitig viel zu langsam. Als würde ein Tornado in Zeitlupe um ihn herumwirbeln.

»Das ist unmöglich, mein Sohn«, sagt Shamshu Bhai. »Es ist eine persönliche Angelegenheit zwischen Allah und der verstorbenen Seele.«

»Eine persönliche Angelegenheit!«, sagt Ashif lauter als beabsichtigt. »Aber ich bin sein Sohn.«

»Sie sind vom Ghusal-Komitee, Sohn«, sagt Layla und drückt ihre Handtasche an sich. »Bitte, wir müssen sie mit Respekt behandeln.«

»Ash«, sagt Arzeen und hält ihm einen Pappbecher hin. »Trink einen Schluck Wasser.«

»Bitte lassen Sie es mich erklären«, fährt Naushad fort und berührt Ashif sanft am Ellenbogen. Gemäß unserer *tariqa* hat der Körper keinerlei Bedeutung. Sobald die Seele ihn verlassen hat, ist er nur noch ein leeres Gefäß ohne jeden Wert.«

Der Pappbecher zittert in Ashifs Händen.

»Kommen Sie mit und setzen Sie sich«, sagt Shamshu Bhai und führt ihn behutsam zu einem Stuhl.

Ashif setzt sich hin. Wieder steigt ihm der antiseptische Geruch in die Nase und dreht ihm fast den Magen um. Vor seinem geistigen Auge erscheint ein Bild aus dem Biologieunterricht an der Highschool: Regalreihen voller Gläser mit Fröschen. In Formaldehyd schwebende Körper. Sein Vater, weder tot noch lebendig. Die ganze Zeit über – während Ashif letzte Nacht schlief, während er heute Morgen joggen war, während seiner Meetings – war sein Vater bereits tot. Warum hat er es nicht eher erfahren? Er hätte es früher wissen müssen.

»Ihr Vater wird nicht allein sein«, sagt Shamshu Bhai und schüttelt den Kopf. »Wir werden bei ihm sein. Wir sind die Wächter seines Körpers.«

Er weiß, dass das Ghusal-Komitee hier ist, um ihnen zu helfen, aber sie kommen ihm vor wie Geier, die über der Leiche seines Vaters kreisen. »Darf ich Sie wenigstens begleiten?, fragt er, und seine Stimme bricht.

»Nein, mein Sohn. Es tut mir leid, aber das geht nicht«, antwortet Shamshu Bhai.

»Es ist unsere Aufgabe, ihn auf seine Heimreise in die Hände Allahs vorzubereiten«, sagt Naushad. »Und das ist eine sehr persönliche und heilige Zeremonie.« Dann erklärt er, dass sein Körper im Beerdigungsinstitut gemäß der ismailitischen Riten und Rituale gewaschen wird. Danach wird der Körper wie bei einer Taufe mit heiligem Wasser bespritzt und anschließend in ein einfaches weißes Tuch gehüllt, damit er in demselben Zustand, in dem er auf die Welt gekommen ist, zu dem Allmächtigen zurückkehren kann. Staub zu Staub.

»Ich möchte ihn einfach nur sehen«, sagt Ashif verzweifelt. Er öffnet und schließt seine Hand, als würde er versuchen, Licht zu fangen. »Ein letztes Mal. Bitte.«

»Sie werden die Möglichkeit haben, ihn zu sehen, das verspreche ich Ihnen. Zweimal sogar«, versucht Shamshu Bhai ihn zu beruhigen.

»Es wird einen privaten *Chanto* mit heiligem Wasser geben. Einmal vor der Beerdigung und dann noch einmal zu *chele anjali*, der Aufbahrung während der Totenfeier.« Er erklärt, dass der private *Chanto* von Mukhi Sahib angeleitet wird und nur für die engste Familie bestimmt ist. Jedes Familienmitglied kann, wenn es möchte, den *Chanto* durchführen. Dabei kniet es am Sarg und bittet Allah im Namen des Verstorbenen um Verzeihung. Dann besprüht Mukhi Sahib das Gesicht des Familienmitglieds als stellvertretendem Büßer mit heiligem Wasser. Nach der privaten Zeremonie ist die Trauerfeier für die Öffentlichkeit zugänglich, bevor der Leichnam schließlich auf den ismailitischen Friedhof gebracht wird.

Ashif fühlt sich wie betäubt. Er wird seinen Vater kaum wiedererkennen, wenn sein Körper von einem weißen Tuch umhüllt ist wie von einem Kokon. Er wird gerade mal einen kleinen Teil seines Gesichts sehen können. Sonst nichts. Er schaut hinauf zu den runden Leuchtstoffröhren an der Decke und versucht sich daran zu erinnern, wie sein Vater aussieht. Aber er hat keine Bilder vor Augen, als hätte das Licht seinen Vater aus seinem Gedächtnis gelöscht. Als hätte er nie existiert.

Schließlich steht Ashif auf, seine Beine fühlen sich immer noch zittrig an. Die Krankenhauswände ziehen sich um ihn zusammen. Sein Atem geht schneller, sein Herz rast. Er muss hier raus. Er bekommt keine Luft mehr.

»Ich muss weg, Mama«, sagt er zu Layla.

»Wohin denn?«, fragt Layla überrascht. Sie umklammert ihre Knie.

Die Ältesten schaukeln weiter im Gleichklang vor und zurück, still ins Gebet vertieft.

»Ich weiß nicht, ich brauche einfach ein bisschen frische Luft«, sagt Ashif. Es fällt ihm schwer, es zu erklären.

»Mach den Ventilator an«, sagt eine alte Frau zu ihrem Mann und zeigt an die Decke. »Der Junge braucht Luft.«

»Nein, ist schon gut, *uncle*«, hält Ashif ihn auf. »Ich muss nur mal kurz nach draußen.«

»Vielleicht geht das auch später?« Der Mann schaltet den Ventilator ein. »Jetzt ist die Zeit für Gebete.«

Die Ältesten nicken einhellig.

»Geh nicht, *dhikro*«, fleht eine Älteste und tupft sich die Augen mit einem zum Viereck gefalteten Taschentuch ab. »Deine Mutter braucht dich jetzt. Es ist ihre dunkelste Stunde.«

»Das Paradies liegt deiner Mutter zu Füßen«, fügt jemand hinzu.

»Unsere Gebete helfen der Seele deines Vaters, in den Himmel zu gelangen, wie ein spiritueller Aufwind.«

»Hinein ins *fana fillah.* ›Wir gehören zu Gott, und zu ihm kehren wir zurück.‹ Es ist sein Geburtsrecht als Muslim. Er taucht ein in den Allmächtigen. Wird eins mit Allah.«

»Bleib und bete mit uns. Es ist deine Pflicht.«

Ashif sieht von einem Gesicht zum anderen, bis sie alle miteinander verschwimmen. Der Raum beginnt sich zu drehen, erst langsam, dann schneller und schneller, bis sein Blick nichts mehr halten kann. Seine Beine zittern wie verrückt, er muss sich hinsetzen.

»Wir dürfen die Sache nicht länger hinauszögern«, fährt ein Ältester fort und richtet sich seinen Filzhut. »Wir haben für seine Genesung gebetet, *kumbey,* dabei war der Mann bereits verstorben. Jetzt dürfen wir keine Zeit mehr verlieren.«

»Genau, wir müssen ihn auf den richtigen Weg führen, den *Sirat al-Mustaqim.* Allah wartet schon.«

Layla schießt aus ihrem Sitz hoch. Sie ist außer sich vor Wut. Kraftvoll. Eine Tigerin, die ein Raubtier angreift, das ihren Nachwuchs bedroht. »Dann lasst ihn warten!«, ruft sie. »Was fällt euch ein, meinem Sohn zu sagen, was er zu tun oder zu lassen hat?«

Ashif sieht auf. Die Ältesten starren Layla ungläubig an. Eine stößt ihre Nachbarin mit dem Ellenbogen an. Andere flüstern miteinander. Jemand ruft: »Pisha Mawla! Wie respektlos.« Ein Mann verlässt kopfschüttelnd den Raum. Zwei Frauen klatschen in die Hände.

»Er ist mein Sohn, und er kann tun, was immer er will.« Sie geht zur Tür. »Komm, mein Junge«, sagt sie, und Ashif folgt ihr.

Auf dem Flur streckt Layla die Arme aus und nimmt Ashifs Gesicht in ihre Hände. »Geh, mein Sohn. Tu, was immer du tun musst.«

»Bist du sicher, Mama?«

»Ja, bin ich.«

»Aber kommst du denn allein zurecht?«

»Aber natürlich komme ich zurecht. Und ich bin nicht allein. Wo sollen die schon hingehen«, sie zeigt mit dem Daumen über ihre Schulter, »mit ihren kaputten Beinen.«

Ashif lacht. Layla ebenfalls. Sie küssen sich zum Abschied auf die Wange.

»Ich komme zurück, Mama.«

»Ich weiß, *bheta*«, sagt sie und gibt ihrem Sohn einen letzten Kuss.

Ashif geht zügig zum Ausgang, die Absätze seiner Schuhe klappern auf dem Parkett.

»Hey, Ash«, ruft eine Stimmte hinter ihm.

Ashif dreht sich um und sieht, dass Arzeen ihm durch den langen Krankenhausflur folgt. Er bleibt stehen und geht ihr dann entgegen.

»Ich wollte die hier nicht deiner Mutter geben.« Sie reicht ihm einen Stapel Papiere. »Der Polizeibericht über den Autounfall deines Vaters. Und die Formulare zur Freigabe des Autos.«

»Okay, danke.« Er wirft einen Blick darauf. Oben auf der ersten Seite das Wappen der Königin über den Worten »R. H. Queen Regina«. Darunter ein quer über die Seite gedruckter Stempel mit dem Schriftzug »Untersuchung abgeschlossen«.

»Und das hier ...« Arzeen zieht einen Umschlag aus der Brusttasche ihres Kittels. »Shafina spricht ihr Beileid aus.«

»Sie ist hier?« Er sieht sich um, sein Herz schlägt schneller.

»Nein, sie hat eine E-Mail aus New York geschickt.« Arzeen hält ihm den Umschlag hin. »Ich habe sie dir ausgedruckt.«

»New York?«, fragt er und nimmt den Umschlag.

»Na ja, eigentlich wohnt sie in Kairo. Sie ist Fotojournalistin für eine neu gegründete Nachrichtenorganisation. Aljazohra oder so. Ich kann's mir nie richtig merken.«

Ashif sieht Shafina vor sich, wie sie in ihrem Annie-Lennox-T-Shirt, kurzen Rock und Armeestiefeln mit einer Gruppe von Frauen in Hijabs die Wüste durchquert, eine riesengroße Kamera vor der Brust. Er lacht laut auf.

»Was ist denn so lustig?«

»Ach, nichts«, sagt er. »Ich find's einfach beeindruckend. Aber Shafina war schon immer sehr beeindruckend.

Arzeen legt die Stirn in Falten, als fände sie seine Reaktion verwirrend. »Wir machen uns ständig Sorgen um sie, aber wenn wir was sagen, zitiert sie Leute wir Prince, als wären es Fermane des Imam. *Starke Geister brechen Regeln.* Das Mädchen ist wirklich verrückt, das kann ich dir sagen.«

Ihm fällt wieder ein, was Shafina einmal gesagt hat: »Wir alle finden unseren eigenen Weg zum Göttlichen. Meine Religion sind nun mal Musik und Lyrik.«

»Sie ist gerade in New York und berichtet vom Prozess über den Bombenanschlag aufs World Trade Center. Sie hat ein Talent dafür, sich immer wieder in brenzlige Situationen zu bringen«, sagt Arzeen.

Ashif stellt sich Shafina mit einer dicken Rumi-Ausgabe in der Hand vor, bereit, jeden Mann niederzuschlagen, der es wagen würde, sie zu berühren.

»Aber Mom und Dad und wir alle haben die Hoffnung, dass sie sich irgendwann die Hörner abgestoßen hat und nach Hause zurückkehrt. Sich hier niederlässt und ein ganz normales Leben beginnt. Ich meine, man kann ja nicht ewig ein Nomadenleben führen, oder? Irgendwann muss sie doch erwachsen werden.« Arzeen schüttelt abfällig den Kopf. »Ich habe keine Ahnung, was zwischen euch vorgefallen ist, Ash, aber ich mache dir keinen Vorwurf. Niemand tut das. Wir wissen genau, wie schwierig sie ist.« Arzeen hält inne und nimmt seine Hand in ihre.

»Entschuldige, Ash. Du hast ganz andere Probleme, und ich komme dir mit so unwichtigem Zeug.«

»Nein, ist schon okay. Ich freue mich wirklich sehr, von Shafina zu hören. Aber ich muss jetzt leider los.«

»Aber natürlich.« Sie stellt sich auf die Zehenspitze und küsst ihn zum Abschied auf die Wange. »Bitte ruf mich oder Al-Karim an, wenn du was brauchst, ja?«

»Mach ich. Und vielen Dank hierfür.« Er hält den Umschlag hoch und steckt ihn sich dann in die Jackentasche.

Die Kälte trifft ihn wie ein Schlag, als er aus der Drehtür des Krankenhauses tritt. Er macht sich nicht die Mühe, seine Winterjacke zuzuknöpfen oder Handschuhe anzuziehen. Er ist erleichtert, aus dem Krankenhaus raus zu sein. Es ist noch nicht mal Mittag, aber es kommt ihm vor, als läge bereits ein langer Tag hinter ihm. Er atmet tief durch und geht über die Straße zum leeren Taxistand. Er stellt seine Aktentasche ab und sieht sich den Polizeibericht an. Auf der zweiten Seite des Berichts ist eine Karte mit einem X für die Stelle, an dem sich das Auto befand und einem weiteren X für den Ort, an dem sein Vater gefunden wurde. Auf der dritten Seite: eine Freigabeerklärung mit der Adresse der Versicherungsgesellschaft und die Geschäftskarte eines Autoverwahrhofes.

Ein Taxi, das mit seinem Schneehügel auf dem Dach wie ein Iglo aussieht, fährt an den Stand. Ashif steigt ein.

Der Fahrer kippt den Rückspiegel und sieht Ashif fragend an. »Wohin?«

KAPITEL 20

Als Mansoor zu sich kommt, liegt er mit dem Kopf auf dem Lenkrad. Sein Körper ist zusammengesackt und steif, als hätte er eine lange Zeit bewegungslos dagelegen. Er hebt langsam den Kopf und tastet seine Stirn ab. Er erwartet Blut, aber da ist keins. Eine CD surrt im Player, Dollys Stimme wiederholt endlos dieselbe Zeile aus »Islands in the Storm«. Mondlicht bricht in der vereisten Windschutzscheibe und taucht das Auto in ein schwaches Licht.

Mansoor betätigt die Scheibenwischer. Widerstrebend ruckeln sie über den Frost. Er beugt sich vor und späht hinaus, aber er kann nichts erkennen. Er versucht, die Fahrertür zu öffnen, aber sie klemmt. Er lehnt sich mit der Schulter dagegen. Immer noch nichts. Er erhebt sich von seinem Sitz, um auf die Beifahrerseite zu klettern. Ein stechender Schmerz läuft der Länge nach durch sein Bein. Mansoor stöhnt leise, gibt aber nicht auf. Er stützt sich mit einem Arm auf dem Lenkrad ab und wuchtet sich auf den Beifahrersitz. Als er die Beifahrertür öffnet, ertönt ein gleichmäßiges Piepen.

Er stolpert hinaus, seine Füße versinken im Schnee. Er steht mitten in einem Graben. Der gelbe Kegel des Scheinwerferlichts zerschneidet die Dunkelheit wie die Lampe eines Tauchers die Tiefsee. Der Motor läuft noch und schnurrt leise wie ein schlafendes Tier. Mansoor zieht den Reißverschluss seiner Winterjacke zu und inspiziert den Impala. Eine Masse aus zerfetztem Stahl und Schnee. Ein Unfall! Er hat einen Unfall gehabt! Mit Elefanten? Er war auf dem Weg nach Kisumu, zu seinem Treffen mit Layla. Bei Nairobi, in der Nähe des Great Rift Valley, bog er um eine enge Kurve und wäre fast in eine Elefantenherde mit einem neugeborenen Kalb gerast. Er saß zwar in einem Range Rover, aber der wäre kein Schutz vor einer wütenden Elefantenmutter gewesen. Er riss das Steuer herum und lenkte den Wagen in einen Graben. Die Herde zog vorbei, aber er steckte fest, die Reifen knietief im Schlamm. Acht Massai waren nötig, um den Rover daraus zu befreien und zurück auf die Straße zu ziehen. In derselben Woche war Neil Armstrong auf dem Mond gelandet. Als er Laylas Familie von seinem Erlebnis erzählte, scherzte er, dass er ebenfalls eine Landung hingelegt hätte – allerdings im Schlamm. Alle hatten gelacht und in die Hände geklatscht.

Diesmal war es kein Schlamm. Sondern Schnee. In Kanada hatte er noch nie einen Unfall gehabt. Schon mal einen Blechschaden, das ja. Ein paar Kratzer hier und da. Nichts Ernstes; nichts, das er hatte melden müssen. Solche Dinge kommen vor. Vor allem wenn man neu im Land ist und sich erst einmal an den Rechtsverkehr und die vereisten Straßen gewöhnen musste. Aber nie ein Unfall! Er war immer äußerst vorsichtig gewesen. Einmal hatte ihn ein Polizist wegen Trunkenheit am Steuer angehalten, weil er in Schlangenlinien über den Memorial Drive gefahren war. Nach einem Abendessen mit einem auf Kleinunternehmen spezialisierten Makler. Der Beamte hatte ihn ermahnt und dann gehen lassen. Seine Großzügigkeit hatte Mansoor veranlasst, seine Gewohnheiten zu überdenken. In Kampala war es ganz normal gewesen, dass die Männer nach einem Abend in der City Bar, dem Casino oder dem Golfclub betrunken nach Hause fuhren. Er war sehr dankbar für die Freundlichkeit dieses Beamten; in Uganda hätte er ihm ein paar Scheinchen zustecken müssen. Dieser Vorfall vertiefte seine Loyalität gegenüber Kanada nur noch umso mehr. Gleichheit und Gerechtigkeit in allen Dingen.

Mansoor hört ein schwaches Brummen. Ein sich näherndes Auto? Er klettert die Böschung hinauf, sein Körper leistet nur widerwillig Folge. Oben angekommen steht er am Straßenrand und schaut die endlose, gerade Straße hinunter, die auf beiden Seiten von dunklen Feldern umgeben ist. Die Straße ist leer. Er geht in die Hocke, um sich einen besseren Eindruck vom Boden zu verschaffen. Mansoor fühlt einen stechenden Schmerz in seiner rechten Schläfe, doch er verschwindet so schnell, wie er gekommen ist. Er berührt mit seinen Fingerspitzen den Asphalt so wie damals bei der Ankunft in Kanada das Rollfeld des Internationalen Flughafens von Montreal-Dorval – eine Geste der Dankbarkeit und Erleichterung. Die Straße ist mit einem feinen Schnee bedeckt, aber ansonsten scheint sie in Ordnung zu sein. Kein Glatteis. Keine Schneeverwehungen.

Er muss Hilfe rufen. Er rutscht die Böschung hinab zurück in den Graben und holt sein Handy aus dem Auto. Er wählt 9-1-1. Das Wort »Verbindungsaufbau« hört nicht auf zu blinken. Er reckt sein Telefon gen Himmel wie eine Opfergabe, in der Hoffnung, eine Verbindung herzustellen. Nichts. Er klettert die Böschung hinauf und versucht es erneut. Immer noch kein Netz.

Mansoor läuft auf der Straße einen Kreis, das Telefon weiter in die Höhe gereckt. In der Ferne erhellt ein orangefarbener Schimmer den Nachthimmel. Die Stadt! Er kann nicht allzu weit weg von zu Hause sein. Er überlegt, welche Optionen er hat. Er kann hierbleiben und auf ein vorbeifahrendes Auto warten. Auf seinem Handy sieht er nach, wie spät es ist. Fast Mitternacht. Wer fährt schon nachts diese abgelegene Landstraße entlang? Da würde er wahrscheinlich bis morgen früh warten müssen. Oder er kann sich zu Fuß auf den Weg zur Hauptstraße machen, wo die Wahrscheinlichkeit, Hilfe zu bekommen, höher ist. Mehr Verkehr. Vielleicht eine Tankstelle oder ein Geschäft. Wer weiß, vielleicht kann er sogar zu Fuß bis ganz nach Hause laufen. Es können höchstens ein paar Kilometer sein, wenn er sich nicht irrt. Und die Nacht ist nicht außergewöhnlich kalt.

Wieder hangelt er sich die Böschung hinab, um seine Sachen aus dem Auto zu holen. Als er die Beifahrertür öffnet, ergießt sich Dollys Stimme aus dem Auto und fließt über die Felder in die Dunkelheit. Er lehnt sich tief ins Auto hinein, sein schmerzendes Bein wie ein Holzbrett von sich gestreckt, und versucht, den Motor auszuschalten. Aber der Schlüssel hat sich verkeilt. Er schaltet die Warnblinkanlage ein. Nur für den Fall, dass jemand vorbeifährt.

Er geht zum Heck des Impala, lässt den Kofferraumdeckel aufspringen, beugt sich vor und holt einen Koffer mit der Aufschrift »Notfallausrüstung« hinter den Sandsäcken hervor. Mansoor hat den Notfallkoffer aus einer alten, kastenförmigen Aktentasche angefertigt, die er in all den Jahren benutzt hat, als er noch für Patterson arbeitete und auf der Suche nach der passenden Geschäftsgelegenheit kreuz und quer durch die Provinz gefahren ist.

Er leert den Inhalt aus: Überbrückungskabel, eine Taschenlampe, die er an- und ausknipst, um sicherzugehen, dass sie noch funktioniert, ein zwei Meter langes wasserfestes Seil, Leuchtraketen, ein Erste-Hilfe-Set und ein zusammengefaltetes SOS-Banner, das hinter die Frontscheibe gelegt oder auf dem Dach des Autos befestigt werden kann. Kurz überlegt er, das Banner auszulegen. Aber dann lacht er. Als ob es jemand sehen könnte. Es ist viel zu dunkel. Außerdem ist das hier gar kein richtiger Notfall, es stirbt ja niemand.

Er nimmt das Erste-Hilfe-Set aus dem Notfallkoffer und sieht hinein: Pflaster, Verbandszeug, Wasserstoffperoxid, eine Schere und ein kleines Plastikfläschchen mit einem roten Hahn darauf. Seine Wake-Ups-Koffeintabletten. Er verwahrt immer ein Fläschchen davon in diesem Koffer für den Fall, dass die Tabletten in seiner Aktentasche zur Neige gehen. Erst jetzt kommt ihm in den Sinn, dass er vielleicht am Steuer eingeschlafen sein könnte. Ist er deswegen im Graben gelandet? Aber er verdrängt den Gedanken sofort. Das ist unmöglich! Er hat nach dem Abendessen in Harry's Sports Bar sogar noch einen Kaffee getrunken. Oder war es ein Whisky? Er hält inne. Er ist sich nicht sicher. Aber es spielt auch keine Rolle! Er war hellwach, als er losgefahren ist, so viel steht fest.

Mansoor dreht seinem zerstörten Auto den Rücken zu und lässt seinen Blick über die Landschaft schweifen. Die dunklen Felder erstrecken sich bis zum Horizont und verschwimmen mit dem Nachthimmel. Ein vollkommener Kreislauf. Ein Stacheldrahtzaun trennt den Graben von den Feldern. Dies hier war einer der Gründe, warum er sich zu Alberta hingezogen gefühlt hat: die schiere Unermesslichkeit des Landes, das Gefühl, dass hier alles möglich war.

***

In Montreal hatte man Mansoor gebeten, die Provinz auszuwählen, in der er mit seiner Familie leben wollte. Zuerst studierte er sorgfältig die riesige Landkarte von Kanada, die in der Einwanderungsbehörde an der Wand hing. Ein gewaltiges Land, breiter als seine ausgestreckten Arme. Um die wichtigsten Fakten zu behalten, dachte er sich einprägsame Akronyme wie BAS MOQ aus, das sich mit »Mir reicht's« übersetzen ließ. Jeder Buchstabe stand für eine der großen Provinzen, von West nach Ost: British Columbia, Alberta, Saskatchewan, Manitoba, Ontario und Quebec. Nachdem er sich die Grundlagen der kanadischen Geografie angeeignet hatte, machte er sich mit der Bibliothek in der Einwanderungsbehörde vertraut. Der Bestand umfasste einige belletristische Werke, aber er war vor allem daran interessiert, das reale Kanada zu verstehen, deshalb beschäftigte er sich intensiv mit der Sachbuchabteilung – vor allem mit Geschichtsbüchern und Reiseliteratur – und erstellte eine Liste mit den jeweiligen Vorteilen einer jeden größeren Stadt. Als Erstes sortierte er Montreal aus. Mit ihren Kopfsteinpflasterstraßen, den alten Gebäuden und dem sturen Beharren auf Traditionen erinnerte ihn die Stadt zu sehr an Wien. Er hatte kein Interesse daran, sich an die Vergangenheit zu klammern. Und wer wollte schon Teil einer so abgeschotteten, wenig einladenden Gesellschaft sein? Einer Gesellschaft, die auf einer Sprache bestand und darauf, die Dinge auf eine ganz bestimmte Art und Weise zu erledigen? Er jedenfalls nicht. Nicht nach Uganda. Auch Toronto mit seinem Gewirr aus engen, verschachtelten Gassen, die die Namen von historischen Schlachten, Adeligen und Kriegshelden trugen, schien ihm zu sehr in alten Zeiten zu versinken. Roncesvalles, Queen, King, Bathurst. Toronto hing an der britischen Krone wie ein Kind am Rockzipfel seiner Mutter. Es war erdrückend – der ganze Ballast der Geschichte, der einen auf Schritt und Tritt belauerte. Auch Vancouver und die Seeprovinzen schloss er aus. Vancouver mit dem Meer zu Füßen seiner Berge und St. John's mit seinem zerklüfteten Naturhafen. Zu viel Schönheit kann einen Menschen in einem trügerischen Gefühl von Zufriedenheit wiegen. Der Nährboden für Faulheit. In Küstenstädten arbeitet niemand hart. Alle denken die ganze Zeit, dass sie im Urlaub sind. Es war das geschäftstüchtige Alberta und ganz besonders Calgary, das ihn sofort ansprach. Eine in klare Quadrate unterteilte Stadt, mit eindeutig und nachvollziehbar durchnummerierten Straßen und Avenues. Wenn eine Straße einen Namen erhielt, dann mit Bezug auf die Nachbarschaft und nicht als Verbeugung vor einem Relikt aus längst vergangenen Zeiten. In Pineridge etwa begannen alle Straßen mit dem Buchstaben P. Eine sinnvolle Sache, so sollte jede Stadt gestaltet sein. Auch die Landschaft Albertas gefiel ihm. Klare Linien, gerade Wege, ordentlich geschnittene Äcker, perfekt geformte Heuballen. Selbst die Farben waren klar und eindeutig: goldene Ähren, blauer Himmel, smaragdgrüne Seen. Vor allem aber fühlte er eine tiefe Verbundenheit mit Albertas Geschichte – mit den Siedlern, die es dank unermüdlicher Arbeit und trotz härtester Winter geschafft hatten, die Prärie in fruchtbares Land zu verwandeln, und das ohne viele Gerätschaften und Ressourcen. Sie waren stark. Widerstandsfähig. Selbstgenügsam. Genau wie er. Genau wie sein Vater. Der wilde, wilde Westen. Ein unbeschriebenes Blatt, dem er seinen eigenen Stempel aufdrücken konnte.

»Warum Alberta?«, fragte Lyle, der Volontär in der Einwanderungsbehörde, als er ihm seine Entscheidung mitteilte.

»Mein Vater war ein Cowboy, wissen Sie. Und ich bin es auch.«

Lyle lachte. »Aber klar, Mann. Und ich dachte schon, Sie wären Inder.«

»Aber nein!«

»Ich sehe schon, Sie passen da gut rein, Mann«, sagte Lyle und schob seine gelb getönte Brille nach hinten. Er kritzelte etwas auf die Einwanderungspapiere und drückte sie ihm in die Hand. »Herzlichen Glückwunsch, Mansoor. Willkommen in Kanada.«

***

In der Ferne sieht er die schwachen Umrisse eines Gebäudes, das Dach reflektiert das Mondlicht. Er kann es nicht richtig erkennen. Ein Haus, oder vielleicht eine Scheune? Selbst wenn es eine Scheune ist – das Farmhaus dürfte ganz in der Nähe sein. Vielleicht sollte er lieber dorthin gehen und den Farmer fragen, ob er sein Telefon benutzen darf? Es ist näher als der Highway. Außerdem weiß er gar nicht, in welche Richtung er der Straße folgen sollte. Er lässt seinen Blick über die dunklen Felder gleiten – es muss eine Straße geben, die zum Haus führt, aber es dürfte schwierig sein, sie zu finden. Den direkten Weg über die Felder zu nehmen ist das Vernünftigste, was er tun kann.

Mansoor tritt mit einem Bein durch den Stacheldrahtzaun und prüft die Tiefe des Schnees, wie ein Schwimmer die Wassertemperatur vor dem Eintauchen. Er versinkt bis über den Knöchel darin. Mit seinen Galoschen wird er da nicht weit kommen.

Er geht zurück zum Auto und nimmt ein Paar Mukluks aus dem Kofferraum, die er dort für eine solche Gelegenheit aufbewahrt. Er hat die Winterstiefel – und jeweils auch ein Paar für Ashif und Layla – für ihren ersten Winter in Kanada gekauft. Sie waren teuer, aber er wollte, dass seine Familie es warm hat. »Die sehen aus wie Moonboots, Papa«, jauchzte Ashif, als Mansoor sie ihm gab. »Ja, so ist es. Ein kleiner Schritt für uns, ein gewaltiger Schritt für die Menschheit.«

Damals war Mansoor davon ausgegangen, dass es die besten Stiefel waren, die man bekommen konnte. Immerhin hatten die Inuit sie getragen. Aber es dauerte nicht lange, bis er herausfand, dass es für Calgary die falschen Schuhe waren. Sie wären gut für Edmonton, Red Deer, Banff oder einen anderen ländlichen Teil von Alberta. Aber in Calgary gab es den Chinook. Ein warmer Wind, der durch die Stadt wirbelte und die verschneiten Straßen in riesige Matschpfützen verwandelte. Die Mukluks sogen sich mit Wasser voll und erschwerten das Gehen. Aber um ein Schneefeld zu überqueren, waren sie genau das Richtige. Er setzt sich auf die Kante des geöffneten Kofferraums und zieht sie an.

Gerade will er den Kofferraumdeckel schließen, als er sich entschließt, die umfunktionierte Aktentasche ebenfalls mitzunehmen. Sie wird ihn respektabler erscheinen lassen – wie einen Geschäftsmann, der er ja natürlich auch ist. Mansoor möchte den Farmer auf keinen Fall erschrecken. Farmer haben Gewehre! So könnten sie ihn für einen Handlungsreisenden halten; jemanden, der Staubsauger verkaufen will oder Spenden für seine Kirche einwirbt. Der Gedanke bringt Mansoor zum Lachen. Na ja, besser als ein Herumtreiber. Für so jemanden würde er ganz bestimmt nicht die Tür öffnen, vor allem wenn seine Familie zu Hause ist. Aber dann fällt ihm ein, dass auch ein Verkäufer heimatlos ist, er lebt ja praktisch auf der Straße.

Mansoor klemmt seine Aktentasche hochkant zwischen den Stacheldrahtzaun. Er duckt sich und schiebt ein Bein durch die Lücke im Zaun. Er ist schon fast auf der anderen Seite, als er mit der Hose im Stacheldraht hängen bleibt. Er reißt sich los und rollt auf das Schneefeld wie ein Boxer in den Ring. Sofort steht er auf und klopft sich den Schnee ab. Dann schaltet er die Taschenlampe ein und untersucht sein Bein: Die Hose ist eingerissen, und seine Wade hat einen Kratzer abbekommen. Nichts Ernstes. Kein Blut zu sehen. Nur ein kleines Andenken. Er lacht und schüttelt kräftig sein Bein aus, wie um es zu regenerieren.

Er sieht noch einmal zur Straße hinüber und überlegt, ob er nicht doch lieber warten soll, bis ein Auto kommt. Ein Blick auf die Uhr: halb eins. Noch einmal überprüft er die Grundlage seiner Entscheidung: Es ist zu spät für vorbeifahrende Autos, es ist nicht weit bis zum Farmhaus, es herrschen vertretbare Temperaturen. Ja, es ist eine gute Idee. Er schlägt sich die Kapuze seines Mantels über den Kopf und zieht die Handschuhe an. Dann macht er sich auf den Weg zur Farm, in seiner Hand baumelt die Aktentasche; die rot leuchtende Warnblinkanlage seines Autos erhellt hinter ihm die Nacht.

KAPITEL 21

Der Autoverwahrhof liegt in einem Industriegebiet am Blackfoot Trail im südöstlichen Quadranten der Stadt. In der Werkstatt blättert ein Mann in einem schmierigen, gestreiften Overall und einem Calgary Flames-Cap auf dem Kopf die Formulare durch. Auf dem ovalen Namensschild über seiner Brust steht *Brandon.* »Unfall oder abgeschleppt?«, fragt er.

»Ein Unfall.« Ashif wendet seinen Blick zum Fenster. In der Ferne die Silhouette der zusammengedrängten Hochhäuser der Innenstadt, wie Berge aus Beton. Ein Flugzeug zieht darüber seine Bahn. Erst gestern hat er die Businesslounge am Flughafen mit schnellen und sicheren Schritten verlassen. Ohne sich zu verabschieden. Ohne sich umzudrehen, ohne einen letzten Blick zurück. Hätte er sich doch bloß noch einmal umgedreht. Das Letzte, woran er sich erinnert, ist die Hand seines Vaters, die Adern dunkelgrün und geschwollen, mit der er den Scheck mit seinem Namen darauf zu Ashif zurückschiebt.

Brandon führt Ashif hinaus auf den Hof zu den Autos. Sie laufen kreuz und quer zwischen gefühlt Hunderten von Autos herum, der Schnee knirscht unter ihren Füßen. Einige der Autos sind kaum mehr wiederzuerkennen, nur noch leere, zerbeulte Hüllen. Andere sind zu flachgepressten, aufeinandergestapelten Blechplatten geworden. Ein paar sind unter Schnee und Frost begrabene, runde Leichen in Gräbern aus Eis.

»Hier haben wir ihn. Ein Chevy Impala. Guter Wagen. Jedenfalls, wenn man amerikanische Autos mag.«

Die Worte seines Vaters kommen ihm in den Sinn. Wenn man alles Für und Wider abwiegt, hat der Chevy Impala immer die Nase vorn.

Ashif inspiziert das Auto. Die rechte Vorderseite des Wagens ist beschädigt, eine riesige Beule in der Karosserie, fast wie ein Krater. Die Motorhaube ist zusammengeschoben, wie eine gefrorene Welle aus Stahl.

»Sieht gar nicht so schlimm aus«, sagt Brandon. »Die Chancen stehen gut, dass sie ihn bald zurückbekommen können.«

»Kann ich meinen Vater auch zurückbekommen?«, möchte Ashif fragen.

Er geht in die Hocke, der Saum seines Mantels hängt im Schnee, und sieht sich den Schaden aus der Nähe an. Er zupft an den Fingerspitzen seines rechten Handschuhs, um ihn sich auszuziehen, und will gerade den beschädigten Heckflügel berühren, als Brandon ihn aufhält.

»Bitte fassen Sie nichts an. Die Versicherungstypen müssen es sich erst noch ansehen.«

»Okay.«

Ein langes, gleichmäßiges Klingeln ist zu hören. Brandon sieht zur Werkstatt. »Noch ein Kunde. Bin gleich wieder da.«

Als Brandon außer Sichtweite ist, wischt Ashif mit seiner behandschuhten Hand den Schnee von einem der Fenster und sieht hinein. Doch durch die vereiste Scheibe kann er nichts erkennen. Er versucht, die Fahrertür zu öffnen, aber sie ist verschlossen. Er probiert es mit der hinteren Tür. Zu seiner Überraschung geht sie auf. Er sieht kurz zur Werkstatt hinüber, dann wirft er seine Aktentasche auf den Rücksitz und setzt sich schnell hinein.

Helligkeit sickert durch die mit Raureif überzogenen Scheiben und taucht das Innere des Autos in einen fahlen

Glanz, wie Licht, das durch Risse im Eis dringt. Der dunkle Umriss eines Tannenbaum-Lufterfrischers hängt unter dem Rückspiegel. Er sieht auch den Kopf seines Vaters. Ein Kreis wie ein Vollmond, der fast bis ans Dach reicht. Er streckt die Hand aus, um ihn zu berühren.

Ashif spürt etwas unter seinen Füßen. Er knipst das Deckenlicht an, aber es funktioniert nicht. Er leuchtet mit dem Display seines Handys durch den Innenraum. Der Boden und die Sitze sind mit Abfall übersät, was ihn überrascht. Das Auto seines Vaters war immer so aufgeräumt und sauber. Etwas schimmert zwischen den Vordersitzen. Eine Schutzhülle aus der Reinigung. Er reibt den unteren Rand zwischen den Fingern, um die Plastikfolie zu trennen und macht einen Knoten hinein.

Er schaufelt Papierbecher, eine zerdrückte Wasserflasche und ein gelbes Ledertuch hinein. Unter dem Sitz fischt er eine Taschentücherbox hervor, auf der Wildgänse abgebildet sind. Er reißt den Tannenbaum-Lufterfrischer vom Rückspiegel, hält ihn sich an die Nase und wirft ihn dann in die improvisierte Tüte. Er lehnt sich weit zwischen die Vordersitze und sammelt den Müll vom Boden: Kaugummipapier, eine leere Dose Mineralwasser, benutzte Servietten. Er stößt sich mit den Füßen an der Rückbank ab, um besseren Halt zu haben, und streckt sich vor bis zur Fahrertür. Im Seitenfach findet er mehrere ordentlich mit Gummiband zusammengebundene Straßenkarten, eine von Kanada, die anderen von verschiedenen Teilen Albertas, außerdem ein paar Stifte. Er entfernt den Wildlederbezug vom Lenkrad, kämpft mit den Schnüren. Dann nimmt er sich die andere Seite vor. Er öffnet das Handschuhfach und holt eine CD-Tasche aus Vinyl und ein schwarzes Notizbuch heraus; in der Spiralbindung steckt ein Stift. Beides wirft er in die dünne, herabhängende Tüte. Er klaubt eine Handvoll CDs vom Vordersitz. Sein Atem ist flach, seine Stirn feucht. Er tastet die Taschen an der Rückseite der Sitze ab, als würde er sie filzen. Dann greift er hinein und holt mehrere Handvoll kleiner, ordentlich zu Viererpäckchen gebündelter Notizbücher hervor.

Auf einmal wird die Beifahrertür aufgerissen, und Sonnenlicht strömt herein. Ashif schirmt sich die Augen ab.

Brandons Gesicht erscheint in der Tür und hindert das Licht am Eindringen. »Hey! Was machen Sie denn da drin?«

»Ich bin schon weg«, sagt Ashif und schiebt schnell die Notizbücher in die Tüte.

»Lassen Sie das Zeug einfach im Auto liegen, und ich tue so, als wäre das nie passiert, okay?«, bietet Brandon an.

»Ich nehme es mit«, sagt er und steigt aus dem Auto, die Tüte fest im Griff.

»Na schön, machen Sie, was Sie wollen.« Brandon schlägt die Tür zu. »Aber dann können Sie das Auto vergessen. Die Versicherung wird es wahrscheinlich verschrotten lassen.«

Ashif bleibt stehen und dreht sich zu Brandon um. »Sollen sie doch! Er ist tot. Er ist tot«, sagt er, wie ein Mantra, als wollte er sich selbst davon überzeugen, dass es wahr ist.

Ashif verlässt das Gelände und tritt auf die Straße. Seine Beine sind gleichzeitig schwer und schwach, wie wacklige Stahlsäulen. Er stellt seinen Aktenkoffer und die zur Tüte umfunktionierte Reinigungsschutzhülle auf ein trockenes Stück Straße und wartet auf ein vorbeifahrendes Taxi, das er anhalten kann. Erst nach ein paar Minuten fällt ihm ein, dass es in Calgary nicht möglich ist, ein Taxi auf der Straße anzuhalten. Man muss es rufen. Er zieht sein Handy aus der Tasche, aber der Akku ist leer. Dass er es als Taschenlampe benutzt hat, muss ihm den Rest gegeben haben. Er nimmt seinen Aktenkoffer in die Hand und wirft sich die Tüte über die Schulter – ein Landstreicher in einem Geschäftsanzug. Er geht zur Autovermietung auf der anderen Seite der Straße, *M. G. Visram & Sohn Textilpflege GmbH, im Dienste Kanadas seit 1987* wippt auf seinem Rücken.

Die junge Frau ist effizient. Innerhalb von zehn Minuten ist er wieder draußen und löst den Leihwagen von der Heizsäule. Es ist ein Mittelklassewagen, viel kleiner als der Chevy Impala seines Vaters, aber größer als jedes Auto, das er sich kaufen würde. Nicht dass er jemals eins besessen hätte. Es ist schon Jahre her, seit er das letzte Mal am Steuer saß – seinen Führerschein hat er nur noch, weil er ihn als Altersnachweis benutzt.

Er zieht seine Jacke aus und will sie gerade auf den Rücksitz werfen, als Shafinas Brief herausfällt. Er hebt ihn auf und schüttelt den Schnee ab. Dann setzt er sich auf den Fahrersitz, überrascht davon, wie neu der Wagen riecht. Er schiebt den Brief an den Rand des Armaturenbretts und umfasst das Lenkrad mit beiden Händen. Es fühlt sich gut an. Er dreht das Steuer erst in die eine, dann in die andere Richtung, wie ein Kind, das Auto fahren spielt.

***

Er muss sechs gewesen sein, nicht älter. Er stand auf dem Sofa im zweiten Stock ihres Apartmenthauses, das Gesicht an die Scheibe gepresst, und wartete wie immer darauf, dass sein Vater von der Arbeit bei *Patterson gebrauchte Pkw & Trucks* nach Hause kam. Ein Bus nach dem anderen fuhr vorbei. Dann endlich entdeckte er seinen Vater, er stieg aus einem langen blauen Automobil.

»Mami!«, rief Ashif. »Papa ist zu Hause. Mit einem Auto!«

Sein Vater sah ihn am Fenster stehen und winkte ihn zu sich herunter.

Ashif zog seine Mukluks an, obwohl es wegen des Chinook ein warmer Tag war und die Straßen nur noch aus geschmolzenen Schneepfützen bestanden. »Komm schon, Mami!«

Draußen nahm ihn Layla an die Hand, als sie die Straße überquerten, aber sobald er konnte, riss er sich los und rannte zu seinem Vater. Mansoor ging mit ausgebreiteten Armen in die Hocke und hob seinen Sohn hoch in die Luft. Er versuchte, mit seinen kleinen Händen den Oberarm seines Vaters zu umfassen, aber es gelang ihm nicht. Er war so groß!

Mansoor schlug aufs Autodach. »Und, was sagst du?«, fragte er. »Ein Chevy Impala.«

»Sehr hübsch!«, sagte Layla.

»Es ist nur eine Frage der Zeit, bis daraus ein Lincoln Continental wird. Wir machen uns schick und gehen ins beste Restaurant der Stadt. Wie wär's, Layla?«

Layla nickte lachend.

Ashif stellte sich seinen Vater in einem schwarzen Smoking vor, wie er »Abrakadabra-Alakazam« rief und das Auto in ein anderes Auto verwandelte und dann wieder und wieder.

Mansoor ging vor Ashif in die Hocke. »Und Sie, Sir? Wie lautet Ihre geschätzte Expertenmeinung?«

»Super-duper.«

Mansoor wuschelte ihm durchs Haar. »Lass uns eine Probefahrt machen. Komm, Layla, wir alle.«

»Fahrt ihr nur. Ich habe Essen auf dem Herd«, sagte Layla.

»Na gut. Dann bleiben die Männer heute unter sich«, sagte Mansoor und wandte sich an Ashif: »Bist du bereit, mein Sohn?«

»Ja!«, rief Ashif, dann zögerte er. Er wollte nicht, dass seine Mukluks nass wurden. »Meine Stiefel, Papa.«

Mansoor hob ihn hoch und trug ihn auf die Beifahrerseite. In den Armen seines Vaters schwebte er über die matschigen Pfützen wie ein Astronaut über die Krater des Mondes.

»Schnallt euch an«, rief Layla ihnen hinterher.

Sein Vater öffnete die Tür und setzte Ashif ins Auto.

Mansoor ging ums Auto herum und nahm auf dem Fahrersitz Platz. Er tätschelte das Armaturenbrett. »Es gibt zwei Arten von Menschen auf der Welt, mein Sohn. Die, die den Bus nehmen, und die, die mit dem Auto fahren. Und was sind wir?«

»Wir sind Automenschen!«

»Schau, da sind die neuesten Extras drin: ein Tempomat und ein doppeltes Kassettendeck statt eines 8-Spur-Systems. Und es hat 140 PS. Ein echtes Muscle-Car!« Mansoor drehte den Zündschlüssel. Brüllend erwachte der Wagen zum Leben. Das Armaturenbrett leuchtete auf, und ein grüner Lichtschein legte sich über die Holzverkleidung.

»Wie ein Raumschiff, Papa.«

»Unsere Mission: dorthin vorzudringen, wo nie ein Mensch zuvor gewesen ist.«

Mansoor fuhr mit ihm Calgarys gradlinige, planvoll angelegte Straßen auf und ab. In der Nähe des Bowness Park führte die Straße auf einen Hügel. Sie fuhren viele Male hinauf und sausten wieder hinunter, und Mansoors Hände schwebten über dem Lenkrad, und Ashif warf die Arme in die Luft und kreischte vor Aufregung.

Auf dem Heimweg fuhr Mansoor auf einen leeren Parkplatz. »Jetzt bist du dran, mein Sohn.«

Ashif kicherte vor Aufregung. »Aber ich bin doch viel zu klein.«

»Mach dir keine Sorgen, ich bin ja bei dir.«

Er setzte sich auf den Schoß seines Vaters und drückte seinen Rücken gegen dessen Brust. Der süßlich-würzige

Geruch von Yardley-Frisiercreme stieg ihm in die Nase. Er konnte kaum über das Armaturenbrett sehen, der Asphalt vor ihm kam ihm wie eine schwarze Rutschbahn vor. Sein Vater platzierte Ashifs Hände auf dem Lenkrad und legte seine darüber.

»Bereit, Captain Visram?«, fragte Mansoor und legte den Vorwärtsgang ein.

Ashif nickte.

»Bist du super-duper-sicher, Captain?«

Ashif lachte und zeigte ihm den hochgestreckten Daumen.

Zuerst fuhren sie auf dem Parkplatz im Kreis herum. Er fand es unglaublich, dass eine kleine Drehung des Steuers so viel Stahl bewegen konnte. Dann fuhren sie eine Straße entlang, in der alle Häuser wie Schlösser aussahen, als plötzlich ein goldgelber Hund vor ihnen auf die Fahrbahn sprang. Das Auto stoppte mit quietschenden Reifen. Ashifs Kopf schlug aufs Lenkrad und schleuderte zurück. Er fing an zu weinen, ein bisschen vor Schmerz, aber vor allem durch den Schreck. Schnell hielt Mansoor am Straßenrand und setzte seinen Sohn zurück auf den Beifahrersitz.

»Lass mich mal sehen«, sagte er und wischte Ashif die Locken aus der Stirn. »Ach, nur ein Kratzer. Das wird schnell wieder.«

Ashif versuchte, seine Tränen zurückzuhalten, aber es gelang ihm nicht; sie liefen ihm die Wangen runter.

»Jungs weinen doch nicht, oder?«

Ashif schüttelte den Kopf. Mit groben, ungeschickten Bewegungen wischte er sich die Tränen weg.

»Na los, zeigt mir mal deine Muskeln.«

Ashif spannte für seinen Vater die Arme an.

Mansoor drückte den Bizeps. »Ziemlich gut. Bald bist du so stark wie ich.«

Ashif sonnte sich im warmen Glanz des väterlichen Lobes.

***

Ashif dreht den Zündschlüssel im Schloss, und das Mietauto fängt an zu schnurren. Auf dem Beifahrersitz liegt die mit der Beute aus dem Auto seines Vaters gefüllte Tüte aus der Reinigung. Er fischt die schwarzen, in Viererpacks zusammengebunden Notizbücher heraus. Er ist überrascht, dass sein Vater Tagebuch geführt hat. Er streift das Gummiband ab, neugierig, was sein Vater geschrieben hat.

Er öffnet eins auf dem A-M-J 1996 steht. Die erste Seite ist in vier Spalten unterteilt: Datum, Start, Ziel, KM. Unten auf der Seite die Gesamtzahl der gefahrenen Kilometer. Auf der nächsten Seite findet sich ein Übertrag, und die Zählung setzt sich fort. Er wirft das Buch zur Seite, öffnet das nächste, blättert es durch, sucht nach anderen Einträgen, nach ein paar persönlichen Worten. Dann nimmt er sich das nächste vor. Und noch eins. Nicht ein einziger Satz. Nur ein Protokoll aller Kilometer, die er zur Reinigung und wieder zurück, zur Tankstelle und wieder zurück gefahren ist. Zahlen. Nichts als Zahlen. Enttäuscht wirft er sie nach hinten, wo sie sich über den Rücksitz und auf dem Boden verteilen.

Ashif greift noch einmal in die Tüte und holt den ledernen Lenkradbezug und den Polizeibericht heraus. Er zieht den Wildlederbezug auf und fasst dabei mit einer Hand zwischen den Streben des Lenkrads hindurch, um die Schnüre festzubinden. Jetzt fühlt sich das Lenkrad unter seinen Händen weich und gleichzeitig stabil an. Er schlägt die dem Polizeireport beigefügte Karte auf und zeichnet mit dem Finger die Entfernung zwischen den beiden abgebildeten X-en nach. Vom Fundort des Autos zum Fundort seines Vaters. Weniger als ein Kilometer.

Was ist auf dieser kurzen Strecke bloß passiert, Papa? Wo wolltest du hin?

Ashif war nur ein paar Kilometer entfernt im Zimmer seines Flughafenhotels gewesen. Sein Tag hatte sich nicht von dem davor unterschieden. Ein langer Arbeitstag mit Meetings gefolgt von einem schnellen Abendessen mit Mel. Anschließend hat er in seinem Hotelzimmer gelegen und gedankenlos durch die TV-Kanäle gezappt. Und die Minibar geleert. Hat nur noch versucht, den Tag zu vergessen, so wie immer. Seinem Körper zu entfliehen. Seinem Leben zu entfliehen. Und währenddessen kämpfte sein Vater auf einem Acker um seins. Plötzlich fühlt sich Ashifs Herz hohl an, als würde es Luft statt Blut durch seine Venen pumpen. Er setzt mit dem Auto aus der Parklücke zurück und macht sich auf den Weg.

Auf dem McKnight Boulevard hat er einen freien Blick auf die Rockies, ein Gemälde aus Schnee und Felsen vor tiefblauem Himmel. Die Berge üben eine magnetische Anziehung auf ihn aus, als hätte er einen Kompass im Körper, der ihm den Weg weist. Er hat eigentlich in den Norden, nach Airdrie, fahren wollen, aber plötzlich gibt ihm die Weite der Prärie das Gefühl, hilflos auf einem Ozean zu treiben. Er erinnert sich, dieses Gefühl schon als Kind gehabt zu haben. Es war nicht leicht, sich in solch einer Landschaft zu verorten. Es gab keine Markierungen, keine Bezugspunkte, nur die endlose Weite, in der man leicht verloren gehen konnte.

Die Berge werden ihn erden, hofft er. Ihn irgendwie verwurzeln.

Er biegt am Deerfoot Trail nach Süden ab und fährt auf den Trans-Canada Highway in Richtung Westen, eine einzige lange Straße, die einmal quer durch das ganze weite Land führt, vom Atlantik bis an den Pazifischen Ozean, wie eine Arterie durch einen gewaltigen Körper. Hinter ihm zieht sich die Stadt zurück, und vor ihm breiten sich auf beiden Seiten endlose Schneefelder aus. Die Berge sind immer noch mehr als hundert Kilometer entfernt, aber es kommt ihm vor, als brauchte er nur die Hand auszustrecken, um sie von hier aus zu berühren.

Er hält den Blick auf die durchgezogene weiße Linie gerichtet, die den Highway in zwei Hälften teilt. Bald verwandelt sich die Geschwindigkeit in Stille. Er hat das Gefühl, sich überhaupt nicht mehr zu bewegen, als würde er mitten in der Landschaft auf der Stelle schweben. Ashif greift in die Tüte mit den Sachen seines Vaters und bekommt eine CD zu fassen. Er nimmt sie heraus und wirft einen Blick darauf. *Kenny Rogers & Dolly Parton, Greatest Hits.* Er reibt die CD an seiner Brust, schiebt sie in den Schlitz der Stereoanlage und drückt auf Play.

KAPITEL 22

Als Erstes hört Mansoor ein Krachen. Wie ein Schuss, der über das weite Feld peitscht. Sein rechter Fuß verliert den Halt und bricht nach hinten weg. Sein ganzer Körper wird zurück- und dann gerade nach unten gerissen, als hätte sich der Schlund der Erde aufgetan, um ihn zu verschlingen. Er wedelt mit den Armen, schnappt nach Luft und streckt dann instinktiv die Aktentasche von sich, damit sie nicht nass wird, als enthielte sie kostbare Dokumente und nicht lauter wertloses Zeug. Das Eis bricht weiter. Seine Kleidung saugt sich mit Wasser voll. Als er den Grund des Teichs unter sich spürt, versucht er, auf die Beine zu kommen und das Gleichgewicht zurückzugewinnen. Seine Füße finden keinen Halt auf den glitschigen Felsen. Immer wieder rutscht er ab und fällt zurück ins Teich. Als er sich schließlich aufrichten kann, steht er bis zur Hüfte im eiskalten Wasser. Er schiebt sich durch den Eismatsch, den Aktenkoffer wie ein Kanu über dem Kopf. Er erreicht den Rand des Teiches und klettert mit letzter Kraft hinaus. Wie ein Schiffsbrüchiger sackt er auf dem Schnee zusammen und versucht, wieder zu Atem zu kommen.

Während er dort liegt, zieht ein Flugzeug am Himmel seine Bahn wie ein Glühwürmchen über einem dunklen Feld. Für einen Augenblick bereitet ihm dieser Perspektivwechsel große Freude. Eine riesige Maschine so klein wie ein Fingernagel. Doch dann wird ihm bewusst, wie klein er selber ist. Auch er nur ein winziger Punkt in der Dunkelheit. Wie leicht es wäre zu verschwinden. Rasch ersetzt er diese Gedanken durch Fakten. Ein Flugzeug ist massiv. Es wiegt mehrere Tonnen, und dennoch fliegt es, befördert Hunderte von Passagieren, umrundet Tausende Male die Erde. Ein unermüdlicher Entdecker.

Mansoor steht auf. Seine Beine fühlen sich schwer an. Seine Kleidung und die Mukluks sind schon halb gefroren. Er sieht zur Straße zurück. Die Warnblinkanlage leuchtet noch immer in der Ferne. Soll er zum Auto zurückgehen? Oder weiter zur Farm? Beides ist ungefähr gleich weit entfernt, kommt es ihm vor, doch sicher ist er sich nicht. Aber die Wahrscheinlichkeit, dass jemand um diese Uhrzeit vorbeifährt, ist wirklich sehr gering, ruft er sich ins Gedächtnis. Er nimmt die Aktentasche und setzt seinen Weg zur Farm fort.

Einige Minuten später wird sein Atem flach, und er fängt an zu zittern. Die Aktentasche fällt ihm aus der Hand und landet im Schnee. »Lass sie liegen, Visram. Du kannst sie morgen früh holen, wenn es wieder hell ist ... Nein, nimm sie lieber gleich mit.« Er beugt sich vor, um sie aufzuheben, gerät ins Stolpern, fällt auf die Knie. Er rappelt sich auf und geht weiter. »Es ist nicht mehr weit«, sagt er sich und zwingt seinen Körper, ihm zu gehorchen. Er lässt das Farmhaus nicht aus den Augen und setzt einen Schritt vor den anderen.

Kurz darauf ist seine Kleidung so hart wie eine Rüstung. Er lacht. Er ist ein Ritter! »Schneller!«, befiehlt er seinen Beinen. Aber sie verweigern ihren Dienst. Jeder Schritt ist langsamer als der zuvor, mühseliger, als würde er den Kilimandscharo besteigen. Er ist vollkommen erschöpft. Das Gewicht seiner Kleidung zieht ihn zu Boden. Er legt sich einen Moment hin, um zu verschnaufen. Über ihm ein Dach aus funkelnden Sternen, und während er sie betrachtet, beginnen sich seine Gedanken zu trüben. »Bleib wach!«, verlangt er von sich. Doch schon bald fällt er in einen eisigen Schlummer.

***

Mansoor hob das heruntergefallene Stück Papier vom Boden auf und ließ es über den Esstisch zu Layla gleiten.

»Vierundzwanzig Stunden?«, fragte sie und betrachtete den Entwurf für das neue Ladenschild: *Visram schnelles Tanken & Einkaufen: 24 Stunden geöffnet.*

»Ich werde in die Tankstelle ziehen, aber nur so lange, bis ich es mir leisten kann, jemanden für die Nachtschicht einzustellen.« Er trommelte mit den Fingern auf den Tisch. »Nur so lässt sich der Umsatz steigern.«

Die Tankstelle war eine der wenigen Haltemöglichkeiten am dünn besiedelten Highway zwischen Rocky Mountain House und Red Deer, und bis letztes Jahr hatte sie einen stetigen Strom von Kunden angezogen. Doch jetzt hielt manchmal stundenlang überhaupt niemand an. Die Wirtschaft war in eine tiefe Rezession geraten, und die Zinssätze waren auf fast zwanzig Prozent hochgeschossen. Innerhalb weniger Monate waren Bohrinseln stillgelegt und Baustellen verlassen worden, und überall in der Provinz standen halb fertige Gebäude in der Landschaft, wie Skelette. Schon seit Monaten hatte Mansoor seine Kredite nicht mehr bedienen können, und die Bank hatte ihn bereits abgemahnt.

»Nein.« Layla schüttelte den Kopf. »Ich werde nicht zulassen, dass du uns verlässt. Nicht noch einmal. Verkauf das Geschäft. Bitte.« Sie schob den Zettel zu ihm zurück und verschränkte die Arme vor der Brust. »Ich werde unsere Kinder nicht allein großziehen.« Layla war im dritten Monat schwanger.

»Und wer soll es bei dieser Wirtschaftslage kaufen, Layla? Wer?« Er zerknüllte die Zeichnung und warf sie auf den Boden.

Sie drehte sich weg.

Schweigend saßen sie da, dann rückte er seinen Stuhl dicht an sie heran. »Hör mal, Layla. Ich mache das doch für uns. Für die Kinder. Das hier ist doch kein Leben.« Er deutete mit dem Kopf zum Fenster, durch das der Parkplatz des Reihenhauskomplexes zu sehen war.

»Wir müssen jetzt dieses Opfer bringen. Anders geht es nicht.« Er nahm ihre Hand in seine. »Wie sonst sollen wir es in diesem Land zu etwas bringen?«

Sie sah in an. »Wir kommen mit dir.«

»Aber ihr sollt nicht mitten im Nirgendwo leben, das will ich nicht. Nicht jetzt. Nicht mit dem Baby in deinem Bauch.«

Darauf wusste sie nichts zu erwidern. Und dann war da ja auch noch Ashifs Schulausbildung, die er nicht gefährden wollte.

»Es ist doch nur vorübergehend«, sagte er.

»Versprich mir, dass du zurückkommst, wenn das Baby auf der Welt ist.«

»Ich verspreche es dir.«

Später am Morgen packten sie seine Sachen, und er übergab ihr einen Schwung vordatierter Schecks.

Ashif stand auf dem Bürgersteig, als Mansoor mit dem Chevy aus der Einfahrt fuhr.

»Auf Wiedersehen, Papa.« Er hatte die Hände in den Taschen vergraben, seine Stimme klang schüchtern.

Mansoor hielt an und stieg aus dem Auto. Er ging in die Hocke und fasste seinen Sohn bei den Schultern. »Weißt du noch, worüber wir gesprochen haben?«

»Ja.« Ashifs Augen füllten sich mit Tränen.

Auch Mansoor wollte das alles nicht. Er hatte bereits ein Jahr im Leben seines Sohnes verpasst, und er wollte nicht noch mehr verpassen. Aber welche Wahl hatte er denn schon? Er musste es tun, um der Familie willen. Sich um das Geschäft zu kümmern hieß, sich um die Familie zu kümmern. Er wischte mit den Daumen die Tränen unter den Augen seines Sohnes weg. »Du bist jetzt elf Jahre alt, mein Sohn. Du bist praktisch schon ein Mann!« Er boxte ihm sanft in die Seite.

Ashif hob die Fäuste und tat, als würde er sich verteidigen. »Bin ich das?«

Mansoor verwuschelte die Locken seines Sohnes. »Ja, das bist du. Und wer ist wohl der Mann im Haus, wenn ich nicht da bin?«

»Ich?«, fragte Ashif zaghaft.

»Ganz genau. Das bedeutet, du musst für mich auf Mami aufpassen, okay?«

»Okay.«

»Und bald wirst du auch ein kleines Brüderchen oder Schwesterchen haben, um das du dich kümmern musst.«

Ashif lächelte.

Am Nachmittag verwandelte Mansoor sein Büro im hinteren Teil der Tankstelle in ein improvisiertes Zuhause. Außer seinem Schreibtisch und den Aktenschränken brauchte er nicht viel. Ein Klappbett, einen kleinen Kühlschrank mit einem Tiefkühlfach, eine Mikrowelle und eine kleine Bar mit ein paar Flaschen Whisky. Er nagelte Haken in die Badezimmerwand, um seine Kleidung daran aufzuhängen; Pappkartons dienten ihm als Kommode. Vor dem Ganzkörperspiegel neben seinem Schreibtisch lagen verschiedene Gewichte und ein Springseil.

Mansoor öffnete den Deckel einer kleinen Kühlbox. Layla hat sie bis obenhin mit Tupperdosen gefüllt und jede einzelne sorgsam mit Kreppband beschriftet. Genug bis zu seinem nächsten Besuch. Er nahm zwei Behälter heraus. Auf einem stand Hühnchen-Curry mit Spinat, auf dem anderen Reis. Er kippte den Inhalt in eine Schüssel und stellte sie in die Mikrowelle. Dann schnappte er sich zwei Kurzhanteln und machte ein paar Armbeugen. Die Mikrowelle piepte, und er legte die Gewichte auf den Boden. Er setzte sich mit der Schüssel an den Schreibtisch und begann zu arbeiten. Es war fünf Uhr nachmittags, aber die Wintersonne war längst untergegangen. Im Geschäft brannte Licht. Sein Büro war dunkel bis auf die Schreibtischlampe. Draußen erhellte das Neonlicht der Leuchtreklame den Nachthimmel: *24 Stunden geöffnet.*

***

Eine ferne Stimme weht über die dunklen Felder und weckt Mansoor sanft auf. Vorsichtig hebt er den Kopf und sieht sich um. Nichts. Nur der Warnblinker seines Autos, der die Dunkelheit erhellt. Angestrengt lauscht er auf das ferne Geräusch. Dolly?

Sein Kopf sinkt zurück auf das Kissen aus Schnee. Wieder fängt er an zu zittern. Er dreht sich auf die Seite und kämpft sich auf die Beine. Die Farm. Er muss das Farmhaus erreichen. Er versucht, seine Zehen zu bewegen, aber er spürt sie nicht. Die Taubheit schmerzt. Er wünscht sich, er könnte sie herausschütteln wie Eiswürfel aus einer Eiswürfelform. Es kommt ihm vor, als würden die Signale aus seinem Gehirn nicht mehr an den Körper übertragen. Als würde eins nach dem anderen ausgelöscht. Das spornt ihn nur dazu an, sich noch mehr anzustrengen. Er nimmt seine ganze Konzentration zusammen und versucht erneut, einen Befehl von seinem Gehirn an seine Beine zu schicken. Geht! Bewegt euch! Na los! Seine Beine zucken wie ein stotternder Motor. Doch fast sofort verweigern sie den Dienst und geben unter ihm nach. Er fällt um. Er versucht, sich wieder aufzurichten. Doch seine Glieder sind schwer. Seine Augenlider sind schwer. Wieder beginnt sein Gehirn, sich einzutrüben. Er greift nach seiner Aktentasche.

Er will das SOS-Banner herausholen, aber er schafft es nicht, die Aktentasche an sich zu ziehen. Stattdessen ruft er um Hilfe. »Hallo«, flüstert er über die Felder. »Bitte helfen Sie mir. Ich bin hier. Ich bin Mansoor Visram.« Seine Stimme verliert sich in der Leere.

***

»Mein Name bedeutet mir alles, ich werde nicht zulassen, dass man ihn ruiniert«, sagte Mansoor zu Gordon Ludlum, der ihm im Büro von *Stanley, Ludlum & Partner, Wirtschaftsprüfer & Insolvenzverwalter* gegenübersaß. Auf dem Schreibtisch des Buchhalters türmten sich Akten und Formulare. Familienfotografien sprenkelten die Wand hinter ihm.

»Ich bin überzeugt, dass wir eine gute Lösung ausgehandelt haben, Mr. Visram. Vierzig Prozent der ursprünglichen Schulden.« Ludlum klopfte mit dem stumpfen Ende seines Stifts auf einen Satz Formulare. »Aber es wäre wahrscheinlich einfacher, Konkurs anzumelden, meinen Sie nicht? Die Schulden ein für alle Mal aus den Büchern zu tilgen, statt sie weiter mit sich herumzuschleppen?«

»Ich ziehe die Zwangsverwaltung durch einen Treuhänder vor.«

»Aber es ist heutzutage alles andere als unüblich, Mr. Visram. Nichts, wofür man sich schämen müsste. Jeder macht das, gerade angesichts der aktuellen Wirtschaftslage.«

Mansoor blieb dabei.

Ludlum drehte seinen ledernen Bürostuhl hin und her wie eine in der Savanne Ausschau haltende Hyäne. »In sieben Jahren können Sie wieder frei über Ihren Namen verfügen. Die Zeit ist doch ruckzuck vorbei.« Er schnippte mit den Fingern. »Wie der Blitz. Und schon können Sie ein neues Geschäft eröffnen.«

»Nein, so lange kann ich nicht warten«, antwortete Mansoor, unfähig, die Gereiztheit in seiner Stimme zu verbergen. 1993 schien ihm eine Ewigkeit entfernt. »Meine Entscheidung steht fest. Bitte lassen Sie uns den notwendigen Papierkram erledigen. Ich habe noch jede Menge anderer Dinge zu tun.«

»Okidoki, Mr. Visram. Wie Sie wollen.« Ludlum zog sich an seinen Schreibtisch heran. Er kritzelte das Datum, den 26. August 1986, auf die zweifache Ausführung der Formulare und legte sie Mansoor hin. »Sooo, Mr. Visram«, sagte er, und klopfte mit dem Stift auf die für die Unterschrift vorgesehene Stelle. »Einmal ein Autogramm, bitte.«

Später am Nachmittag stand Ludlum neben der Bürotür Wache, während Mansoor seine Sachen ins Auto lud. Eine Kiste mit Küchenutensilien, das Klappbett, ein Koffer. Sonst nichts. Kein einziger Kugelschreiber. Nicht eine Akte. Alles gehörte jetzt der Bank. Hinter ihm waren die Fenster der Tankstelle mit braunem Papier verklebt. Über die Zapfsäulen waren Jutesäcke gestülpt worden, sie sahen aus wie Leichensäcke. Die Eingangstür war verschlossen und mit Ketten gesichert, der Hinweis auf die Zwangsverwaltung klebte von innen an der Scheibe. Als Mansoor das Auto startete, wanderten seine Gedanken zurück nach Uganda. Die Offiziere, die mit ihren Macheten seinen Laden stürmten. Mansoor, der still und leise *Visram P. Govindji & Sohn* verließ. »Alles Gute für Sie, Mr. Visram«, rief Ludlum ihm über das Knirschen des Schotters hinterher, als Mansoor davonfuhr.

***

Mansoor Visram erwacht vom Klang einer Flöte, einer fernen Melodie, wie der Ruf eines Muezzins. Langsam öffnet er die Augen. Schwarze Felder erstrecken sich bis an den

Horizont und verschwimmen mit dem Nachthimmel; ein vollkommener Kreislauf. Die Präriehügel sind gewaltige gefrorene Wellen. Er spürt, wie etwas an seinen Knöcheln pickt, und hebt den Kopf. Eine kleine, gewölbte Gestalt wippt zu seinen Füßen auf und ab und hämmert heftig gegen seinen eisigen Körper. Der Vogel fliegt auf und schwebt über seiner Brust. Sein Körper ist strahlend blau, seine Krone golden; statt Federn baumeln Strassquasten von seiner vorgewölbten Brust. Mansoor ist erstaunt, dass er überhaupt fliegen kann. Er streckt die Hände in die Luft und versucht, ihn zu fangen, aber er flattert davon, außer Reichweite. Mansoor stützt sich im Schnee ab und rappelt sich langsam auf, seine Adern bilden ein Netz aus gefrorenen Flüssen. Der Vogel fliegt ein Stück voran und wartet, wie eine Sirene, die ihn vorwärts lockt. Nach ein paar Schritten fällt Mansoor auf die Knie. Seine Kleidung ist ein Panzer aus Eis. In der Ferne schimmern die Lichter der Stadt als blasser Fleck am Horizont. Er versucht, wieder auf die Beine zu kommen, aber sein Körper ächzt und knackt wie ein Schiff, das im Eis gefangen ist. »Steh auf, Visram«, befiehlt er sich. »Beweg dich!« Stattdessen sinkt er in den weichen Schnee, rollt sich zusammen und dämmert erneut weg. Der Vogel landet auf seiner Schulter. Er nähert sich seinem Ohr und beginnt zu singen.

***

Mansoor saß mit einer Tasse Tee und dem aufgeschlagenen »Calgary Herald« am Küchentisch und studierte im Kleinanzeigenteil die Einträge unter »Geschäft zu verkaufen«. Wegen der Rezession traute sich kein Mensch zu investieren. Alle saßen zu Hause und leckten sich die Wunden. Alle außer ihm. Er hatte sich aufgerafft, sich ins Gedächtnis gerufen, dass er etwas zu erreichen hatte. Er würde niemals aufgeben. Also hatte er einen neuen Plan ausgebrütet. Angesichts der hohen Zahl an Pleiten und Insolvenzverfahren würden nun viele Unternehmen weit unter Wert auf den Markt kommen. Das Gesetz von Angebot und Nachfrage war auf seiner Seite, und das würde er ausnutzen. In seinen Verhandlungen mit Ludlum hatte er einen monatlichen Kreditrahmen herausgeschlagen. »Für Familienausgaben«, hatte er Ludlum gesagt. »Bis ich wieder auf die Beine komme.« Aber sein Plan sah vor, das Haushaltsbudget auf das Notwendigste zusammenzustreichen und den überwiegenden Teil für ein neues Unternehmen zu verwenden. Keine Bank der Welt würde ihm so kurz nach seiner Zwangsverwaltung einen Kredit einräumen. Jetzt musste er nur noch etwas finden, das eine möglichst geringe Investition erforderte. Das war die Grundvoraussetzung.

»Irgendwas Gutes dabei heute?«, fragte Layla und stellte ein Marmeladenglas und eine Packung Butter auf den Tisch, bevor sie sich zu ihm setzte.

»Das ist nur eine Frage der Zeit.« Er kreiste eine Videothek ein und setzte ein paar Kreuze daneben.

»Möchtest du noch etwas Tee?«, fragte sie und goss sich eine Tasse ein.

Er schüttelte den Kopf. Er griff nach der Butter und betrachtete das Etikett. Auf der Vorderseite prangte die Abbildung einer jungen Holländerin mit blonden Zöpfen, daneben die Worte »crème de la crème«. »Kauf in Zukunft die Eigenmarke«, sagte er.

»Die hab ich schon probiert. Die schmeckt nicht.« Sie griff nach dem Buttermesser.

»Dann probier sie noch mal. Wir müssen im Augenblick jeden Cent umdrehen.«

Sie legte das Messer weg. »Okay.«

Im Fernsehen erschien neben dem Nachrichtensprecher ein Bild des neu gewählten Premierministers Brian Mulroney. Mansoor war hin- und hergerissen gewesen, wen er hatte wählen sollen. Am Ende hatte er sich für Trudeau entschieden, auch wenn viele in ihm den Schuldigen für den Niedergang der Wirtschaft sahen. Er konnte sein Loyalitätsgefühl nicht einfach so ausknipsen. Wenn das Baby ein Junge gewesen wäre, er hätte es Pierre genannt.

»Was ist mit Patterson?«, fragte Layla.

»Was soll mit ihm sein?«, fragte er, den Blick auf die Zeitung gerichtet.

»Er mochte dich immer sehr. Warum fragst du ihn nicht, ob er einen Job für dich hat?«

Es war schlimm genug gewesen, für Patterson zu arbeiten, aber nun leitete auch noch Patel das Autohaus. Er hatte gesehen, dass jetzt sein Name auf dem alten Schild stand. »Ich würde lieber sterben, als noch einmal für irgendjemanden zu arbeiten. Und erst recht nicht für diese Idioten.«

»Er würde dich auf der Stelle wieder einstellen, davon bin ich überzeugt«, sagte sie und biss in ihren Toast. »Dann müssten wir uns nicht mehr ständig Sorgen machen.«

»Wer sagt denn, dass wir uns Sorgen machen müssen, Layla? Ich habe alles unter Kontrolle.« Er tippte mit dem Stift auf die Zeitung und hinterließ ein Muster aus roten Punkten. Warum zweifelte sie gerade jetzt an ihm, wo er doch mehr denn je ihre bedingungslose Unterstützung brauchte?

»Ich mein ja nur. Eine Anstellung wäre vielleicht einfacher als der andauernde Ärger mit der Selbstständigkeit. Du müsstest nicht mehr so hart arbeiten. Und für so wenig Geld.«

Das Muster aus roten Punkten verwandelte sich in einen blutroten See. »Es ist doch nur vorübergehend. Sobald ich ein neues Geschäft gefunden habe, wird sich alles wieder normalisieren.«

»Es gab sogar bezahlten Urlaub, weißt du noch? Dann könnten wir zusammen wegfahren. Irgendwohin. Wäre das nicht schön? Ashif würde es gefallen. Uns allen würde es gefallen.«

Laylas Worte trafen ihn ins Mark. Was wollte sie damit sagen? Dass er nicht in der Lage war, seine Familie zu versorgen? Dass er sich nicht genug um sie kümmerte? Seine Wut, zuvor zähflüssig und trübe, verdichtete sich nun auf einen Punkt: Layla. Vor seinem geistigen Auge wurde ihr Gesicht zu Ludlum, der ihn an der Tankstelle überwachte, zu Patels Namen auf dem Neonschild des Autohauses, zu Patterson, der ihn all die Jahre herumkommandiert, zu dem Armeeoffizier, der ihm eine Machete an den Hals gedrückt hatte. Er stieß den Stuhl zurück und sprang auf.

Sein Arm schoss nach vorne. Und noch einmal. Er hielt erst inne, als er ein weiteres Gesicht vor sich sah: seinen Sohn, der in der Küchentür stand und ihn beobachtete. Er wandte sich von Ashif zu Layla, und es war, als würde er sie zum ersten Mal sehen. Sie kauerte zusammengekrümmt auf dem Boden und hielt sich die Arme schützend vors Gesicht.

Mansoor hielt ihr die Hand hin. »Komm hoch ... Ich weiß auch nicht, wie das ...«

Sie zitterte und weinte. »Geh zurück in dein Zimmer«, rief sie Ashif zu. »Und mach die Tür zu.«

Statt seiner Mutter zu gehorchen, eilte Ashif an ihre Seite. Mansoor wich dem Blick seines Sohnes aus. »Bitte geh«, flehte sie Ashif an.

Aber Ashif weigerte sich. Er half ihr auf und zog sie von seinem Vater weg.

Mansoor trat zur Seite. Er wollte vor Scham versinken.

Ashif führte seine Mutter in sein Zimmer und schloss hinter ihnen die Tür.

Mansoors Beine zitterten, als würde ein unterirdisches Beben sein Haus in zwei Teile zerreißen. Er lief hinaus und fuhr davon.

***

Mansoor erwacht, von einem unkontrollierbaren Zittern geschüttelt. »Es tut mir leid, Layla«, wimmert er, »es tut mir so leid.« Aber da ist keine Antwort von seiner Frau, nur das Schweigen der Felder. Er hört das Knirschen von Schritten im Schnee. Er hebt den Kopf und sieht seinen Sohn in einem Schneeanzug und Mukluks mit offenen Armen auf ihn zu laufen. Sein Herz hebt sich. »Mein Junge!« Aber als Ashif näher kommt, ist er kein Kind mehr, sondern ein junger Mann, und Mansoor erkennt ihn nicht wieder. Sein Sohn kommt ihm wie ein Fremder vor. Ashif starrt einen Moment lang auf ihn herab, dann geht er davon.

Mansoors Achselhöhlen sind feucht; seine Oberschenkelfalten tropfnass. Unter seiner Kleidung haben sich Schweißpfützen gebildet, wie beim Schneeschippen auf dem Bürgersteig, wenn schwere Winterkleidung die Anstrengung verbirgt. Die Hitze steht in einem seltsamen Widerspruch zur eisigen Kälte. Nach und nach nimmt die Feuchtigkeit von seinem ganzen Körper Besitz. Er zerrt mit geschwollen Fingern, kalt und steif wie kleine, dicke Eiszapfen, an den Knöpfen seiner Jacke herum. Der Dolly-Vogel löst sich erneut aus der Dunkelheit. Er landet auf seiner Brust, pickt an seiner eisigen Kleidung. Mansoor beginnt zu summen, um wach zu bleiben. Doch stattdessen schläft er davon ein wie zu einem Schlaflied.

***

Er fuhr eine gefühlte Ewigkeit durch die Stadt, das sanfte Brummen des Motors hatte eine beruhigende Wirkung auf ihn. Es war schon spät, aber er wollte nicht nach Hause gehen und seiner Familie gegenübertreten. Er dachte darüber nach, in einem Motel zu übernachten, aber er wollte das Geld nicht ausgeben. Er hielt vor einer menschenleeren Shopping Plaza. Er fragte sich, ob seine Familie sich wohl Sorgen um ihn machen würde, wenn er nicht nach Hause kam. Er hoffte es, aber er vermutete, sie waren wohl vor allem erleichtert, dass er weg war. Dieser Gedanke verletzte ihn zutiefst. Aber er konnte es ihnen nicht verübeln. Oder vielleicht doch? Warum hatte Layla ihn provoziert? Er konzentrierte sich auf diesen Gedanken, und es erleichterte seinen Schmerz. Seine Knöchel pochten, aus einem sickerte sogar noch Blut. Er öffnete und schloss die Hände, aber das brachte keine Linderung. Er wickelte ein Taschentuch wie eine Mullbinde um seine verletze Hand, dann kippte er den Sitz nach hinten, und versuchte, ein wenig zur Ruhe zu kommen.

Die ersten Strahlen der Morgensonne weckten ihn. Seine Regenjacke lag wie eine Decke über ihm, eine leere Whiskyflasche klemmte zwischen seinen Oberschenkeln. Beim Anblick des getrockneten Bluts auf dem Taschentuch kehrten die Schuldgefühle zurück. Er schob die Erinnerungen an letzte Nacht beiseite.

Die Helligkeit ließ ihn blinzeln, und er stellte den Sitz auf. Die Parkbuchten der Shopping Plaza waren immer noch vollkommen leer. Sein Auto war das einzige. Er warf die leere Flasche auf den Rücksitz und stieg aus. Die Luft war kühl und klar. Der Himmel so blau wie ein Rotkehlchenei. Er ließ seinen Blick über die L-förmige Einkaufspassage streifen. Viele Schaufensterfronten waren mit großen *Zu vermieten*- oder *Zu verkaufen*-Bannern beklebt. In einem hing ein Zettel mit einer Insolvenzmitteilung, ein anderes warb mit »Räumungsverkauf wegen Geschäftsaufgabe«. Er strich sich übers Gesicht, fuhr sich durch die Haare und schlenderte dann zu den Geschäften hinüber, um sie sich etwas genauer anzusehen.

Vor allem eine Ladenfläche erregte seine Aufmerksamkeit. Kaum größer als eine Abstellkammer. Auf dem Schild an der Tür stand: *Imperial Bank of Alberta. Filiale mit Rundumservice an neuem Standort!* Darunter eine Karte der Shopping Plaza, auf der die nordwestliche Ecke hervorgehoben war. Neben der Karte ein weiteres Schild: *Zu vermieten. Absolute Tiefpreise!* und die Telefonnummer eines Maklers. Mansoor drückte das Gesicht ans Fenster. In den Wänden im Innern befanden sich zwei große Hohlräume, wo zuvor die Bankautomaten gewesen waren. Aber was für ein Geschäft ließ sich in so einem kleinen Laden betreiben?

Auf einem weithin sichtbaren, hoch über der Einkaufspassage aufragenden Schild stand *Canyon Creek Professional Plaza.* Irgendwie hatte es ihn auf die andere Seite der Stadt verschlagen. Canyon Creek war ein gutes Viertel und grenzte an einige wirklich wohlhabende Stadtteile: Bearspaw mit seinen Villen, Pump Hill, das großartige Aussichten über die Stadt bot, und Fish Creek mit seinen Parks und Golfplätzen. In dem Moment bog ein mintgrüner Mercedes in die Einkaufspassage und parkte vor der neuen Bankfiliale. Zwei Männer stiegen aus. Beide trugen perfekt sitzende Anzüge. Einer von ihnen schloss die Eingangstür auf, dann gingen sie hinein. Banker! Es spielte keine Rolle, wie sehr die Wirtschaftslage den ganz normalen Menschen zusetzte, ihnen und allen anderen wohlhabenden Typen quoll das Geld nur so aus den Taschen. Und da kam ihm eine Idee. Anzüge! Diese Leute trugen Anzüge. Anzüge mussten gereinigt werden. Anzüge mussten geändert werden. Ein Plan nahm in seinem Kopf Gestalt an, die einzelnen Teile fielen so leicht und selbstverständlich an ihren Platz wie die Perlen eines Abakus.

Der kleine Laden eignete sich perfekt für eine chemische Reinigung! Ein wohlhabendes Viertel war ideal. Das Geschäft diente als Annahmestelle, ein Ort, an dem die Leute bequem ihre schmutzige Kleidung abgeben und die saubere wieder abholen konnten. Das Reinigen selbst würde er an eine Großwäscherei auslagern, sodass keine Investitionen notwendig waren und nur geringe Betriebskosten anfielen. Alles, was er brauchte, war ein Verkaufstresen (den konnte er selber bauen), eine Registrierkasse (ein gebrauchte wäre ausreichend) und ein bisschen Büromaterial (das würde nicht viel kosten). Und das war's. Die Miete würde nicht besonders hoch sein, nahm er an. Er konnte sich nicht vorstellen, dass jemand anders Interesse daran hätte. Er müsste sich mit der Reinigungsbranche vertraut machen, aber das wäre kein Problem. Auf wie vielen anderen Geschäftsfeldern hatte er es schließlich bereits zum Experten gebracht? Das Geschäftsleben lag ihm im Blut. Beschwingt zog er einen Stift hervor, notierte die Telefonnummer des Maklers auf seiner Handfläche und lief zum Wagen zurück.

Als er wieder im Auto saß, malte er sich sein zukünftiges Geschäft weiter aus und ging alle Zahlen durch. Er konnte seinen monatlichen Kreditrahmen ins Geschäft stecken, aber dann wäre so gut wie nichts mehr für die Familie übrig. Darauf hatte Layla ihn ja nun gerade deutlich genug hingewiesen. Er zermarterte sich das Hirn nach einer Lösung. Ein zweites Einkommen! Aber nicht durch Ashif. Er wollte ihm nicht schon in jungen Jahren so viel finanzielle Verantwortung aufbürden. Der Junge sollte sich auf seine schulische Ausbildung konzentrieren. Er beschloss, Layla zu bitten, einen Job anzunehmen. In Uganda hätte er so etwas niemals zugelassen. Eine arbeitende Ehefrau wäre ein Zeichen für sein Versagen als Ehemann gewesen. Aber er würde seinen Stolz runterschlucken; er hatte gelernt, Veränderungen zuzulassen, mit der Zeit zu gehen. Schließlich war er ein moderner Mann. Außerdem war es nur vorübergehend. Nur so lange, bis das neue Geschäft auf sicheren Füßen stand.

Aber was könnte Layla arbeiten? Es müsste etwas sein, das zu ihr passte, aber nicht mit ihren häuslichen Pflichten in Konflikt geriet. Der Verkauf von selbst gekochtem Essen. Ja, genau, das war's. Sie liebte es zu kochen. Sie würde in der Lage sein, sich um die Familie zu kümmern und gleichzeitig etwas Geld dazuzuverdienen. Eine perfekte Kombination. Davon träumte doch heutzutage jede Frau, und es bereitete ihm große Freude, ihr so etwas bieten zu können. Sie dabei zu unterstützen, in der modernen Welt anzukommen. Das zusätzliche Einkommen würde es ihnen auch erlauben, sich hin und wieder einen kleinen Luxus zu gönnen. Kino, Restaurantbesuche, Tagesausflüge. Vielleicht sogar ein Urlaub in Disneyland! So wünschte es sich Layla doch, und er wollte es auch. Nichts erhoffte er sich sehnlicher, als seiner Familie das Leben zu ermöglichen, das sie früher einmal hatten.

Je näher er seinem Zuhause kam, desto weiter entfernt erschienen ihm die Geschehnisse des gestrigen Tages, und als er vor dem Haus hielt, waren die Details in seiner Erinnerung bereits verblasst. Als er Laylas lädiertes Gesicht sah, blendete er ihre Verletzungen aus, verschloss sie in den hintersten Winkeln seines Verstandes. Damit hatte er nichts zu tun. Er weigerte sich, die Verbindung zu seinen eigenen Händen herzustellen, dass sie es waren, die ihr dies angetan hatten. Wenn ihn doch für einen kurzen Moment die Erinnerung überfiel, ordnete sein Verstand die Ereignisse schnell neu an und schuf eine andere, alternative Geschichte. Sie hätte ihn nicht bis aufs Blut reizen und in die

Ecke treiben dürfen. Sie hätte ihn niemals infrage stellen dürfen. Es war ihre eigene Schuld.

Die Veränderungen in der Familie entgingen ihm völlig. Wie vorsichtig Layla von jetzt an um ihn herumschlich, wie widerstandslos sie jede seiner Entscheidungen hinnahm. Ihm entging auch, dass Ashif eine immer größere Distanz zu ihm einnahm. Er ging einfach davon aus, dass sein Sohn viel für die Schule lernen musste. Mansoor war über drei Jahre lang weg gewesen, und trotzdem war Ashif nicht von seinem Kurs abgekommen. Das war für ihn ein Beweis für das solide Fundament, das er bei ihm in jungen Jahren gelegt hatte. Kürzlich hatte er sogar bemerkt, dass er Bücher bei sich trug, auf deren papierenen Einbänden die Buchstaben *S. B.* standen. »Was bedeutet das denn?«, fragte er. »Studium der Betriebswirtschaft«, antwortete Ashif, und Mansoor strahlte vor Stolz.

***

Als Mansoor wach wird, ist die Lache aus Schnee und Eis unter ihm weicher und tiefer geworden. Seine Jacke ist aufgeknöpft, Mütze und Handschuhe sind fort. Er kocht vor Hitze. Mühsam rollt er sich aus der Nässe heraus.

Sein Vater, groß und breit, türmt sich drohend über ihm auf. Der obere Teil seines Kopfes streift den Himmel, der Mond hängt wie ein übergroßer Scheinwerfer in seinem Rücken.

»Hoch mit dir, Junge!«, sagt er und stößt Mansoor die silberne Spitze seines Gehstocks in die Seite. »Du hast die Ziellinie noch nicht erreicht.« Er zeigt mit dem Stock zur Farm. »Da geht's lang.«

»Wasser, Papa«, wimmert Mansoor. Sein Mund ist ausgedörrt; die Zunge dick und trocken. Er versucht zu schlucken, aber es gelingt ihm nicht.

Govindji stößt Mansoor erneut mit dem Stock in die Seite. »Hoch mit dir, habe ich gesagt.« Er dreht sich um und geht auf das Farmhaus zu. »Du musst es ins Ziel schaffen. Sonst zählt es nicht.«

Mansoor kämpft sich auf die Beine. »Warte, Papa, ich muss dir was zeigen ...« Er greift sich an die Tasche, aber seine Finger sind dicke Eiszapfen, und er schafft es nicht, sie zu krümmen.

Govindji dreht sich um. In der Hand hält er seine goldene Taschenuhr. »Beeil dich, Junge. Ich habe nicht den ganzen Tag Zeit.«

Mansoor bekommt das Fax des Kreditunternehmens zu fassen. »Schau, Papa, ich habe das Geld!« Er stolpert auf seinen Vater zu. Zuerst geht er aufrecht, aber dann zieht es ihn mit jedem Schritt weiter nach vorne, immer weiter und weiter. Der Boden unter seinen Füßen wird weich und gibt immer mehr nach, bald bewegt er sich auf allen vieren.

»Bist du ein verdammter Affe?«, dröhnt Govindjis Stimme durch die Dunkelheit. »Steh grade, Junge! Fortschritt bedeutet, immer weiter voranzumarschieren.«

»Ich hab es geschafft, Papa! Ich werde die Anlage bekommen«, ruft Mansoor und rappelt sich auf. Die Sterne über ihm verwandeln sich in ein funkelndes Ladenschild. Sein Name leuchtet in riesigen Buchstaben am Himmel: *M.G. Visram & Sohn, Textilreinigung, im Dienste Kanadas seit 1987.*

Govindji lässt seine Taschenuhr aufspringen. »Die Zeit läuft dir davon, Junge.«

»Guck doch! Da siehst du es.« Mansoor zeigt in den Himmel. »Dort wird meine Anlage stehen.« Deshalb ist er hier rausgefahren! Er wollte sich das Grundstück noch einmal ansehen. »Die digitale Revolution, Papa. Sie ist eine Goldgrube. Und wir werden ein Teil davon sein.« Er hält seinem

Vater das Fax entgegen. »Ich hab's geschafft, Papa! Genau wie ich es immer gesagt habe!«

»Was für eine unglaubliche Verschwendung meiner Zeit!« Govindji klappt seine Taschenuhr zu. »Kaum zu glauben, dass du mein eigen Fleisch und Blut sein sollst.«

»Nein, Papa. Sag so was nicht.«

»Ich wusste, du würdest alles ruinieren. Alles den Bach runtergehen lassen.« Er wendet sich ab und verschwindet in der Dunkelheit.

»Warte, Papa ...« Mansoor stolpert durch den nassen Schnee. Eine plötzliche Böe peitscht ihm das Fax aus der Hand und wirbelt es fort.

Der Dolly-Vogel flattert um Mansoor herum, als würde er seinen Körper in Weihrauch hüllen. Der Flötenklang wird lauter und lauter, das Land unter ihm gibt immer weiter nach, bald versinkt er bis zu den Knien im Wasser. Er hört ein lautes Krachen und dreht sich um. Die fernen Präriehügel stürzen in sich zusammen wie Eisklippen in einen Ozean. Große Stücke Land brechen unter seinen Füßen weg. Die Wände des Farmhauses werden auseinandergerissen und fallen klatschend ins Wasser. Die Holzlatten treiben mit den anderen Trümmern davon. Ein einziges Chaos.

Das Wasser strömt kreisförmig um ihn herum. Er verliert endgültig den Halt, fällt, ist nun ganz und gar von Wasser umgeben. Verzweifelt versucht er, festen Boden unter die Füße zu bekommen, aber da ist keiner. Die Felder sind zu einem riesigen Ozean geworden. Er schlägt wild mit den Armen und Beinen, streckt die Füße aus in dem Versuch, den Boden zu erreichen. Aber es gelingt ihm nicht. Erschöpft von der Anstrengung legt er den Kopf in den Nacken und versucht, neue Kräfte zu sammeln. Wellen schlagen über ihm zusammen. Er hustet und würgt. Seine Kleidung schmilzt ihm vom Leib wie Eiswürfel in einem Punch. Der Dolly-Vogel schwirrt über ihm, seine Flügel schlagen so schnell, dass alles verschwimmt. Aus der Unschärfe schießt ein weiteres Dolly-Vögelchen hervor, dann noch eins und noch eins, bis der ganze Himmel voller Vögel ist. Sie singen einstimmig, ihre kleinen Gesichter wie eine Kongregation der Gemeindeältesten. Ihr Flügelschlag entfacht eine sanfte Brise, die das Wasser kräuselt und ihn vorwärtsträgt. *Ya Rahim, Ya Rahim. Der Mitfühlendste, der Barmherzigste.*

Er hebt den Kopf. Aus der Ferne gleitet eine dunkle Gestalt mühelos auf ihn zu. Er wedelte mit den Armen, verspritzt Eis und Wasser. »Hilf mir, Papa! Bitte ...« Eine Welle rollt heran und reißt ihn in die Dunkelheit hinab.

Als er wieder auftaucht, wird er von einer Frau in einem Kanu aus dem Wasser gezogen. In ihren Armen verwandelt er sich in ein Baby. Ihr Haar ist dick und schwarz. Es umhüllt ihren Körper wie ein endloser Sari, der nach allen Seiten durch das Boot und über die Reling fließt, als wäre ihr Haar selbst das Meer. Er sieht zu ihr auf und gluckst. »Babu«, sagt sie und streichelt seine Wange. »Ich bin hier.« Sie bindet sich das Baby vor ihren Körper, mit ihrem Haar als Schlinge. Sie greift nach den Paddeln, und gemeinsam gleiten sie davon in Richtung des östlichen Horizonts. Mansoor fällt in einen friedlichen Schlaf. *Shanti, shanti, shanti.*

KAPITEL 23

In der Nähe des Banff-Nationalparks hält Ashif an einer Tankstelle. Er hat nicht vorgehabt, so weit rauszufahren.

Ein Tankwart nähert sich dem Auto.

»Volltanken?«, fragt er, als Ashif das Fenster runterlässt. Sein Atem bildet Dampfwolken in der frostigen Luft.

»Ja, bitte.« Er zieht einen Hebel, und die Tankklappe springt auf.

Der Tankwart holt eine kleine Wasserflasche hervor, auf der ein lächelnder Tiger abgebildet ist. »Geht auf's Haus.«

Ashif nimmt die Flasche, dann greift er nach dem Umschlag mit Shafinas Brief, der zwischen Windschutzscheibe und Armaturenbrett steckt.

***

»Und denk dran, die sind hier drin«, sagte Al-Karim und wedelte mit der Zulassung und dem Versicherungsschein in der Luft herum, bevor er sie wieder im Handschuhfach verstaute. Ashif nickte. Al-Karim ließ die Schlüssel an einem Finger baumeln. Ashif griff danach, aber Al-Karim zog sie im letzten Moment fort. »Du weißt wirklich, wie man fährt, ja?«

»Na klar.« Ashif rollte mit den Augen. »Ich bin sechzehn.« Er holte seinen Führerschein raus und hielt ihn Al-Karim hin. Das Foto zeigte Ashif mit einer Baskenmütze, dem Flaum eines Oberlippenbarts und einem breiten, silberglänzenden Zahnspangenlächeln. Er hatte die Führerscheinprüfung eine Woche nach seinem Geburtstag abgelegt und bestanden. Als Al-Karim davon erfuhr, hatte er Ashif einen Pakt angeboten. Er würde ihm einen Abend lang sein Auto leihen, wenn Ashif ihm versprach, dass Shafina ihrem Vater nicht verriet, wo sich Arzeen aufhielt: nämlich in seinem Kellerapartment.

Ashif und Shafina überlegten, was sie an ihrem gemeinsamen Abend, ihrer Schönheitssalon-Exkursion, wie sie es nannten, unternehmen sollten. Vielleicht ins Kino – sie wollten beide *Die Fliege* sehen. Oder aber ein schickes Abendessen im 4th Street Rose oder bei Tokyo Sushi – keiner von ihnen hatte jemals Sushi gegessen. Oder sie konnten die Kunstgalerien in der Seventeenth Avenue erkunden. Schlussendlich entschied Shafina, dass es für sie zu riskant wäre, sich in der Öffentlichkeit zu zeigen. Jemand könnte sie bei ihrem Vater verpfeifen. »Lass uns einfach ein bisschen im Fish Creek Park rumhängen«, sagte sie mit einem Funkeln in den Augen, und genau das wollte er auch.

Er parkte das Auto auf einem leeren Parkplatz direkt an dem kleinen Fluss. Es war dunkel, bis auf den matten Schein der Straßenlaternen.

»Sie mal, was heute angekommen ist!«, sagte sie und hielt ihm ein Vorlesungsverzeichnis vor die Nase. »McGill.« Sie trug eine elfenbeinfarbene Rüschenbluse, die sich über ihren Painter-Jeans bauschte, und eine rot karierte Krawatte, die lose um den Kragen baumelte.

»Cool.«

Sie hatten beschlossen, ihre Pläne geheim zu halten. Vorläufig jedenfalls. Ihre Familien hatten nicht das Geld, um sie hinaus in die Welt zu schicken, und wenn sie gehört hätten, welche Fächer sie studieren wollten oder welche Berufe sie in Betracht zogen, hätten sie niemals zugestimmt. Seine Mutter hätte nie etwas gesagt. Sie wäre stolz auf seine Ausbildung, ganz gleich, wie gut oder schlecht auch immer er sich schlug. Das Problem würde sein Vater sein. »Wer besucht schon die Universität, um etwas zu studieren, mit dem sich kein Geld verdienen lässt? Was wäre das für eine Investition? Völlige Zeit- und Geldverschwendung, mein Sohn.« Ashif verstand ihn durchaus. Er hatte auch keine Lust, unterhalb der Armutsgrenze zu leben. Aber er musste auch nicht auf Biegen und Brechen einen Haufen Geld verdienen. Er hatte andere Ziele: ein Leben, das mit Schönheit und Sinn erfüllt war. Und Mäßigung. Aber wie konnte er ein solches Konzept einem Mann wie seinem Vater erklären? Also hatte er beschlossen, abzuwarten und seinen Vater vor vollendete Tatsachen zu stellen.

Zwar würden sie Studienkredite aufnehmen können, aber sie waren beide gute Schüler und spekulierten darauf, Stipendien zu bekommen, mit denen sie ihre Pläne finanzieren konnten. Der Aga-Khan-Stiftung gegenüber würden sie auf Nummer sicher gehen und BWL als Hauptfach angeben. Die Stiftung stand zwar allen Studienfächern offen, aber sie wussten nicht genau, wer im Stipendienausschuss saß. Was, wenn jemand aus dem Ausschuss ihre Eltern kannte? Sie wollten nicht riskieren, dass etwas durchsickerte.

Shafina nahm ihre Brille ab und beugte sich zu ihm. Ihre Zunge war warm und feucht. Er zog sie an sich, und ihre Münder verschmolzen. Sie ließ die Hand zwischen ihren Körpern nach oben gleiten und öffnete ihre Bluse für ihn. Ihre Brüste waren klein und wohlgeformt, ihre Nippel blassrosa. Er wollte sie gerade berühren, da sah er die Brüste seiner Mutter vor sich, die dunklen Höfe ihrer Brustwarzen, als sie, ihr Nachthemd zuknöpfend, das Zimmer seines Vaters verließ. Energisch löste er sich aus Shafinas Umarmung.

»Hey, was ist denn los?«, fragte sie.

Er ließ sich in den Fahrersitz fallen, drehte den Kopf zum Fenster und starrte hinaus in den dichten, dunklen Wald. »Vielleicht sollten wir besser nicht ...«

Shafina zupfte spielerisch an seinem T-Shirt. »Nur nicht so schüchtern, mon chéri.« Sie nahm seine Hände und führte sie an ihre Brüste. »Es ist auch für mich das erste Mal.«

»Er braucht uns, *bheta*«, hatte seine Mutter zu Ashif gesagt und mit den Haaren die langsam heilenden Blutergüsse bedeckt. Er sah die halb nackte Shafina vor sich und fühlte, wie sich derselbe heiße Funke des Zorns in ihm entzündete. Wie oft hatte sie so etwas schon getan? Hure! Er verspürte den Drang, sie anzuspucken. Er stieß sie von sich, stürzte aus dem Auto und schlug die Tür zu.

Er hielt sich am Laternenpfahl fest und schlug seinen Kopf leicht, aber beharrlich gegen das Metall. Er bekam das Bild von seiner Mutter im Nachthemd einfach nicht mehr aus dem Kopf. Ihr Gesicht geschwollen und mit blauen Flecken übersät, ihre herabhängenden, unterwürfigen Brüste.

»Was ist los, *mon chéri?*«, fragte Shafina. Sie trat hinter ihn und legte ihm die Hände um die Hüften.

Heiße Lava schoss in ihm empor. Er schnellte herum und packte sie an den Armen, schüttelte sie heftig hin und her und stieß sie dann von sich.

Als Nächstes hörte er das Poltern von Mülltonnen, und Shafina lag auf dem Boden, mitten in einem Meer aus Müll. Erst jetzt ließ seine Wut nach. Erst jetzt begriff er, was er getan hatte. Ein überwältigendes Gefühl der Scham erfüllte ihn. Bis dahin war es ihm vorgekommen, als würde er alles von außen betrachten, wie einen Horrorfilm. Ohne darin mitzuspielen, ohne ein Teil davon zu sein. Er lief zu ihr. »Es tut mir leid, ma chérie. Ich weiß nicht, was –«

Shafina schlug seine Hände weg. »Fass mich nicht an!«

In ihren Augen konnte er sehen, dass sie ihn für ein Monster hielt. Er drehte sich um und ging zurück zur Straßenlaterne. Im Lichtkegel betrachtete er seine Hände, drehte sie hin und her. Die Hände, die Shafina wehgetan hatten. Hände so groß und kräftig wie die seines Vaters. Hände, die ihn in die Luft geworfen und wieder aufgefangen hatten, die ihn über Pfützen aus Schneematsch gehoben hatten, die ihm übers Haar gestrichen waren, wenn er seinen Kopf in die Armbeuge legte, während sich eine Zeitung in dem großen Raum zwischen diesen ausgestreckten Händen auffächerte; Hände, die sich über seine gelegt hatten, als er lernte, ein Auto zu steuern. Hände, die zu Fäusten wurden. Seine Mutter zu Boden schlugen. Shafina in den Dreck schleuderten.

Hasserfüllte Hände. Er schlug leicht gegen den Laternenpfahl, dann stärker, wieder und wieder, steigerte sich bis zur Raserei, in einen Rausch aus Faustschlägen, als würde er mit jemandem kämpfen. Jemanden fertigmachen wollen, bestrafen. Büßen lassen.

»Ashif! Hör auf!«, schrie Shafina und rappelte sich vom Boden auf.

Er konnte nicht aufhören. Er schlug immer weiter. »Ich hasse dich«, sagte er wieder und wieder. Blut lief am Laternenpfahl hinab.

»Bitte hör auf! Du tust dir doch weh!«

Je stärker der Schmerz wurde, desto besser fühlte er sich. Er hatte es verdient.

»Bitte, Ashif.« Shafina legte ihm ihre Hände auf die Schulter. »Sieh mich an.«

Er hielt inne, konnte sich aber nicht zu ihr umdrehen. Mit gesenktem Blick lief er davon, erst langsam, dann schneller und schneller.

»Lass mich nicht allein«, rief Shafina ihm nach. »Ich weiß nicht, wie man fährt.«

Ashif konnte nicht stehen bleiben. Er lief über den Parkplatz in den Park. Er lief die gewundenen Pfade entlang, seine Hände zerschlagen und blutig. »Feigling!«, rief ihm eine Stimme in den Bäumen hinterher. »Du hast einfach nur dagestanden und zugesehen. Du hast noch nicht mal versucht, ihn aufzuhalten. – Und du willst ein Mann sein? Du bist ein verweichlichter kleiner Junge, nichts weiter!«

»Nein, das bin ich nicht!«, schrie Ashif.

»Doch, bist du!«

»Ich wollte ihn ja aufhalten«, wimmert er. Aber er hatte sich einfach nicht bewegen können. Als hätte man ihn betäubt. Sein Körper war wie erstarrt gewesen.

Schneller und immer schneller rannte er über noch mehr Pfade immer weiter durch den Wald. Aber die Stimme ließ sich nicht abschütteln. Sie wurde schneller. Sie überholte ihn und brachte ihn zu Fall. Sie setzte sich auf ihn und drückte auf seine Brust. Er versuchte, sich zu wehren, aber sie war zu stark. Er schnappte nach Luft. Die Sterne über ihm verblassten. Seine Stimme erstarb. »Bitte, nicht ...« Doch der Druck nahm immer weiter zu. Bis das letzte bisschen Luft aus ihm entwichen war. Bis nichts mehr da war. Nur Stille.

***

Ashif schiebt einen Finger unter die Klappe des Umschlags, den Arzeen ihm gegeben hat, und holt Shafinas E-Mail heraus.

Von: Shafina Dawood [mailto: s.dawood@aljazeera.com]
Gesendet: Donnerstag, 22. Januar 1998
An: Arzeen Walji
Betreff: Für Ashif

Lieber Ashif,
ich bedauere es wirklich sehr, dass es ein so trauriger Anlass ist, der uns wieder in Kontakt miteinander bringt. Arzeen hat mir vom Tod Deines Vaters erzählt. Dein Verlust tut mir sehr leid. Bitte richte auch Deiner Mutter mein tiefstes Beileid aus. Ich bin sehr traurig, dass ich nie die Gelegenheit hatte, Deinen Vater kennenzulernen. Aber ich weiß noch, wie liebevoll Du von ihm gesprochen, wie sehr Du ihn vermisst hast. Er hat in den Jahren, in denen wir zusammen waren, in Rocky Mountain House gelebt.
Ich habe so viele gute Erinnerungen an unsere gemeinsame Zeit. Ich hoffe, dir geht es auch so. Weißt Du noch die Liste mit Städten, die wir uns unbedingt ansehen wollten? Die wir an die Wand unseres Studienzimmers in der Bibliothek geschrieben haben, als wir In 80 Tagen um die Welt lasen? New York, Buenos Aires, Mexico City, Isfahan, Luxor, Cape Town, Aleppo, Paris und noch so viele mehr! (Fünf erledigt, noch eine Zillion in der Warteschleife!) Ich habe immer noch das Bibliotheksexemplar von Die Konferenz der Tiere. Stell Dir den Säumniszuschlag vor! Und weißt Du, was verrückt ist? Der S. B.-Umschlag ist immer noch wie neu, genau wie das Faiz-Gedicht, das wir überall mit reingelegt haben. Ich frage mich, ob unsere gute alte Bibliotheksverbündete Mrs. Sims noch da ist? Sie müsste inzwischen ungefähr 105 Jahre alt sein. Es kommt mir vor, als wäre all das schon eine Ewigkeit her – und doch gerade erst passiert. Ich frage mich, wie es Dir wohl geht. Wo Du lebst. Was Du machst.
Ich musste in den letzten Jahren so oft an Dich denken – manchmal wie aus heiterem Himmel. Neulich in der U-Bahn zum Beispiel. Zwischen all den dicht gedrängten Menschen war da plötzlichen dieser Kerl. Er stand mit

dem Rücken zu mir, ich konnte nur seinen Hinterkopf sehen, seinen Nacken. Und da fiel mir auf, dass er dieselbe widerspenstige Locke hatte wie Du. Dieselbe Q-Form. Dieselbe dunkle Farbe. Dasselbe kräftige Haar. Und ich musste lächeln. Es erinnerte mich daran, dass wir uns noch immer unter dem gleichen Himmel befanden, wo auf der Welt Du auch sein mochtest.
Ich war mir nicht sicher, ob ich Dir schreiben sollte, aber dann wurde mir klar, dass es sein musste. Ich weiß nicht, was mit Dir in jener Nacht im Park los war. In jener Nacht ist alles kaputtgegangen, was ich über Dich, über uns, zu wissen glaubte. Und über mich. Am Anfang habe ich mich oft gefragt, ob es tatsächlich passiert ist, oder ob ich es mir nur eingebildet hatte. Ich war verletzt und durcheinander. Und wütend.
Ich war mir sicher, wir würden über alles sprechen und es gemeinsam durchstehen. Wir haben immer über alles reden können. Wirklich alles. Aber Du hast Dich einfach vollkommen abgekapselt und jedes Gespräch verweigert, und das hat meinen Schmerz und meine Wut nur noch vergrößert. Nicht mal ans Telefon bist Du gegangen, wenn ich angerufen habe. Als Nächstes habe ich dann erfahren, dass Du in Toronto BWL studierst. Das ergab alles überhaupt keinen Sinn, und als mein Ärger schließlich nachließ, kam mir ein neuer Gedanke. Bei Dir zu Hause musste etwas vorgefallen sein, von dem ich keine Ahnung hatte. Es tat mir unglaublich leid für Dich, auch wenn ich wusste, dass das, was Du getan hast, falsch war.
Kurz darauf ging ich an die Sorbonne. Ich dachte, in Paris könnte ich jene Nacht vergessen, aber es gelang mir nicht, sie abzuschütteln. Es ging mir weiterhin nahe und hat mich all die Jahre begleitet, sogar einige meiner Beziehungen

beeinflusst. Es fiel mir schwer, Vertrauen zu Männern aufzubauen.
Ich frage mich, ob Du Dir vorstellen könntest, mit mir über jene Nacht und die Zeit danach zu sprechen? Ich möchte verstehen, was passiert ist, damit ich es hinter mir lassen kann. Vielleicht willst Du das ja auch?
Du kannst mir an diese E-Mail-Adresse schreiben. Oder sag mir Bescheid, wenn Du vorhast, nach NYC zu kommen. Ich werde noch ein paar Monate hier sein, um über den Abdul-Rehmann-Prozess zu berichten. Ich würde mich freuen, Dich hier zu sehen.
Ich verabschiede mich mit einem Gedicht – natürlich von Rumi :-)
Jenseits von richtig und falsch liegt
Ein Ort. Dort treffen wir uns.

Ich hoffe, wir finden einen Weg dorthin,
Shafina

Shafina Dawood, Fotojournalistin
Aljazeera News (Kairo-Büro)
Mathaf El Manial Street 9
Kairo, Ägypten

***

Der Tankwart klopfte gegen das Autofenster.

»Wie möchten Sie bezahlen, Mister?«, fragt er, als Ashif das Fenster herunterkurbelt.

Ashif kann nicht antworten. Etwas in ihm bricht wie Eis auf einem gefrorenen See, und zum ersten Mal seit dem Tod seines Vaters weint er hemmungslos. Er drückt dem Tankwart ein paar Scheine in die Hand und fährt los.

»Warten Sie«, ruft ihm der Angestellte hinterher. »Ihr Wechselgeld ...«

Als Ashif kurz darauf am Rand des Highways hält, zittern ihm die Beine. Sein Gesicht ist tränennass. Sein Hals ebenfalls. Er steigt aus und tritt auf die Böschung. Unter ihm befindet sich ein von schneebedeckten Bergen umgebenes Tal. In seiner Mitte ein smaragdgrüner See. Von Schmerz übermannt sinkt er auf die Knie. Er bleibt eine Weile so, kniet vor dem Tal wie vor einem Altar. Als er schließlich aufsteht, kleben an seinen Knien Flicken aus feuchtem Schnee.

***

Ashif strengte sich an, um mit seinem Vater mitzuhalten. Er war gerade fünf geworden. Sie rutschten auf den Knien vorwärts und rollten einen riesigen Schneeball, so groß wie ein Felsbrocken, den Abhang des verschneiten Parks hinab. Sie hörten erst auf, als er groß genug für den Rumpf eines Schneemanns war. Dann rollten sie einen nicht ganz so großen Ball für die Mitte und anschließend einen noch kleineren, der als Kopf diente. Sein Vater hatte eine Papiertüte mitgebracht, aus der er nun eine Karotte für die Nase und Kronkorken für Augen und Mund holte.

»Er ist sehr hübsch geworden«, sagte eine Frau, als sie fertig waren. Sie und ihre Tochter bauten ein paar Meter entfernt ihren eigenen Schneemann.

»Es ist unser erster Schneemann!«, krähte Ashif stolz.

»Das ist etwas ganz Besonderes«, sagte sie und wandte sich dann an ihre Tochter. »Findest du nicht auch, Schatz?«

»Mmh-hm«, machte das Mädchen.

»Wie wäre es mit einem Foto?«, fragte die Frau und zog eine Polaroidkamera aus ihrem Rucksack.

»Oh ja«, sagte Ashif.

»Das ist sehr freundlich von Ihnen«, fügte Mansoor hinzu.

Die Frau wollte gerade auf den Auslöser drücken, da hielt Mansoor sie auf. »Sekunde noch.« Er holte eine kleine Flagge aus der Papiertüte. »Komm, mein Junge, das ist deine Aufgabe.«

»Und ... lächeln!«, sagte die Frau.

Einen Moment später spuckte die Kamera das Foto aus. Sie wedelte es trocken und überreichte es Ashif. Wie durch Zauberhand erschien ein Bild von ihm und seinem Vater auf dem Polaroid. Sein Vater hatte den Arm um ihn gelegt; sie sahen einander an und lachten. Beide in Schneeanzügen und Mukluks, wie Astronauten. Sie hatten sich in Siegerpose geworfen. Eine kanadische Flagge steckte im Kopf des Schneemanns, der so groß war wie der Mond.

***

Er schlägt sich den Schnee von der Hose und wirft einen letzten Blick auf die Berge, das Tal, den See darin. »Bitte passt gut auf meinen Vater auf«, sagt er zu den Bergen. Instinktiv führt er seinen Zeigefinger an die Nase, dann ans Kinn, eine Geste, die am Ende eines Gebets gemacht wird.

Dann setzt er sich wieder ins Auto und folgt weiter dem Highway. Er ist sich nicht ganz sicher, wohin die Straße führt, aber sie windet sich die Berge hinauf, dem Himmel entgegen.

Wie weit er schon gefahren ist, wird ihm erst bewusst, als er das Schild *Willkommen auf dem Columbia-Eisfeld* sieht. Die Gebirgswand neben der Straße ist mit Drahtnetzen gesichert. Ein gelbes Leuchtschild warnt vor Gefahr: *Vorsicht Steinschlag.*

Er fährt auf einen Schotterparkplatz am Fuße des Gletschers. Bis auf einige wenige Autos ist er leer. Die Umgebung kommt ihm vage bekannt vor, dann fällt es ihm wieder ein: ein Ausflug in der zweiten Klasse. Ms. Clarke. Er war damals mit der Schule hier.

Er steigt aus dem Auto, schirmt seine Augen gegen die Nachmittagssonne ab und betrachtet den Berg. Als Kind kam ihm der Gletscher so viel größer, so viel beeindruckender vor. Er geht rüber zum Highway und sieht sich noch einmal das Schild an. Es ist derselbe Ort. Merkwürdig. Seiner Erinnerung nach hatte das Eis eine ununterbrochene, geschlossene Fläche vom Berggipfel bis direkt an den Parkplatzrand gebildet. Jetzt endet es auf halber Höhe wie eine Decke, die jemand von der anderen Seite des Bergs zu sich gezogen hat. Unterhalb des Eises ist ein Durcheinander aus losen Steinen und Geröll zurückgeblieben. Er nimmt die Wasserflasche aus dem Auto, steckt sie sich in die Jackentasche und folgt den Pfeilen zum Gletscherwanderweg.

Entlang des Weges verläuft ein gewaltiges Geländer mit Jahreszahlen und einem Schild, auf dem *Hier befand sich der Gletscher* steht. Es geht los bei 1970. Er wandert den steinigen Pfad bis ins Jahr 1980 hinauf, dem Jahr, in dem er hier gewesen sein muss, und geht weiter, bis er 1998 erreicht, achtzehn Jahre später. Hier ist die Eisdecke mit gelbem Kunststoffband abgesperrt wie ein Tatort. Einige Touristen stehen an der Grenze zwischen Eis und Felsen und machen Fotos. Eine Touristin sitzt in einen Parka gehüllt auf der zerklüfteten Kante der Eisdecke und lässt die Füße baumeln.

Ashif wirft einen Blick den Weg hinab, voller Ehrfurcht. Ein mächtiger Körper, der sich langsam, aber stetig zurückzieht. Einen Zentimeter am Tag, vielleicht auch einen Millimeter, bis er eines Tages ganz und gar verschwunden ist, sich still und leise in Wasser verwandelt hat. Ihn überkommt ein seltsames Gefühl von Trauer und Verlust. Er lässt sich auf einem Felsen nieder und richtet seinen Blick nach oben, über das gelbe Band hinweg, wo nur noch Schnee und Eis zu sehen sind. Eine überwältigende weiße Masse.

***

Ein Bus mit Ketten statt Rädern, wie ein Zamboni, beförderte Ashifs Klasse den Berg hinauf. Er kroch wie eine riesige Raupe über das Eis. Ms. Clarke stand in einer knielangen Daunenjacke vorne im Gang, ihre roten Locken lugten in alle Richtungen unter der grünen Wollmütze hervor.

»Okay, Leute. Jetzt hört mal zu«, sagte sie. Sie schlingerte hin und her, obwohl sie sich an den Haltestangen über ihr festhielt. Sie nannten sie immer Leute, nicht Kids, oder Kinder wie die anderen Lehrer. Ashif mochte das. Ashif mochte sie. Sie war seine absolute Lieblingslehrerin.

Ms. Clarke erklärte, ein Gletscher sei eigentlich ein langer, tiefer Fluss aus Eis, und das schmelzende Eis fließe über ein Netz aus weiteren Flüssen direkt in drei verschiedene Ozeane.

Nicht weit vom Gipfel entfernt hielten sie an, und der Fahrer öffnete die breiten Türen. Ms. Clarke führte die Kinder hinaus. Ashif sprang in seinem Schneeanzug und den Mukluks aus dem Bus und landete sicher auf dem Eis, wie ein Astronaut auf dem Mond.

»Hierher, Leute«, rief Ms. Clarke. Sie hielt einen Stapel Hefte im Arm.

Ashif stand etwas abseits der Traube von Kindern, die sich um Ms. Clarke gebildet hatte, und sah zum Berggipfel hinauf. Er fühlte sich winzig, als wäre er gerade mal ein paar Zentimeter groß.

»Also, hier ist eure Aufgabe.« Ms. Clarke drückte jedem von ihnen ein Heft in die Hand. »Ich möchte, dass ihr euch vorstellt, ihr seid Wissenschaftler, die hier sind, um den Gletscher zu erforschen und zu verstehen. Ihr sollt alles, was ihr seht, aufschreiben und mir anschließend darüber Bericht erstatten.« Dann scheuchte sie sie los. »Ab mit euch. Aber bleibt immer da, wo ich euch sehen kann, Leute.«

Die Kinder verteilten sich übers Eis, einige zu zweit, andere in kleinen Gruppen, ein paar, wie Ashif, ganz allein. Kleine bunte Punkte, die über ein riesiges weißes Feld huschten.

Ashif bahnte sich langsam und vorsichtig seinen Weg über die Eisdecke. Aber nicht weil er Angst hatte, sondern aus Ehrfurcht. Er sah nichts als Schnee und Eis, die ganze Welt war vollkommen weiß. Er drehte sich einmal um sich selbst, um alles aufzunehmen, dann noch einmal. Und noch mal. Immer im Kreis. Langsam zuerst, dann schneller und schneller, bis ihm ganz schwindelig war und er lachend mit den Knien im Schnee landete.

Er legte sich der Länge nach auf den Gletscher. Drückte sein Ohr daran. Lauschte wie ein Arzt auf einen Herzschlag. Er hörte Wasser, das unter ihm entlangrauschte. Ein Ozean! Er hob den Kopf. Absolute Stille und Reglosigkeit. Er legte den Kopf wieder aufs Eis – das Rauschen von Wasser. Er konnte es nicht fassen. Unter der Stille des Eises gab es noch eine ganz andere Welt. Der Gedanke überwältigte ihn. Er suchte die Eisoberfläche nach einem Riss ab, und als er einen entdeckte, robbte er bäuchlings hin.

Er legte die Hände um die Augen und sah hinein. In dem schwachen blauen Licht schimmerten Eishöhlen in den seltsamsten und schönsten Formen. Das Licht prallte an ihren gläsernen Wänden ab und brach sich in Tausenden von Regenbögen. Direkt unter ihm lag ein tiefgrüner Teich, wie ein Spiegel. Er streifte einen seiner Fäustlinge ab, streckte einen Arm durch den Spalt nach unten und fuhr mit den

Fingern über sein wässriges Selbst. Darüber musste er so sehr lachen, dass ihm die Tränen kamen.

»Ashif, wir müssen los.«

Er blickte vom Eis auf und sah Ms. Clarke vor sich, um sie herum ein Heiligenschein aus Sonnenlicht.

Widerstrebend stand er auf. »Aber wir sind doch gerade erst angekommen.«

»Wir sind schon über eine Stunde hier.«

»Echt?« Es hatte sich wie wenige Minuten angefühlt.

»Was hast du da gemacht?«, fragte Ms. Clarke.

»Dem Eis zugehört!«, erklärte er ihr aufgeregt.

»Das ist schön. Was hat es zu dir gesagt?«

»Ganz viele Dinge.« Er erzählte ihr von der magischen Welt unter dem Eis.

»Das ist ganz wunderbar, Ashif. So etwas hat noch keiner berichtet«, sagte sie. Ihr Lächeln war so strahlend und warm wie die Sonne. »Schreib das unbedingt in dein Heft.«

»Okay. – Ich bin wie Neil Armstrong, stimmt's? Ich gehe dorthin, wo nie ein Mensch zuvor gewesen ist«, sagte er, die Hände in die Hüften gestemmt wie sein Vater.

»Ja, das stimmt.« Sie lachte. »Aber statt ferne Welten zu entdecken, könntest du ein großer Erforscher innerer Welten werden.«

»Ja!« Er sprang auf und ab. »Das werde ich sein.«

***

Ashif geht zum Rand des Eises, dorthin, wo er und Ms. Clark einst gestanden haben. Er geht in die Hocke und späht unter das Eis. Unter der Oberfläche plätschert Wasser entlang. Er holt die Flasche aus der Jackentasche und leert sie aus, dann hält er sie in den Strom, bis sie voll ist.

Als er zum Parkplatz zurückgeht, steht die Nachmittagssonne bereits tief am Horizont und taucht die Berge in ein warmes rötliches Licht. Er öffnet die Hintertür des Autos, zieht seine Jacke aus und wirft sie hinein. Rücksitz und Fußraum sind übersät von den Fahrtenbüchern seines Vaters, von denen er gehofft hatte, es wären Tagebücher. Sind es die einzigen Aufzeichnungen, die es vom Leben seines Vaters gibt? Dann denkt er an sein eigenes Leben. Wie sähe das Logbuch seines Lebens aus? Die endlosen Kilometer, die er vor allem und jedem davongelaufen ist. Er rennt und rennt, aber er kommt nie irgendwo an. Als würde er auf der Stelle treten. Es gibt kein Entkommen. Noch nicht einmal vor sich selbst.

Er lässt sich in den Fahrersitz fallen, dann dreht er die Flasche mit dem Gletscherwasser auf, legt den Kopf zurück und leert sie bis auf den letzten Tropfen. Noch nie in seinem Leben hat er sich so ausgedörrt gefühlt. Er startet den Wagen, legt einen Gang ein und macht sich auf den Weg nach Hause.

KAPITEL 24

Layla überlegt, ob sie Ashif wecken soll. Es ist noch früh, aber er hat bereits tief und fest geschlafen, als sie gestern Abend um neun mit Shamma und Almas aus dem Jamatkhana heimgekommen ist. Sie entscheidet sich, ihn schlafen zu lassen. Er hat es bestimmt nötig. Layla selber ist schon seit Stunden wach. Sie konnte ohnehin nicht schlafen, aber sie wollte auch unbedingt mit den Essensvorbereitungen für das *bhati* beginnen, das Totenmahl, das normalerweise direkt nach der Beerdigung stattfindet. Es war die Aufgabe des Mayat- und Ghusal-Komitees, sich um die Verpflegung des *Jamat* zu kümmern, aber sie hatte unbedingt ein Gericht beisteuern wollen, und das Komitee hatte zugestimmt.

Sie gießt heiliges Wasser aus einem flakonartigen Fläschchen in eine arabische Teetasse. Sie umfasst die *pyali* mit beiden Händen, wiegt sie vorsichtig hin und her, schließt die Augen und bittet Allah um Vergebung ihrer Sünden. Dann legt sie den Kopf zurück und trinkt das *niyaz* in einem Schluck, als wäre es Medizin, was es ja auch ist. Heiliges Wasser heilt den Körper.

***

Arzeen fragte Layla, ob sie dabei sein wolle, wenn sie bei Mansoor die lebenserhaltenden Maßnahmen einstellten. Der Gedanke machte Layla fast wahnsinnig, aber sie sagte Ja. Sie wollte bei ihrem Mann sein, wenn er diese Welt verließ und in die nächste eintrat. Mukhi Sahib begleitete sie.

Er war kurz zuvor eingetroffen, um sie zu unterstützen und auch, um an Mansoors Leiche den Chanto des heiligen Wassers durchzuführen. Aber erst einmal, legte er ihr nahe, sollte sie ein paar Minuten allein mit ihm sein.

Als Layla ihren Mann sah, fing sie sofort an zu weinen. Er war an einen Schlauch angeschlossen, der Luft in seine Lungen pumpte. Die Brust bewegte sich auf und ab, als würde er atmen. Seine Haut war gelb und voller Blasen. Das Gesicht war geschwollen, genau wie seine Hände und Füße, seine Finger und Zehen. Aber am meisten war sie von seinen Prellungen erschrocken. Der ganze Körper war mit einem blauschwarzen Muster überzogen, als hätte er die Nacht in einem Boxring und nicht auf einem Acker verbracht. Sie begann zu zittern und griff nach den Stangen an seinem Bett. Vor ihrem inneren Auge verwandelten sich seine Prellungen in ihre blauen Flecken, wurde sein zerschlagenes Gesicht zu ihrem.

***

Sie konnte nicht glauben, dass er ihr so etwas angetan hatte. In jener Nacht schlief sie in Ashifs Zimmer, und auch in vielen Nächten danach. Sie versuchte, die Wahrheit zu vergessen, aber ihr Körper ließ es nicht zu. Der Riss in ihrer Lippe, der immer wieder schmerzhaft aufplatzte, die Prellungen im Gesicht, ihr geschwollenes Auge erinnerten sie täglich daran. Wie hatte er ihr so was nur antun können? Lag es an ihr? Mansoor sprach es nie aus, aber sie konnte spüren, dass er ihr die Schuld an allem gab. Genau wie alle anderen, die sie so sahen. Diese schiefen Blicke, das Getuschel. Irgendetwas musste sie getan haben, um es verdient zu haben. Nach einer Weile glaubte sie selbst daran. Ein tiefes Schamgefühl breitete sich in ihr aus. Sie blieb zu Hause, versteckte sich vor den Blicken.

Shamma und Almas meinten, sie solle ihn verlassen. Aber wo konnte sie hingehen? Ihr fehlte das Geld, aber vor allem wollte sie die Familie nicht auseinanderreißen. Stattdessen hoffte sie, er würde es nicht noch einmal tun. Redete sich ein, es würde nie wieder vorkommen. Aber sie lebte in der ständigen Sorge, dass es doch wieder geschah, und ein Gefühl der Angst nistete sich in ihrem Magen ein. Sie war fortan viel vorsichtiger, mit allem, was sie sagte, viel vorsichtiger, mit dem, was sie tat. Sie machte sich kleiner und kleiner. Sie vertraute ihm nicht mehr. Sie traute sich selbst nicht mehr. Was, wenn sie denselben Fehler noch einmal beging?

***

Sie betrachtete den schlaffen Körper ihres Mannes. »Nein!«, platzte es aus ihr heraus. Er würde ihr nichts tun können. Jetzt nicht mehr. Er war machtlos. »Es war nicht meine Schuld. Es war deine!« Sie zitterte vor Wut. »Du hattest kein Recht, mir so etwas anzutun. Ich habe nichts falsch gemacht. Ich habe dir nur meine Meinung gesagt. Das Recht habe ich, ich bin deine Frau. Die Mutter deines Sohnes. In jener Nacht hast du meinen Körper verletzt, aber auch in dir ist etwas kaputtgegangen.« Heiße Tränen liefen ihr übers Gesicht. »Was du mit mir gemacht hast, war falsch. Ganz und gar falsch. Und es gibt keine Rechtfertigung dafür. Keine.«

Arzeen öffnete die Tür einen Spalt. »Dürfen wir reinkommen, *aunty?*«

Layla brauchte einen Moment, um sich zu sammeln. »Ja.« Sie fühlte sich erschöpft, aber zugleich auch erleichtert. Als wäre die schlammige Angst irgendwie aus ihrem Körper herausgespült worden.

Arzeen betrat das Zimmer. Mukhi Sahib folgte ihr. In den Händen hielt er eine Schüssel mit heiligem Wasser.

»Du bist dir im Klaren darüber, dass du an seiner Stelle Buße leisten wirst, Layla *bai?*«, fragte er, und Layla nickte. »Gut – bitte komm etwas näher heran.« Mukhi stand auf der anderen Seite des Bettes.

Layla presste ihre Handflächen aufeinander und lehnte sich über Mansoors Körper. »Verehrter Imam, im Namen meines Mannes bitte ich Sie, ihm seine Sünden zu vergeben, bekannte wie unbekannte.« Ihre Beine stießen zitternd gegen das Bett, ihre Stimme brach.

Mukhi tauchte seine Finger in die Schale. »Ihm ist vergeben«, sagte er und spritzte heiliges Wasser auf Laylas Gesicht. Dann bespritzte er Mansoors Gesicht. Er wiederholte die Waschung: Laylas Gesicht, Mansoors Gesicht. Layla. Mansoor.

»Hochverehrter Iman, im Namen meines Mannes bitte ich Sie, ihm seine Sünden zu vergeben, bekannte wie unbekannte.« Laylas Augen füllten sich mit Tränen.

Mukhi tauchte seinen Finger ins Wasser. »Ihm ist vergeben.« Laylas Gesicht, Mansoors Gesicht. Layla. Mansoor. Layla, Mansoor.

»Hochverehrter Iman, im Namen meines Mannes bitte ich Sie, ihm seine Sünden zu vergeben, bekannte wie unbekannte.«

»Ihm ist vergeben. Ihm ist vergeben. Ihm ist vergeben.« Layla. Mansoor. Layla, Mansoor. LaylaMansoor.

Mukhi streckte den Arm aus und hielt ihr ein Stück Kandiszucker an die Lippen. Sie wischte sich mit den Handflächen über das nasse Gesicht und nahm den süßen Geschmack in sich auf.

»Soll ich anfangen, *aunty?*«, fragte Arzeen.

Layla nickte.

Arzeen drückte ein paar Schalter, drehte einige Knöpfe und löste die Schläuche. Die Maschinen piepten und blinkten. Mansoors Körper krampfte sich zusammen. Seine Augen öffneten sich und sahen Layla an. Layla hob seine Hand an ihren Mund und küsste sie. »Ruhe in Frieden, mein Mann. Dir ist vergeben.« Mansoor atmete noch ein letztes Mal ein und aus, dann schloss er die Augen.

***

Layla schüttelt noch etwas mehr Mehl auf die Küchentheke. Sie gibt eine Handvoll Teig darauf, formt ihn zu einem Viereck und fährt vorsichtig mit dem Nudelholz darüber. Langsam-langsam-schnell-schnell-langsam-langsam. Bis der Pur hauchdünn ist. Dann schöpft sie einen Löffel klein gehacktes, gewürztes Hühnerfleisch aus einer großen Stahlschüssel und verstreicht es sorgfältig in der Mitte des Teigs. Sie taucht einen Finger in ein Glas geschmolzenen Ghee, hebt eine Ecke des zarten Gebäcks an und faltet sie wie die Lasche eines Briefumschlags über die Füllung. Sie zupft und drückt vorsichtig an jeder Ecke herum, bis sie mit dem Ergebnis zufrieden ist. Dann formt sie das perfekte Dreieck zwischen ihren Handflächen, streicht noch ein bisschen Ghee darauf und platziert es auf der wachsenden Pyramide aus Samosas. Es sollen viele sein. Sie will, dass beim Totenmahl alle versorgt sind.

Sie kocht auch Mansoors Leibgerichte – eine Tradition, an die sich nicht mehr viele halten. Sie nimmt das ganze Essen heute Abend mit ins Jamatkhana, wo es während des *naandi*, des abendlichen Speiseopfers, versteigert wird. Sie kennt die Vorlieben ihres Mannes so gut wie ihre eigenen, weiß ganz genau, was ihm schmeckt. Eine Prise mehr Salz ans Linsen-Dal, ein bisschen weniger Chili fürs Fisch-Masala, ein Vierfelfinger Kreuzkümmel ans Blumenkohl-Curry, das Rindfleisch-Curry nicht zu dünn und nicht zu dick, ein kleines bisschen mehr als eine Handvoll Koriander an die Fleischpasteten, zweieinhalb Finger Kartoffelpüree für den indischen Hackfleischauflauf. Rezepte, die sie in dreißig Ehejahren perfektioniert hat, die sie in und auswendig kennt. Sie denkt an all die Mahlzeiten, die sie und Mansoor gemeinsam gegessen haben. Hunderte. Tausende. Und noch mehr. Ihr Herz zieht sich zusammen. Sie bittet den Imam, Mansoor das Essen zu bringen, um ihm seine letzte Reise so einfach und bequem wie möglich zu machen. Amen.

Auf dem Herd blubbert ein Topf mit Grießbrei, Kondensmilch und Kardamom. Ein zartes, süßes Dessert. Mansoor hat es als Kind geliebt. Sie ebenfalls. Und Maryam hätte es auch geliebt. Ihre süße, kleine Maryam. Sie gibt ein paar Esslöffel des Siro in eine gläserne Fingerschale und formt es zu einem kleinen Hügel. Sie dekoriert es mit einem Herz aus Rosinen, dann wickelt sie es in Plastikfolie und stellt es zu dem wachsenden Berg aus Mansoors Gerichten. Sie bittet ihren Mann, nach ihrem Mädchen zu suchen. Du wirst sie schon erkennen, sagt sie ihm. Sie hat ein rotes Muttermal in der Form eines Sterns auf ihrer Schulter. Das hatte sie in den wenigen Minuten, in denen sie sie im Arm halten durfte, gesehen. Bitte, lass sie es probieren. Sag ihr, es ist von ihrer Mutter. Sag ihr, sie wird schmerzlich vermisst. Dass sie in meinem Herzen ist und ich täglich für sie bete. Ismaili oder nicht. Sie ist ein Kind Gottes, und das ist genug. Mehr als genug.

KAPITEL 25

Als Ashif nach mehr als zehn Stunden erwacht, ist er vollkommen ausgehungert. Draußen ist es immer noch dunkel. Er braucht einen Moment, bis er weiß, wo er ist. Calgary. Sein Schlafzimmer. Dann fällt es ihm wieder ein. Sein Vater. Die Beerdigung.

Er steht auf und tritt auf einen Haufen Kleidungsstücke, die wie eine abgestreifte Haut den Boden bedecken. Er greift nach seiner Hose und zieht sie an, entscheidet sich aber gegen Hemd und Jackett. Shafinas Brief fällt aus der Hose. Er möchte ihre Kontaktinformationen nicht verlieren. Er holt sein Handy raus und tippt ihre E-Mail-Adresse ein und ihre Telefonnummer auch. Er weiß nicht, was er sagen wird – oder wie er überhaupt mit ihr darüber sprechen soll. Aber eins weiß er doch: Er will ihr sagen, wie wahnsinnig leid es ihm tut, sie so sehr verletzt zu haben. In jener Nacht einfach davongelaufen zu sein. Sich nie bei ihr gemeldet zu haben. Dass er so getan hat, als wäre das alles nie passiert. Dass er es verdrängt hat. Er hat sich all die Jahre über selbst belogen. Jetzt möchte er sich endlich der Wahrheit stellen. Für sie. Für sich selbst.

Er durchwühlt den Kleiderschrank, findet ein Duran-Duran-T-Shirt und probiert es an. Er sieht albern darin aus – es ist viel zu klein. Er lacht darüber und legt es zurück. Stattdessen entscheidet er sich für ein größeres weißes T-Shirt.

Er findet Layla am Herd in der Küche. »Konntest du ein bisschen schlafen, Mama?«

»Oh, schön, du bist wach, *bheta*«, sagt sie und legt einen Holzlöffel zur Seite.

»Warum hast du mich nicht eher geweckt?«

»Ich wollte dich nicht stören. Du hast so schön geschlafen.« Sie dreht die Herdflamme runter und wischt sich die Hände an der Vorderseite ihrer Schürze ab.

Sie umarmen sich innig.

Dann schiebt sie ihn von sich, um ihn anzusehen. »Du hast bestimmt Hunger, oder?

»Großen Hunger.«

»Setz dich. Ich bringe dir was.«

»Und du? Hast du schon gegessen?«, fragt Ashif.

Sie schüttelt den Kopf und holt eine Tupperdose aus dem Kühlschrank.

Er nimmt ihr die Dose ab. »Lass uns zusammen essen. Vor Sonnenaufgang, wegen deines Fastens.«

»Ja, in Ordnung.« Sie umarmt ihn noch einmal.

Sie greift in den Kühlschrank und reicht einen Behälter nach dem anderen an Ashif weiter, wie am Fließband. Er stellt sie alle auf den Küchentisch, und bald ist er über und über mit Behältern bedeckt. Ungeschickt reißt er die Deckel ab; einige segeln durch die Küche.

»Langsam, *bheta*«, sagt sie lächelnd.

»Ich hab solchen Hunger!« Er ist so ausgehungert, als hätte er seit Tagen nichts mehr gegessen.

Sie fangen mit dem Paya an. Layla löffelt das Ziegenfuß-Curry in eine Servierschüssel und wärmt es in der Mikrowelle auf. Als es fertig ist, setzen sie sich an den Tisch. Sie stürzen sich aufs Fleisch, saugen sogar das Mark aus den Knochen. Orangefarbene Soße läuft Ashif übers Kinn. Als das Paya aufgegessen ist, nehmen sie sich das Gemüse-Pilaw vor, danach den Handvo – sie essen den saftigen Kuchen direkt mit den Fingern –, dann den Reispudding mit Kardamom und Nüssen. So machen sie weiter, essen ein Gericht nach dem anderen, essen und essen, bis sie sich schließlich auf ihren Stühlen zurücklehnen, die Handgelenke erschöpft auf den Tellerrand gestützt.

»Es schmeckt alles so gut«, sagt er und meint es wirklich so, als hätte er das Essen seiner Mutter gerade zum ersten Mal probiert.

Er hat es noch nie zuvor gesagt, aber jetzt kommen die Worte wie von selbst aus ihm heraus: »Ich hab dich lieb.«

»Ich habe dich auch lieb«, sagt sie und stößt dabei einen kleinen Rülpser aus.

Sie müssen beide lachen. Dann sitzen sie schweigend beieinander.

»Hast du immer noch Hunger?«, fragt er schließlich.

»Ja!«

»Ich auch«, sagt er und greift nach dem Servierlöffel.

Sie leeren den Topf mit Siro bis auf das letzte süße Körnchen.

Beim Aufräumen bemerkt Ashif die Samosas. »Du hast Hähnchen-Samosas gemacht?«, fragt er ungläubig.

»Ja, warum nicht? Alle sollen ihre Freude daran haben.« Sie ist sich sicher, dass der Imam in seiner großen Güte ihr auch weiterhin gewogen bleiben wird. Und Ashif auch. Mit oder ohne Gelübde. Seine Liebe für seine geistigen Kinder ist bedingungslos. So wie ihre Liebe für ihre Kinder.

Es klopft an der Haustür. Shamma und Almas. Sie sind gekommen, um ihr beim Frittieren der Samosas zu helfen und diese dann für sie zur Totenfeier zu bringen. Sie haben vor Kurzem einen alten pinken Cadillac gekauft und die Worte *Der pinke Kamm, ein Unternehmen der Shivji-Schwestern* draufgemalt. Das schreiben wir als Geschäftsauto von der Steuer ab, hatte Almas erklärt, auch wenn sie vorhatten, es vor allem für Wochenendausflüge und Sommerurlaube zu nutzen. Der hintere Teil war bereits wie ein Wohnwagen ausgerüstet, mit einem Gasanschluss und einem Minikühlschrank. Sie hatten Layla eingeladen, sie zu begleiten, wann immer sie wollte.

»Na los, leg dich noch ein bisschen hin, Layla«, fordert Shamma sie auf. »Wir erledigen den Rest.«

Almas und Ashif stimmen ihr zu. Sie wissen, dass Layla letzte Nacht kaum geschlafen hat und dass sie in der Nacht zuvor während Lailat al-Qadr ebenfalls kein Auge zugetan hatte. Sie weigert sich, ins Schlafzimmer zu gehen, ist aber damit einverstanden, sich ein wenig auf die Couch zu legen. »So kann ich euch beide beaufsichtigen«, sagt sie, und alle lachen.

Ashif schlendert ins Wohnzimmer, wo seine Mutter auf der Couch eingeschlafen ist. Er hebt die Wolldecke auf, die auf den Boden gefallen ist, und deckt sie zu. Er geht zum Schreibtisch seines Vaters in der hinteren Ecke des Wohnzimmers. Er ist perfekt aufgeräumt. Alles steht an seinem Platz. Die Stifte, die Akten, die Zeitschriften. Mitten auf dem Schreibtisch liegt der Businessplan seines Vaters, in doppelter Ausführung. Einer ist mit AMV beschriftet. Der andere mit MGV. Er nimmt sein Exemplar in die Hand und legt es auf den Lesesessel.

Er zieht seinen Wintermantel über und tritt nach draußen. Im winzigen Hinterhof türmt sich der Schnee. Die Luft ist eisig, aber der Präriehimmel ist von einem grenzenlosen Blau. Ein kleiner Vogel fliegt vom Himmel herab und landet in einem blattlosen Baum. Sein Körper ist strahlend Blau, seine Krone golden. Der Ast erzittert wie die Saite eines Instruments, und er fängt an zu singen. Ashif nimmt einen tiefen Atemzug. Er muss husten. Es klingt rau und trocken, wie Sandpapier auf Holz. Als ob seine Lunge nicht an Luft gewöhnt sei, als ob dies sein erster Atemzug wäre. Er atmet ein. Und aus. Und ein. und aus.

DANKSAGUNG

Dieses Buch reiste durch viele Länder und viele Jahre, um schließlich hier anzukommen. Meine tiefe, innige Dankbarkeit all jenen, die auf dieser Reise bei mir waren.

Rajinderpal S. Pal, dessen Anwesenheit in meinem Leben alles besser macht. Auch dieses Buch. Ann Shin, die bei mir war, selbst wenn Tausende Meilen zwischen uns lagen. Gerardo Ruiz, por arbrir tu mundo y mi corazón, y darle a este libro un lugar de refugio.

Marguerite Pigeon und Karim Ladak, ohne die ich dieses Buch niemals hätte beginnen können. Lawrence Hill, der mir schon früh als Mentor zur Seite stand. Merilyn Simonds, die mir den Weg durch die schwer zu fassende erste Fassung wies. David Chariandy für seine Freundlichkeit und Unterstützung und dafür, dass er mich bis zur Ziellinie angefeuert hat.

Nicole Winstanley, Deborah Sun de la Cruz und Shima Aoki von Penguin Random House für ihren redaktionellen Scharfsinn. Meine Agentin, Hilary McMahon, für ihre Geduld.

Ein ganz besonderes Dankeschön an meine Familie, vor allem an meine Eltern, Nurali und Rozina Mohamedali, für ihre unentwegte Liebe und Unterstützung; meine Nichte und Mitverschwörerin, Salina Rasul, für ihr ungewöhnliches Einfühlungsvermögen und Verständnis. Meine Freunde nah und fern für ihren Rückhalt, besonders Jessica Adams, Derek Burrows, Isaura Contreras, Kathy Kissik, Rashmi & Vanita Varma und Jonathan Watton. Und Jim Fleck für seine Unterstützung und sein echtes Verständnis für ein Schriftstellerinnenleben.

An das Canada Council for the Arts, das Ontario Art Council und das Toronto Arts Council für ihre großzügige Förderung. An das Banff Centre for the Arts, der Millay Colony for the Arts in New York und der Fundación Valparaíso in Spanien für die Zeit und den Raum zum Schreiben.

Dieses Buch ist ein Werk der Fantasie, und wenn es Ungenauigkeiten mit irgendwelchen Einzelheiten oder historischen Fakten gibt, dann liegt es an mir.

DIE AUTORIN

Anar Ali lebt in Toronto und arbeitet als Drehbuchautorin für Film und Fernsehen. Ihr erstes Buch, der Kurzgeschichtenband »Baby Khaki's Wings«, stand auf der Shortlist für den Commonwealth Writer's Prize, den Trillium Book Award und den Danuta Gleed Literary Prize. »Nacht der Bestimmung« (*Night of Power,* 2019) ist ihr Romandebüt.

»Alis Geschichte einer ugandisch-südostasiatischen Familie, die vor Idi Amins Regime von Uganda nach Kanada flieht und sich in Calgary ein neues Leben aufbaut, ist von großer Wichtigkeit und Aktualität. Auf eindringliche und spannende Weise werden Familienkonflikte und unterschiedliche Kulturen lebendig ... unbedingt lesenswert.« *NOW Magazine, Die besten Bücher des Jahres*

»Vor dem Hintergrund des multikulturellen Kanadas der 1970er bis 2000er Jahre entwirft ›Nacht der Bestimmung‹ eine Version des Landes als überdauernde Mythologie, im Guten wie im Schlechten ... eine einzigartige Geschichte.« *The Globe and Mail*

»Ein wunderbarer und aufwühlender Roman. In eleganter Prosa gleitet die Geschichte zwischen der Perspektive des Vaters, der Mutter und des Sohnes hin und her. Eine aufrichtige und äußerst fesselnde Betrachtung von Liebe und Verlust, Zärtlichkeit und Gewalt, Anpassungsfähigkeit und Selbsttäuschung, Entwurzelung und Neugeburt.« Lawrence Hill